por TRÁS *da* FAMA

M. S. FAYES

M. S. FAYES

por
TRÁS
da
FAMA

1ª Edição

2019

Direção Editorial:	**Arte de Capa:**
Roberta Teixeira	Dri KK Design
Gerente Editorial:	**Revisão e diagramação:**
Anastacia Cabo	Carol Dias

Ícones de diagramação: Pixel Perfect e Smashicons/Flaticon

Copyright © M. S. Fayes, 2019
Copyright © The Gift Box, 2019
Todos os direitos reservados.
Nenhuma parte do conteúdo desse livro poderá ser reproduzida em qualquer meio ou forma – impresso, digital, áudio ou visual – sem a expressa autorização da editora sob penas criminais e ações civis.
Esta é uma obra de ficção. Nomes, personagens, lugares e acontecimentos descritos são produtos da imaginação da autora. Qualquer semelhança com nomes, datas ou acontecimentos reais é mera coincidência.

Este livro segue as regras da Nova Ortografia da Língua Portuguesa.

CIP-BRASIL. CATALOGAÇÃO NA PUBLICAÇÃO
SINDICATO NACIONAL DOS EDITORES DE LIVROS, RJ
Vanessa Mafra Xavier Salgado - Bibliotecária - CRB-7/6644

F291p

    Fayes, M. S.
        Por trás da fama / M. S. Fayes. - 1. ed. - Rio de Janeiro : The Gift Box, 2019.
        295 p. ; 23 cm.

    ISBN 978-85-52923-45-9

    1. Romance brasileiro. I. Título.

18-54530
        CDD: 869.3
        CDU: 82-31(81)

Nota da autora

Explicando um pouco o processo de criação desde livro foi mais ou menos assim:

Estava eu feliz e sorridente lendo um livro pelo qual me apaixonei. Em seguida, veio a febre do momento onde as escritoras, para matarem a saudade que um determinado personagem deixou, começaram a criar os famosos POV's, ou Point of View, ou simplesmente Pontos de Vista, do mocinho do romance.

Eu já era apaixonada pelo mocinho do Tapete Vermelho... e claro que sou suspeita, porque fui eu que criei... hahaha... mas veio o grande acesso de saudades latentes deste cara simplesmente lindo e resolvi colocar meu lado masculino para funcionar, adentrando na modinha literária de mostrar o outro lado da história.

Então... vocês conheceram a narrativa da Marina Fernandes diante de toda a suntuosidade do Tapete Vermelho, onde ela acabou inserida em prol do amor que sentia por James Bradley.

Agora é chegada a hora de vocês fazerem uma releitura do mesmo romance sob a ótica do James Bradley, onde ele narra seus sentimentos diante do medo de Marina acabar se chocando com tudo o que acontece por trás da fama. Nem tudo é glamour, mas apenas um sentimento prevalece: o amor que um sente pelo outro.

Este livro é uma edição exclusiva para os fãs que se apaixonaram pela história do casal superfofo.

Divirtam-se!

Cena 1

Droga! A espera era mais angustiante do que a confusão por si só. Eu já podia contabilizar bem umas duas horas aguardando na sala VIP depois de um voo turbulento e cheio de situações constrangedoras, e realmente o cansaço batia de maneira irrevogável. Eram 07h34min da manhã e, mesmo após duas horas de gritos ensandecidos, as fãs eufóricas ainda se mantinham firmes e fortes em seus postos.

Honestamente... Meus fãs não me incomodavam. Nunca tanto quanto os *paparazzi*, ou as revistas sensacionalistas que somente se importavam em vender, sem respeitar a vida privada do artista. E a minha andava sendo exposta de maneira absurdamente invasiva.

Eu continuava buscando informações em meu e-mail, averiguando compromissos e esperando que em algum momento a coragem viesse e me fizesse sair do recinto onde me propus ficar. Carl estava sentado atrás de mim, impaciente como sempre, exalando sua mais perigosa das expressões, enquanto aguardava o momento em que teríamos que enfrentar a turba no saguão do aeroporto.

Era exclusivamente por este motivo que eu tentava fretar voos próprios e solitários para minhas viagens de compromisso. Obviamente, os voos comerciais ofereciam toda uma série de serviços de luxo, tais quais as comodidades da Classe A, porém no quesito público, exacerbava um pouco a quantidade de pessoas que eu gostaria de enfrentar depois de um longo voo.

Sempre que podia, tentava manter meu disfarce em ação. Um agasalho largo e com capuz, que pudesse esconder meu rosto facilmente reconhecível, quando eu queria ou precisava passar despercebido. Os óculos escuros eram companheiros inseparáveis, embora não disfarçassem grande coisa, mediante um público de mulheres que reconheceria até mesmo o tênis que eu usava.

Um tropeção nos meus pés tirou minha atenção do laptop. Carl se ouriçou atrás, já esperando para agir em minha defesa... Como se eu precisasse constantemente disso.

— Descul... *sorry*... — uma voz suave soou.

A diferença de sotaque, na verdade, a primeira palavra distinta do inglês, atraiu minha atenção.

— Tudo bem, Carl... sem alarde, por favor — disse para um cão de guarda irritado, já imaginando que teria que desengatar alguma fã mais obsessiva do meu pescoço. Ele não gostava de usar de brutalidade, mas algumas fãs realmente se excediam em alguns momentos. Cheguei a ter a roupa rasgada em uma ocasião e Carl nunca mais se esqueceu disso, já que até a roupa dele também entrou no jogo e saiu com um belo estrago.

A moça que esbarrara no meu pé — e admito que, com minhas longas pernas estendidas, era muito provável que esbarrasse mesmo —, era exuberante. Estrangeira, com toda certeza. Italiana, talvez? Não... o tom dourado da pele poderia invocar imagens do Mediterrâneo, mas seu rosto era diferente. O corpo, então... Muitas italianas que eu já havia conhecido não ostentavam as curvas que estavam, provavelmente, ocultas por baixo do jeans e casaco da garota. Percebi que ela mancava levemente e a observei pelo canto do olho.

Definitivamente estrangeira. A curiosidade aguçava meus instintos. Ela havia tropeçado no meu pé de propósito, ou realmente fora uma coincidência? Eu não acreditava em coincidências. Não no mundo em que vivia. Ser uma celebridade de grande alcance, com a fama extrapolada pelos quatro cantos do planeta, me colocava num estado de desconfiança a respeito de qualquer pessoa que se aproximasse de mim.

Infelizmente minha vida era baseada nestes fatos. A maioria das garotas que se aproximava da minha pessoa apresentava um objetivo bem definido por trás: fama.

A garota exuberante sentou-se em uma das várias poltronas afastadas, tanto de mim quanto de Carl, ao lado de uma senhora extremamente nervosa e claramente ocupada à minha frente. Virei levemente a cabeça de lado e, por cima da borda dos óculos de sol, mantive o olhar concentrado na figura feminina que atraíra minha atenção.

Ela cantarolava baixinho uma canção, com seu *iPod* escondido em algum bolso, e folheava ao mesmo tempo uma revista de fofocas. De celebridades. Ótimo. Muito provavelmente ela abriria alguma página daquela revista e veria alguma notícia escabrosa estampada sobre a minha vida, ou sobre meu suposto vício em drog...

Uma ideia brotou na minha mente naquele exato instante, tal qual a famosa figura de uma lâmpada repentinamente acesa acima da minha cabeça. Uma brilhante ideia. Sensacional. Que poderia abafar um pouco as intrigas que a mídia vinha tentando jogar em cima da minha carreira precoce. Claro que desde que a morena misteriosa realmente topasse me ajudar.

Ela parecia jovem o suficiente para embarcar em uma possível aventura. Não romântica, claro. Mas uma mulher mais madura possivelmente olharia com outros olhos a estranha proposta que eu estava disposto a fazer àquela garota.

Larguei o laptop com Carl, pedindo que ele o desligasse e fui em direção ao assento ao lado do que a garota ocupava.

Ela ignorou minha abordagem por um instante e aquilo me surpreendeu totalmente. Meu ego sempre acariciado sentiu um baque.

— Oi — eu disse, tentando camuflar um pouco meu acento britânico. Algumas pessoas pensavam que o sotaque inglês denotava soberba, e esta era uma impressão que eu não queria que a garota tivesse de forma alguma.

Ela se virou calmamente em minha direção e o que vi inicialmente, foi o mais belo par de olhos da face da Terra. Como chocolates suíços derretidos na boca... Como um indivíduo inglês, o mais comum para mim era conhecer mulheres com olhos claros pela ascendência. Os mais variados tons de azul e verde. Raras vezes cruzei com mulheres de olhos escuros. E os dessa garota eram profundos e absurdamente lindos. Cheios de segredos e... nenhum reconhecimento evidente de quem eu era! Aquilo era surpreendente.

— Oi — ela respondeu e tentei controlar minha excitação diante daqueles olhos questionadores.

Seu olhar passava um ar de fragilidade, medo, curiosidade... aquilo me intrigou. Observando seu rosto, pude reparar mais ainda em sua beleza completamente distinta. Ela não poderia ser descrita como uma garota comum. Latina. Muito provavelmente.

— Desculpe incomodar, mas você estaria disposta a me ajudar? — perguntei em um tom plácido, tentando passar confiança e, ao mesmo tempo, uma necessidade urgente de ajuda.

Ela retirou os fones de ouvido, que por sinal estavam em um volume altíssimo, o que me levou a questionar se ela poderia ter algum estranho caso de surdez.

por TRÁS *da* FAMA

Ela respirou profundamente depois de me observar com aqueles olhos espantosos.

— Desculpe, eu não falo muito bem inglês, sabe? Pra você deve parecer até meio cômico, tipo "eu, Jane, você, Tarzan" — ela disse, gesticulando de maneira nervosa. — Se é que me entende. No que eu poderia ajudar? Talvez eu não seja a pessoa adequada...

— Eu sei que é bem clichê o que vou...

Segurei a vontade de sorrir diante do sotaque charmoso que ela emitia e retirei os óculos escuros para tentar uma abordagem mais classicamente masculina. Ou, ao menos, perceber se haveria sinais de reconhecimento por parte dela. Até então, ela não demonstrara nenhum sinal evidente de saber quem eu era.

— Desculpe, você poderia repetir? — Parecia tentar encontrar as palavras certas. — Vou me concentrar, mas eu realmente não acho que possa ajudar, ainda mais se eu não entender exatamente o que você quer...

Ela riu embaraçada e corou o suficiente para me fazer crer que ainda existiam mulheres assim no mundo. O som de seu riso cristalino me arrancou um sorriso. Era maravilhoso, e ao mesmo tempo perturbador, encontrar uma pessoa que não fizesse um alarde imediato à visão do meu rosto.

Eu estava me sentindo nas nuvens. Pela primeira vez em muito tempo, eu podia tentar conversar verdadeiramente com uma mulher que não tivesse se aproximado de mim com segundas intenções. Minha vida era fastidiosa assim. Atrizes aspirantes ao sucesso me buscavam incansavelmente para conseguirem possíveis trabalhos ou contatos. Modelos famosas se penduravam em meu braço tentando se manter no topo ou alcançar a luz dos holofotes e despertar a atenção para si mesmas.

Ali estava uma garota linda, jovial, dentro do público-alvo de fãs que me conheciam, que aparentemente não mostrara conhecimento da minha identidade sem que eu a revelasse.

— Tudo bem, meu nome é James Bradley, mas você pode me chamar de Jim.

Senti naquele instante, quando aqueles olhos perturbadores se arregalaram, que me reconheceu.

— James Bradley, o ator do filme "Segredos de Marvely Island"? — perguntou e esperei um grito histérico ou até mesmo um desmaio iminente.

Nada disso tinha acontecido. Eu estava abismado. Se meu ego fosse gigantesco como as revistas gostavam de afirmar, eu estaria petrificado com tal reação natural à minha pessoa. E claramente, essa reação, não vista há muitos anos, desde quando eu era um simples ator desconhecido, quase me fez ajoelhar aos pés da garota, por ela ter me devolvido ao menos por alguns minutos, a sensação de que eu era um cara normal.

— É. Parece que sim. Mas você não teria me reconhecido, se eu não tivesse me identificado, não é? — perguntei e esperei sua resposta com ansiedade.

— Não. Desculpe. Sou totalmente desligada. Mas já vi filmes seus, claro. Na verdade, eu até estava me perguntando se conhecia você de algum lugar... — admitiu, meio envergonhada. — Hum, entendi agora.

Deus... O sotaque dela era extremamente charmoso e excitante. Emanava calor. Lembrava terras tropicais... *okay*... eu estava delirando um pouco além da conta. Há muito tempo não ficava tão nervoso diante de uma garota.

— O quê? — Eu estava desconcertado com aquele sorriso enviesado e sagaz em seu rosto.

— A gritaria que estou ouvindo desde às cinco da manhã...

Quando ela disse isso, senti meu rosto fazer uma tentativa embaraçosa de corar, mas disfarcei. Ou ao menos tentei. Essas reações me envergonhavam. O público era maravilhoso comigo. Sinceramente, eu adorava a atenção e o carinho que eles me davam. Mas com a fama vem a perda de uma coisa muito importante e desvalorizada quando se tem nas mãos: a privacidade.

Eu não tinha privacidade para ir a qualquer lugar, bem como a frequentar ambientes com um grande aglomerado de pessoas, como o aeroporto naquele instante.

— Puxa, e eu pensando que era pra mim... — mesmo falando pausadamente como se estivesse conectando as palavras ao significado, ainda assim ela fez uma piada que arrancou de mim algo raro naqueles tempos: uma gargalhada real.

Acho que ri alto, porque atraímos a atenção da mulher muito ocupada, bem como a de Carl que olhou de cara feia, como sempre, para a moça em questão. Tentei transmitir rapidamente com o olhar que tudo estava bem.

A curiosidade ardia em mim agora. Eu precisava saber mais da jovem que conseguira me tirar do estupor em que me encontrava naquela manhã.

— Eu me apresentei, mas você não — sondei ansioso, esperando uma resposta.

— Ah, sim. Marina — respondeu timidamente.

— Marina de onde? — questionei sem pudor.

Eu tinha que admitir. Estava sedento por informações sobre ela. Que-

por TRÁS *da* FAMA

ria saber mais, me esbaldar com detalhes que me dessem claramente a dica sobre quem ela era. Uma desconhecida, claro. Mas de onde?

— Brasil. Terra selvagem, essas coisas — brincou consigo mesma.

— Ah... está explicado — falei sucinto.

Percebi que ela se ouriçou com minha afirmação.

— O quê?

— Dizem que as mulheres brasileiras são conhecidas por sua beleza — disse simplesmente. Isso era um fato.

Seu rosto tomou uma coloração encantadora de vermelho. Ela estava embaraçada! Por causa de um elogio! Uma pura atestação de um fato.

Porra... há tempos não me sentia tão vivo em uma simples conversa. Poucos diálogos, poucas frases, mas eram tantas as sensações que eu sentia ali naquele momento. Era inexplicável. Piegas até, se alguém quisesse classificar.

— Dizem? Honestamente, não sei, ainda não vi as mulheres daqui — Brincou e deu o sorriso mais tímido que já vi na vida. — Mas você disse que queria minha ajuda? Está tentando aprender português? Provavelmente é só o que posso oferecer...

Era agora ou nunca. Minha chance estava ali. Minha sorte estava sendo lançada naquele instante. Meu plano, repentinamente arquitetado, tomava início na próxima abordagem.

— Na verdade, é um pouco mais complexo do que isso, mas também é simples — disse e aguardei sua atenção.

— Hum? — Eu podia sentir a curiosidade latente nela.

— Você me acompanharia para fora desta sala? Tipo, como se fosse uma amiga? — Soltei a bomba e esperei sua reação.

— Como? Acho que não entendi... — Seu tom de voz mostrava que estava confusa.

Tentei me acalmar para explicitar os fatos de maneira eficaz. Percebi que ela necessitava que eu falasse um pouco mais devagar para entender perfeitamente algumas palavras. E eu precisava que ela compreendesse claramente a ajuda que eu estava solicitando. Até mesmo para evitar problemas depois, ou ideias errôneas que ela pudesse ter. Se bem que, nesta altura do campeonato, ela conseguira atrair minha total atenção no aspecto Homem versus Mulher e imagens de lençóis escaldantes. Sacudi a cabeça para afastar os pensamentos lascivos.

— Olha só. Estou criando coragem para enfrentar as fãs enlouquecidas lá fora e provavelmente a multidão de fotógrafos. E estou tentando escapar de uma onda de boatos relacionados ao meu nome, então pensei se você não poderia me ajudar a jogar um balde de água fria na mídia — falei pausadamente.

Meus olhos não piscavam, esperando ansioso por sua reação diante da minha proposta. Eu queria observar em sua feição o que a ideia geraria. Ela poderia pensar que sou um total perseguidor ou maníaco homicida.

— Deixe-me ver se entendi direito: você não quer ir aos leões sozinho, é isso? — ela perguntou, mostrando que entendera exatamente o que eu disse.

— Se você quiser entender assim... — Eu podia sentir o fio de esperança se esvair. Parecia loucura aquela minha ideia mirabolante, de que uma garota linda e, por que não, ingênua como aquela, cairia na minha história tão facilmente.

— Você está com medo de um monte de garotinhas histéricas no meio do aeroporto? E aquele ali não seria seu segurança? Olha o tamanho dele! — falou, rindo, apontando com o queixo na direção de Carl.

Percebi que precisaria entrar em detalhes que preferia manter guardados, mas se eu quisesse a ajuda dela, também deveria, no mínimo, ser honesto.

— A situação é mais chata do que você imagina. As revistas de fofoca espalharam por aí que eu estava em uma clínica de reabilitação, então, chegar acompanhado por alguém vai fazer com que eles fiquem sem fala, entende? — argumentou ele. — Eu sei que não é muito justo porque vou meter você na história, mas quando a gente se separar, eles não vão achá-la, certo? Não precisam nem saber seu nome.

— Hum, desse jeito parece tão fácil como andar de bicicleta. Basta eu atravessar o saguão ao seu lado? E você estava ou não? — Percebi seu interesse na proposta e em mais informações.

— Estava aonde? — perguntei, mas já sabia ao que ela se referia.

— Numa clínica de reabilitação? Não que seja da minha conta, mas você não parece estar saindo de uma, se me permite dizer...

Aquela simples frase foi extremamente reconfortante. Ao menos uma desconhecida acreditava na minha inocência.

— Valeu. Na verdade, eu estava filmando, mas fofoca vende mais... — falei, mas não me estendi no assunto. — Então, você estaria disposta a me ajudar?

Eu estava ansioso pela resposta dela. Por Deus... roguei silenciosamente que Ele atendesse minhas orações e fizesse com que a moça topasse me ajudar.

Ela pensava e eu praticamente podia ver as engrenagens de seu cérebro funcionando. Achei estranho e, ao mesmo tempo, reconfortante ver que

por TRÁS *da* FAMA

ela analisava os fatos de maneira pertinente. Não aceitara impulsivamente como uma tiete teria feito, sem ao menos pensar nos prós e contras da decisão. Eu sabia que se ela concordasse, estaria colocando o rosto em quase todas as capas de revista do país, se não do planeta. E a fofoca arderia no fogo do inferno, fazendo com que o caldeirão de repórteres emergisse dos confins da Terra em busca de informações sobre ela. Como cães farejadores, eles a rastreariam sem trégua.

Era até injusto pedir que ela aceitasse um desafio brutal desse. Mas eu tentaria com todas as minhas forças manter a mídia afastada de seu nome, origem e todas as informações possíveis a seu respeito. Exceto se ela quisesse esse foco. Porém, ela não se parecia com este tipo de garota que via a oportunidade de ouro batendo à porta.

De todas as maneiras, ela ferveria as manchetes porque era linda. As brasileiras eram conhecidas como as mulheres mais belas do planeta. Elas apresentavam um sex appeal evidente e detectado a milhas de distância. Eu não saberia explicar, mas a beleza tão exótica dela me fazia suspirar quase audivelmente. Já estive em contato com mulheres ícones da beleza no mundo *fashion*, me relacionei romanticamente com as mais belas divas do cinema, mas nenhuma delas me despertara tão rapidamente, e sem precedentes, como a garota simples que estava diante de mim.

Sua tez morena dourada lembrava o sol. E seus cabelos azeviches eram quase azulados de tão negros. *Okay*... eu estava definitivamente piegas e poético. Mas ela realmente conseguira atrair minha atenção e meu foco estava voltado totalmente para ela.

Pude ver dúvidas surgirem naqueles olhos profundos. Embora com um leve ar de cansaço, ela não deixava de exalar a beleza agressiva que tinha. Era isso. A beleza dela era ostensiva, se eu pudesse escolher apenas uma palavra. Chegava sem avisar. Conquistava sem pelejas. Ela simplesmente era. Era a garota. Diferente.

Sequer permiti que meus olhos percorressem o corpo dela para evitar constrangimentos para nós dois. Eu possivelmente não responderia pelos atos do meu corpo diante de um olhar mais demorado. Porém, era óbvio que ela levava na bagagem a herança dos genes brasileiros.

Ela me olhou e pude sentir a decisão pairando em seus lábios.

— Tá bom. Ops...

Suspirei de alívio, mal podendo crer na minha sorte repentina. Era uma sensação única. Talvez parecida com a que tive quando recebi meu primeiro milhão.

— O que foi? — perguntei, temeroso de que ela mudasse de ideia.

Ela parecia confusa com as palavras que deveria usar para expressar seu ponto.

— Eu não posso sair daqui. Minha mala pegou uma conexão sei lá quando para Houston e, sabe como é, estou na espera de que ela resolva voltar ao lugar a que pertence, é só por isso que estou na sala VIP: foi uma forma que encontraram de se desculpar comigo...

O alívio veio, mais uma vez, em forma de um suspiro exalado discretamente por mim.

— Isso eu posso resolver. É só me acompanhar até o hotel e esperar lá. Depois eu levo você ao seu destino e peço alguém para apanhar sua bagagem. Se você não se incomodar, claro.

— Hum, não vai ser trabalhoso?

Porra. Há muito tempo eu não conversava com uma pessoa que se preocupava comigo antes de mais nada. Ela estava preocupada se seria custoso solicitar o envio da bagagem extraviada ao meu hotel? Mal sabia ela que apenas um estalar de meus dedos... ou da minha assessoria, melhor dizendo, resolveria aquela pendência mais rápido do que poderia imaginar.

— Não. Você está me fazendo um favor, certo? Então uma mão lava a outra. E pode confiar em mim, prometo não ter segundas intenções... — Ri descaradamente. Exatamente porque em minha mente passavam imagens luxuriosas, com várias intenções, mas já tinha decidido agir como o perfeito cavalheiro que minha mãe me ensinara a ser. Aquela garota merecia todo o meu cuidado e atenção em não deixá-la desconfortável. E se havia uma coisa que tenho certeza de que a deixaria assim, era meu nítido interesse em mais do que sua ajuda naquele instante.

— Ufa! Ainda bem que você me avisou! Acabei de me lembrar que não trouxe meu spray de pimenta — brincou.

Meu coração estava disparado. Há tempos eu não sabia o que era ter o coração acelerado com excitação por um momento. Nossa saída daquela sala VIP seria tal qual minha entrada no set de filmagem, ou numa peça de teatro. Eu estava arrastando comigo uma adorável criatura que se dispusera a me ajudar.

Chamei Carl e expliquei a situação rapidamente.

— Carl, preciso que você se atente a todos os detalhes. Cubra suas costas o máximo que puder e tente obstruir as lentes dos fotógrafos com

por TRÁS *da* FAMA

15

seu corpo avantajado. — Carl riu. — Sério. Quero que tentemos preservar um pouco a imagem dela... — Observei enquanto ela ajeitava suas coisas. — Ela está me fazendo um enorme favor... não vamos complicar a vida dela mais do que o esperado, *okay*?

Peguei sua mão e percebi que estava gelada. Será que ela estava com medo? Do desconhecido, talvez.

— Você tem certeza mesmo disso? Quero dizer, você vai ter que lidar com um monte de perguntas sobre quem sou eu e será que isso não vai te constranger? — ela me perguntou e demorei a me concentrar nas implicações de sua pergunta.

— Como assim? — perguntei, piscando, tentando sair do transe.

— Sei lá. Você só anda com beldades, atrizes etc. Eu sou o oposto disso. Nem perfil para ser sua amiga eu tenho.

Porra! A garota não fazia ideia de como era atraente? O perfil ingênuo se confirmou totalmente na minha cabeça naquele momento.

— Como assim? — perguntei e percebi que me alterei um pouco com a percepção de que ela estava se achando inferior, quando em meu conceito, ela rivalizava em superioridade com outras mulheres extraordinárias.

— Ah, não consigo explicar... eu sou só uma brasileira comum que você pegou no meio do aeroporto. Opa, não caiu bem essa explicação!

Certo. Tive que rir escandalosamente. Minha vontade era rolar de rir no chão, porque realmente, em todo o universo, eu consegui achar a mulher mais "cega" do mundo.

— Garota, você vai incendiar os noticiários! Você não se enxerga muito bem, não é? — Minha pergunta foi, na verdade, uma forma de mostrar que ela estava realmente com problemas de cabeça.

— Hum, tenho problema de vista. Então tá, você é quem sabe — ela disse e pareceu levemente ofendida. Eu realmente não conseguia parar de rir.

Conhecer uma mulher assim nos dias de hoje era raríssimo. No meu meio de convívio então era um feito inédito. Ela era espetacular, meiga e nada fútil. Não poderia afirmar que fosse tímida, mas com certeza absoluta, era *nonsense* total. Não enxergar sua beleza era um absurdo.

Resolvi largar sua mão e fazer uma nova abordagem. Eu queria proteger aquela garota altruísta de todas as maneiras. Com apenas um olhar solicitei que Carl apanhasse a mochila dela e estendi o braço possessivamente em seus ombros. O cheiro de seu xampu chegou ao meu olfato e acendeu uma chama estranha dentro de mim. De repente, tudo o que eu queria era que tudo parasse e aquele momento se prolongasse por mais tempo.

Senti uma descarga elétrica percorrer meu corpo quando a abracei, ajustando nossas estaturas para que eu a guiasse pelo saguão. Senti-a inspirar profundamente, como se estivesse tomando coragem para enfrentar o desconhecido e, quando as portas automáticas se abriram, apenas falei em seu ouvido:

— Tape os ouvidos, garota. Se quiser sorrir, fique à vontade...

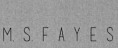

Cena 2

Enquanto caminhávamos pelo saguão lotado do aeroporto, tudo o que eu conseguia pensar era na belezura que estava ao meu lado e no tipo de confusão que eu poderia estar colocando a pobre coitada. Inocentemente, ela aceitou me ajudar, mas talvez não soubesse o preço que pagaria ao se ver exposta aos leões da mídia. A catástrofe que eles poderiam fazer na sua intenção de estudar nos Estados Unidos poderia atingir proporções gigantescas.

Mesmo sentindo um aperto singelo da culpa, ainda assim eu estava agradecido pela ajuda despretensiosa e fugaz que essa Marina estava me proporcionando. Tirar os holofotes inglórios da fama, onde o foco da atenção sobre minha possível internação ou não seria desviado para outra fonte, era absolutamente refrescante. Eu preferia responder mil vezes sobre quem era a garota ao meu lado do que ter que me justificar perante uma multidão de repórteres abutres sobre meu suposto envolvimento com drogas.

Não posso dizer que nunca estive tentado, ou que nunca experimentei nada. No início da carreira, para ajudar a lidar com tantos *jet lags* das viagens, compromissos estafantes, as cobranças e a pressão da mídia, bem como a fácil oferta de produtos que aliviassem a tensão, tornava o caminho mais fácil para se debandar por aí. As festas badaladas faziam com que você, para se misturar, acabasse consumindo muitas coisas das quais mais tarde se arrependeria.

Meu primeiro porre alucinante me custou um Porsche 911 e cinco pontos no cotovelo. Um resultado até mesmo tranquilo. Desde que você não contasse a bronca e o puxão de orelha que recebi da minha mãe quando ela soube do acidente e voou desesperada para Los Angeles, há quatro anos. Com entorpecentes, cheguei a experimentar uma carreira de coca certa vez, impulsionado por uma atriz com a qual contracenava na época. Uma vez para nunca mais. Dificilmente vou me esquecer da sensação completamente fora do meu corpo que senti.

Enquanto para alguns aquela realidade ilusória de transcender seu corpo era o máximo, para mim foi o auge da decadência. Não ter domínio de mim mesmo, da minha mente. Dali por diante fiz questão de me manter afastado. O único mau hábito que conservei foi beber socialmente e muitas vezes sobrecarregar um pouco o fígado com doses em excesso.

Entramos no carro e percebi que fiquei muito colado a ela. Senti que corou levemente e achei aquilo o máximo. Eu não poderia abusar da minha sorte e acabei lhe dando um pouco de espaço pessoal.

Permiti a mim mesmo um riso solto ao observar sua reação cheia de pudor. A maioria das mulheres que chegava perto de mim fazia questão de se manterem coladas. Ou sempre apresentavam uma desculpa qualquer para um toque ou outro. Esta garota ao meu lado agia de maneira diferente. Era como se eu fosse um cara qualquer e suas reações fossem motivadas mais por embaraço do que outra coisa. Aquilo era simplesmente inédito para mim. Pelo menos, dos últimos anos da minha vida para cá.

— Foi melhor do que eu pensava — eu disse, tentando puxar assunto.

Ela me olhou com os olhos castanhos esbugalhados em pânico.

— É mesmo? É sempre assim? — perguntou um tanto assustada.

— Nem sempre eu tenho uma companhia tão interessante... — respondi enigmaticamente. Tentei de tudo para conter o hábito de jogar charme gratuito, mas foi difícil. Eu queria manter nosso acordo em uma possível amizade e apenas isso.

— Ah, fala sério! — Riu espontaneamente.

Marina ficou repentinamente tensa e minha vontade era de tentar deixá-la o mais à vontade possível. Não sei por que sua presença era um bálsamo em meio à falsidade que era o mundo em que eu vivia.

— Então, o que será agora? Você pode me deixar aqui depois? Digo, não você, alguém? Na verdade, não sei nada sobre a minha mala perdida.

Eu podia sentir que ela, na verdade, não queria abusar. Uma sensação estranha percorreu meu âmago, porque, sinceramente, eu estava mais acostumado às pessoas sempre quererem algo de mim.

— Acalme-se, garota. Você está no meu mundo agora. As coisas se resolvem num piscar de olhos.

Dei uma piscadinha na tentativa de amenizar a tensão que pude perceber em seu corpo. Ela era extremamente transparente em suas reações.

— Certo. Estou sem graça neste momento porque minha missão já se encerrou. Qualquer coisa que exija um diálogo maior vai me constranger, por razões óbvias.

Olhei-a com bastante atenção e seriedade e disse:

— Marina, o seu inglês não é tão ruim quanto você imagina. Um pouco de prática e você vai se parecer com uma americana. Não, isso não seria possível. Definitivamente você não se pareceria com uma....

Eu era um admirador da beleza feminina. Vivia cercado de mulheres belíssimas, das mais variadas culturas e etnias, mas a beleza daquela garota era algo perturbador. Ela era deslumbrante em uma maneira estranha de ser. E para completar o quadro, ela sequer se dava conta deste fato.

— Ah, obrigada.

Pude perceber que se retraiu um pouco com o que conversamos. Daquele momento em diante, manteve-se calada e apenas concentrada na janela.

Eu e Carl trocamos algumas informações e logo em seguida ele buscou saber sobre a universidade e os meios para facilitar a entrada dela mais tarde. Chegamos ao hotel e, vez ou outra, eu tentava ser discreto ao avaliar as curvas perfeitas da garota ao meu lado.

Estava procurando o que fazer no meu celular quando ouvi um leve ruído na janela do carro. Carl olhou pelo retrovisor e nós dois rimos ao perceber que Marina havia adormecido e a cabeça batera de encontro ao vidro. Tentei saber se ela havia se machucado, mas me contive ao perceber que ela estava sem graça com a situação.

O carro parou e respirei fundo porque a multidão se concentrava na porta do hotel Hyatt.

— Chegamos — disse, tentando parecer descontraído. Eu estava tenso. Sabia que muitas vezes a multidão podia ser frenética e bastante agressiva.

Por mais incrível que possa parecer, as ondas de agressividade vinham mais das fãs fervorosas do que dos fotógrafos. Com cartazes de pedidos de casamento, declarações de amor e juras eternas, elas encaravam qualquer companhia feminina que eu tivesse como uma adversária. Aquilo era assustador.

— Seu papel ainda não chegou ao fim. Temos mais uma etapa agora, até a segurança do elevador, e, mesmo assim, nunca se sabe... Pode ter um *paparazzi* escondido no fosso.

Droga! Eu estava nervoso e falando besteira, mas queria garantir que ela ainda se concentrasse do meu lado.

— Poxa, que missão suicida, hein? Minha remuneração por este dia de trabalho poderá ser uma bela soneca? — perguntou mais espontânea.

— Claro, a não ser que você tenha outras coisas em mente... — gra-

por TRÁS *da* FAMA

cejei. Quase me dei um tapa na cabeça. Que diabos eu estava pensando ao jogar charme assim de cara?

Ela me olhou intensamente como se estivesse pensando em algo absurdo.

O carro parou na frente do Hyatt Regency e nos preparamos para a enxurrada. Eu estava mais do que ansioso em adquirir uma residência, um apartamento qualquer em Los Angeles, para minimizar minha estadia em quartos de hotel. Era exaustiva essa rotina à porta do hotel, além da própria ausência de aconchego que o quarto proporcionava. Um lar poderia fazer com que a minha estadia na cidade do Cinema fosse mais agradável.

Percebi quando ela respirou fundo tomando coragem e puxou a manga do meu casaco para chamar minha atenção.

— Você tem alguma direção para este momento? Tipo, algo pra fazer: correr, andar... tudo menos cair! Seria um mico mais do que galáctico.

Senti o esgar de um sorriso em meus lábios com sua tentativa de descontrair.

— Hum, você pode segurar minha mão e atravessamos juntos. Eu saio primeiro, aceno para as pessoas e daí você vem e eu a guio rapidamente para o saguão. Pode ser? — perguntei ansioso, aguardando sua resposta.

Não sei por que, mas sentia minhas mãos suando com ansiedade de segurar a dela. Limpei discretamente o excesso de suor na calça jeans e abri a porta. Carl já estava devidamente posicionado ao lado da calçada nos aguardando.

— Claro, por que não? Devo ter medo? Tipo, mulheres se descabelando ou tentando me atacar? — questionou. Parecia estar se divertindo, mas pude sentir ansiedade em sua voz.

Uau! Esse era um medo que até eu tinha. A agressividade de algumas fãs era assustadora. Com aquela massa de cabelo todo que ela ostentava, não seria estranho se alguma fã obcecada conseguisse um tufo.

— Não, normalmente elas me atacam, mas o Carl vai estar aqui para nos proteger, não é, Carl? — brinquei com ele.

— É — respondeu, simplesmente. Carl era assim. Um cara sucinto e imponente. Com apenas um olhar ele metia medo em alguma pessoa mais ousada.

Desci do carro, acenei para a multidão enlouquecida e estendi o braço, agarrando a mão delicada da Marina. Seus dedos estavam gelados e trêmulos, mas ela saiu do carro. Não se acovardou e me seguiu. O grito de surpresa da multidão foi audível. Os flashes pipocaram enfurecidamente em nossa direção.

— James! James! Quem é a gostosura que está ao seu lado essa semana? — gritou um repórter de uma revista infame de fofocas de celebridades.

Sentindo que as perguntas poderiam ficar mais atrevidas e ela poderia entender o teor, eu a puxei para o calor dos meus braços, quase a escondendo debaixo do meu casaco. Eu queria protegê-la de qualquer maneira. Da exposição exagerada, das perguntas indiscretas, das possíveis ofensas. Quanto menos eles vissem seu rosto nitidamente, mais ela poderia estar assegurada de que sua identidade seria mantida em segredo.

Senti um frenesi de excitação quando ela roçou o nariz no meu pescoço. Muito provavelmente, devia estar tentando respirar, já que eu praticamente a encapsulei nos braços. Sentir o calor do corpo dela assim tão próximo foi angustiante. Não queria que ela sequer imaginasse que eu poderia estar mal-intencionado. Porém, meu corpo era traiçoeiro. Tive que afastá-la a contragosto para evitar que percebesse os sinais.

— Desculpe por isso — disse embaraçado.

Eu era acostumado a esse fervor intenso todas as vezes que saía. Já podia dizer que praticamente estava acostumado a esta rotina. Mas sabia que ela devia estar assustada até os últimos fios do cabelo.

— Pelo quê? — perguntou sem entender.

— As perguntas ficam mais ríspidas quando estamos fora do ambiente do Governo, como o aeroporto...

Eu falei, mas não quis dar explicações sobre o que falavam. Essa era uma parte da minha vida que me irritava. Embora já tivesse tido minha cota suficiente de mulheres, não significava que eu trocasse de mulher como se estas fossem descartáveis. Porém, qualquer amiga que fosse vista ao meu lado já se tornava uma possível amante. A rede de fofocas era intensa e difamatória. Eles não ligavam para saber se poderiam gerar intrigas ou não em um relacionamento. O que eles queriam era ver exatamente o circo pegando fogo.

— Ah, tudo bem, não entendi uma palavra sequer... Tem certeza de que era em inglês? — respondeu brincalhona.

Tentei conter o sorriso diante da sua tentativa de ficar mais à vontade com tudo o que estava acontecendo à nossa volta.

— Rárárá. Engraçadinha. De toda forma, muito obrigado — agradeci de pronto.

Eu realmente estava abismado que ela tenha me ajudado nisto.

— Não tem de quê. Aposto como minha boa ação de hoje vai me valer um bom lugar no céu. — Ela riu e a acompanhei no riso, porque sua risada me fazia ter vontade de rir.

por TRÁS *da* FAMA

Entramos no elevador, e encostei-me à parede tentando manter as mãos quietas. Eu estava um tanto quanto nervoso. Olhei para Marina e ela estava cantarolando e suspirando ao mesmo tempo.

— O que foi? — não consegui conter minha curiosidade e perguntei. Ainda mais difícil era tirar os olhos de seu rosto levemente corado.

— Hã, nada. Só estou matando saudade da música. É Tom Jobim, conhece? Música Popular Brasileira — disse com um sotaque mais carregado. Achei supersexy na voz melódica e sonhadora com que ela me respondeu.

— Sim, tenho uma certa coleção de músicas brasileiras, embora não entenda nada...

Era difícil assumir isso, mas fui sincero. Eu amava a melodia das músicas brasileiras, mas o português era um idioma difícil para minha compreensão.

— Ah, então estamos quites, não é? Eu também ouço as músicas americanas e não entendo grande parte da letra.

Não consegui deixar de observá-la enquanto o elevador seguia para nosso andar. Uau! Eu já estava colocando tudo no plural. Nosso andar.

— Você não me disse ainda o que veio fazer aqui — perguntei.

— Hum, acho que você não perguntou antes. Estou aqui para um curso rápido de inglês na UCLA, começo daqui a dois dias, mas vim antes para me alojar logo no *Campus* e não ficar completamente perdida...

Não sei por que havia imaginado algo assim, mas da mesma forma, acabei sentindo uma pontada de decepção. Muito provavelmente seria uma viagem rápida. Ainda mantive a esperança de ela estar visitando algum parente por aqui. Pelo jeito, veio para uma temporada no inverno.

— Hum, entendi. Então é uma viagem rápida — falei, tentando obter mais informações. Acho que minha sondagem não estava sendo tão sutil.

— É, se você considerar três meses fora de casa como uma viagem rápida...

Não. Três meses não eram nada. Passavam rapidamente. Infelizmente.

— Eu passo mais tempo que isso fora, filmando, essas coisas... Então já estou meio acostumado a quase não estar em casa. Ainda mais porque moro bem longe daqui, como você.

— É mesmo? Você é de onde? — perguntou e senti seu interesse.

— Londres. Inglaterra — respondi mecanicamente.

Percebi que ela revirou os olhos e não entendi a razão.

— Ufa! Ainda bem que você me esclareceu que Londres fica na Inglaterra — respondeu friamente.

Acho que a ofendi de alguma forma, mas não sabia no que, mais precisamente. Preferi manter o silêncio e deixá-la em paz. Por enquanto.

Quando chegamos ao meu andar, o décimo sexto, a porta do elevador se abriu e, de maneira cavalheiresca, deixei-a passar primeiro. Na verdade, estava ansiando em sentir o perfume de seus cabelos novamente. Quando descemos do carro e puxei-a para perto de mim, fiquei inebriado com o aroma que exalou daqueles cabelos negros.

Abri a porta do apartamento e ela ficou estupefata. Certo. Aquilo era um hotel, mas os quartos não podiam ser considerados quartos. A imponência e o tamanho os deixavam na categoria de flats. Carl chegou logo em seguida, já que ele nos deu privacidade e seguiu no outro elevador.

Coloquei minha mochila em um sofá qualquer e peguei a dela que Carl segurava. Carl se foi sem mais nenhuma palavra e o silêncio prosperou no quarto. Senti que ela estava constrangida. Assim como eu, pela primeira vez não sabia o que falar.

Eu estava emudecido. Observei quando ela se sentou em uma poltrona e exalou um suspiro típico de cansaço.

Sabia bem o que era aquilo. Chegar de uma viagem longa era exaustivo. Busquei em meu cérebro alguma frase que pudesse quebrar o gelo e deixá-la mais à vontade. Era uma coisa muito estranha e fora do comum. Eu não fazia a mínima ideia de como abordar de maneira decente a garota que estava sentada no meu sofá.

por TRÁS *da* FAMA

Cena 3

Depois de alguns poucos minutos silenciosos em que eu continuava a encará-la como se estivesse hipnotizado, ela olhou para si mesma e se virou em dúvida para mim.

— O que foi? — perguntou nervosa.

Eu podia sentir que ela estava tensa. Talvez a realidade tenha batido exatamente naquela hora. Bem, ela estava sozinha em um quarto de hotel com um cara que nunca conhecera. E se eu fosse um psicopata qualquer?

Você quer dormir um pouco? Eu liguei para o aeroporto e sua mala já foi localizada, mas só chega daqui a umas duas horas mais ou menos. Eles vão enviá-la pra cá. Eu sei que você queria ir para o *campus*, mas é melhor esperar aqui, assim sua mala não seria extraviada de novo... — Eu a avisei e coloquei meu melhor sorriso no rosto. Eu queria deixá-la à vontade.

Abaixei o capuz do casaco me preparando para retirá-lo, já que o quarto estava quente, e aguardei sua resposta. Ela me olhava como se estivesse processando minha pergunta e uma possível resposta. Como percebi que sentia dificuldade no idioma, esperei prontamente que respondesse no seu tempo.

— Hã... se eu puder cochilar só um pouquinho já vai ser suficiente, acho — disse sem graça.

Apontei para o quarto da esquerda.

— Você pode ficar com aquele quarto da esquerda. Prometo que ninguém vai te incomodá-la. Se você quiser se refrescar também...

— Ah, não, tudo bem — ela recusou rapidamente.

A companhia dela realmente estava me fazendo um bem enorme naquele momento da minha vida. Hollywood era um antro recheado de pessoas que viviam suas vidas baseadas em aparências e jogos de poder. Eu estava cercado de pessoas assim. Que estavam sempre ao meu redor em busca de algo em retorno, algum favorecimento ou compensação. Perceber que havia uma mulher que me tratava de igual para igual, sem querer nada em troca, era gratificante. Então acabei percebendo que eu mesmo estava apreciando sua companhia como há muito tempo não apreciava a de alguém ao meu redor.

— Posso emprestar uma camiseta, se você quiser...— ofereci solícito.

— Ah, obrigada, acho que posso esperar umas duas horas. Mas o cochilo eu aceito — respondeu parecendo realmente cansada.

Eu a observei entrar no quarto e fechar a porta e só então pude soltar meu fôlego. Porra, eu estava me sentindo um adolescente tentando convidar a garota mais bonita da escola para ir ao baile anual.

Entrei em meu próprio quarto e tomei um banho frio. Eu precisava acalmar meus ânimos e meus hormônios enfurecidos. A visão do corpo de Marina era realmente perturbadora. Muito provavelmente, isso tudo era porque estava há algum tempo sem alguém. Eu não queria assustá-la de maneira alguma, fazendo um movimento errado.

Depois do banho, mesmo sentindo o cansaço se abater no meu corpo, eu não conseguia dormir ou relaxar. Tomei uma soda e andei pelo apartamento, pensando se o que eu queria fazer era apropriado ou não. Como já havia se passado mais de uma hora que ela entrara no seu próprio quarto, resolvi averiguar e ver se estava tudo bem.

Percebi de imediato que, da maneira como ela aterrissou na cama, ela ficou. A temperatura do quarto estava ficando mais gélida e acabei estendendo a manta aos pés da cama sobre seu corpo, de maneira silenciosa para não a assustar.

Resolvi deixá-la dormir o tempo que quisesse. Eu conhecia o jet lag. Meu corpo já estava meio que habituado a ele. Com tantas viagens espaçadas em tão poucos dias, ou nos acostumamos com o efeito ou acabamos pirados.

Fui para a sala e me acomodei para assistir um pouco de TV. Poder passar um tempo sem fazer absolutamente nada, era ótimo. Eu não queria dormir, preocupado que o tempo se fosse e eu acabasse nem ao menos dando atenção à minha hóspede.

Zapeei os canais de maneira aleatória até encontrar um filme decente e assistir.

Nesse meio tempo, liguei para meu agente e averiguei alguns dados importantes da próxima filmagem, pedi um lanche qualquer pelo serviço de quarto e respondi uma série de e-mails. Contive minha vontade de olhar Marina em seu quarto novamente. Eu não queria ser pego e rotulado como um voyeur, mas estava ansioso para que ela despertasse.

Carl bateu à porta e entregou a mala de Marina que fora resgatada do aeroporto. Depositei a mala logo à frente da porta para que ela se tranquilizasse e a visse assim que saísse do quarto. Um desejo louco de esconder a mala dela e dizer que não fora encontrada passou momentaneamente pela minha cabeça. Acabei contendo a insanidade do pensamento. Eu queria prolongar o tempo junto a ela, mas também não poderia usar de meios desonestos para isso.

A maior parte da tarde se passou sem ao menos um ruído no quarto ao lado. Quando eu estava pensando em bater à sua porta, ouvi passos ao lado.

Ela veio caminhando descalça e com um visual recém-saído da cama. Só posso garantir que aquilo era sexy para caralho.

— Olá — ela me cumprimentou sem graça.

Dei-lhe um sorriso, para deixá-la mais tranquila e garantir que aquilo tudo era normal.

— Olá, Bela Adormecida... você estava cansada mesmo, né? — falei o óbvio.

Bati a mão no sofá ao meu lado, mas ela acabou sentando-se em outra poltrona mais distante. *Okay*. Aquilo decididamente era novo.

Ela vasculhou o quarto e percebi quando seus olhos se depararam com a sua mala.

— Sua mala chegou — mais uma vez eu disse o óbvio.

— Você gostaria de tomar um banho antes de deixarmos você na Universidade ou prefere ir logo?

Eu preferia que tivesse criado coragem chamando-a para sair, mas sem palavras para proferir, acabei perguntando aquilo que a afastaria de mim. Ela mordeu o lábio inferior e contive um gemido.

— Eu aceito a oferta do banho, se não for incômodo pra você. Acho que já atrasei bastante a sua vida com meu cochilo rápido — disse, sorrindo.

Fiz questão de deixá-la saber que estava tranquilo quanto a isso e afirmei que também descansei. Fiz um relato breve da saída dos fãs da porta do hotel e dos fotógrafos, já que a tarde havia se passado sem movimentos de saída da minha parte.

Quando vi que sua intenção era arrastar a mala, me levantei rapidamente e eu mesmo a carreguei para seu quarto.

— Obrigada — ela agradeceu e percebi o tom rosado em suas bochechas.

Quando me sentei novamente no sofá, tive que respirar fundo e esfregar as mãos no rosto para esquecer a imagem ou a ideia de uma garota fabulosa e nua no chuveiro do quarto ao lado.

por TRÁS *da* FAMA

M.S.FAYES

Cena 4

Enquanto eu podia ouvir os ruídos dela no outro cômodo, consegui sair do meu torpor e me dirigi ao meu próprio quarto para tomar um banho rápido. Novamente. Eu acelerei meus passos porque queria estar à espera dela e poder desfrutar por mais tempo de sua companhia. Se eu enrolasse em um banho relaxante, como de costume, acabaria perdendo algo possivelmente precioso.

Eu saí para a sala de TV e percebi que, na verdade, ela ainda estava reclusa em seu próprio quarto. E eu, como um maluco ansioso, andava pela sala de um lado ao outro. Minha vontade era roer as unhas em angústia, já que não fazia a mínima ideia de como postergar nossa despedida.

Eu devia estar muito deprimido mesmo. Talvez o ar californiano tenha enfim se infiltrado no meu cérebro e dado um curto-circuito. Porque eu estava me desconhecendo. Quando eu tinha ficado assim tão obcecado por uma garota desconhecida? Nunca. Eu nunca sequer precisei perseguir mulher alguma. Eu era hábil na arte de seduzir e fazer marcar meu ponto, mas confesso que essa garota brasileira estava mexendo realmente comigo. Eu estava me sentindo um colegial afetado pela visão da garota mais bonita do baile. Porra!

A maçaneta da porta se mexeu e parei no lugar, tentando demonstrar que não estava nervoso e que não estive quase fazendo um buraco infernal no tapete. Ela saiu do quarto completamente renovada pelo banho e pelo descanso e eu apenas pude beber sua imagem adoravelmente jovial. Ela agora parecia uma estudante universitária, estrangeira em sua beleza exuberante, e pronta para enfrentar os desafios à frente. Olhei para Carl, que estava em posição de estátua ao lado da porta, e ele entendeu que era para sair de seu congelamento e apanhar a mala de Marina e sair à nossa frente. Eu precisava ao menos tentar ter um momento a sós com ela.

Ela andou apressadamente até a porta e estava quase saindo em disparada pelo quarto quando segurei em seu cotovelo e lhe informei com toda a calma que consegui imprimir em minha voz:

— Não é tão simples quanto parece. Ainda temos que sair sob monitoração constante.

Ela ergueu uma sobrancelha delineada e tentou caçoar da situação.

— Mas eu posso sair normalmente sem que ninguém me note, como uma hóspede qualquer... você não vai estar junto para atrapalhar meus planos de seguir discretamente pelo saguão, certo?

Oh, porra! Outra garota nessa posição, a essa altura, estaria sendo arrancada à força do meu quarto, em meio a prantos e lamentações, pedindo por mais do meu tempo, mas, ao invés disso, ela queria correr para longe de mim. Respirei fundo, mas me arrependi porque aspirei o doce cheiro de seu xampu e fiquei fascinado por enfiar meu rosto no meio daquelas madeixas sedosas.

— Errado. Eu vou estar junto. Tenho um compromisso mais tarde e, se eu te coloquei nesta enrascada, faço questão de fazer o serviço completo te deixando na porta da Universidade, certo? — argumentei com todo o meu charme inglês. Confesso, estava tentando impressionar a garota.

— Ué, você é quem sabe. Eu acho que não tem necessidade nem mesmo de me levar. Acredito que um táxi faria o serviço do mesmo jeito... — disse quase gaguejando. Por um instante, pensei ter visto uma centelha brilhar naqueles belos olhos castanhos. Satisfação? Alívio?

A sorte sorriu para mim, fazendo com que o ruído audível de seu estômago roncasse alto. Era a ocasião perfeita. Claro que, como um perfeito cavalheiro, eu não comentei sobre este fato, já que não queria deixá-la embaraçada na minha presença.

— Na verdade, nós vamos jantar antes, se você não se incomoda — disse e interrompi o restante da sentença quando percebi que seus olhos se abriram em espanto com alguma coisa. — O que foi? — perguntei preocupado.

Ela remexeu em seus cabelos, nervosa.

— Ah, nada... Eu só acho que você já ficou por minha conta demais hoje, não? — disse preocupada com a situação.

— Ué, você é quem sabe. Eu acho que não tem necessidade nem mesmo de me levar. Acredito que um táxi faria o serviço do mesmo jeito... — Consegui trazer um belo sorriso ao seu rosto.

Saímos, enfim, do quarto e caminhamos pelo longo corredor em direção aos elevadores privativos. Eu estava tentando procurar em meu repertório algum assunto para iniciar uma conversa informal. Deus abençoe a Rainha, porque a pequena brasileira fazia jus à fama do seu povo de serem extremamente extrovertidos. Era um contraponto à sisudez da fama dos ingleses.

— *Okay*. E quais são os passos que devem ser seguidos agora? Eu vou primeiro? Vamos pelos fundos? Eu me escondo atrás de algum vaso de plantas? — Ela riu e achei o som de sua risada a coisa mais linda que já ouvi. Embora alegasse que não soubesse inglês, Marina se comunicava com presteza e fazia até piadas graciosas.

No elevador, com Carl ocupando o mesmo espaço, eu a olhava de soslaio, tentando ao máximo disfarçar meu interesse. Ela cantarolava baixinho a canção brasileira que tocava nos áudios, me olhou e apontou para o som. Eu sempre odiei as músicas disponíveis nos elevadores da maioria dos prédios americanos. Natal então, era um inferno. Mas, a partir daquele momento, sempre que eu escutasse um tema brasileiro, eu me lembraria dela.

Embora não entendesse absolutamente nenhuma palavra do que ela cantava baixinho, a única coisa que eu poderia dizer era que sua voz era melodiosa e doce. E a fonética interessante do português tornava tudo mais exótico.

Foreigner assumiu a cantoria e olhei ainda disfarçadamente para ver se ela cantaria a canção. Eu curtia muito aquela música.

O som adorável de sua risada encheu a cabine do elevador. Olhei assombrado para ela. Como devia ser bom ter uma visão de vida tão leve assim. Poder rir de situações corriqueiras. Embora eu não soubesse o motivo de seu riso despretensioso e agradável.

— O que foi? — Dessa vez eu ria também. — Estou curioso pra saber o motivo de tanta alegria. Será por que você logo se verá livre de mim? — Caprichei em minha interpretação de pesar.

Ela me olhou por um instante sem nada dizer e apenas deu um sorriso fugaz. Sem perceber, passou a língua pelos lábios e senti meu corpo retesar, porque as imagens que vieram à minha cabeça não tinham nada de inocentes. O que eu gostaria de fazer com aquela língua... Sacudi a cabeça afastando a imagem.

Passamos rapidamente pelo saguão do hotel, com Carl em nosso encalço, e mais rapidamente ainda pelos olhares especulativos da equipe da cozinha. Hotéis de grande porte, que recebiam muitas celebridades, tinham que ter medidas de evacuação rápida, com saídas estratégicas e inimagináveis, para despistar os *paparazzi* e fãs mais afoitos e invasivos.

por TRÁS *da* FAMA

Isso era mais comum do que se podia imaginar. Fãs disfarçadas entre os corredores, à espreita, nos salões, apenas à espera do momento perfeito em apanhar seu ídolo despreparado.

Minha experiência com uma fã mais possuída se deu na Espanha, quando fui à *première* de um de meus filmes. Uma garota de uns dezessete anos conseguiu se infiltrar como camareira, entrou no meu quarto e simplesmente ficou ali, à minha espera. Graças aos céus, ela, pelo menos, estava vestida e composta, mas quando entrei no quarto, caiu aos meus pés em prantos altos e assustadores. Carl, que seguia logo atrás de mim, acionou imediatamente a gerência do hotel e muito mais tarde, soubemos que ela era sobrinha de uma funcionária da cozinha. Embora a gerência quisesse se retratar, demitindo imediatamente a mulher, eu me interpus e pedi que a pobre mulher mantivesse seu emprego.

Quando nos acomodamos no Range, a saída brusca do veículo fez com que seu corpo quente se chocasse ao meu. Ela se afastou rapidamente, balbuciando um pedido de desculpas. Desculpas estas que nunca pediria a ela, porque eu estava apreciando cada pequena oportunidade de toque que pudesse ter. Certo. Eu estava me sentindo um tarado da pior espécie.

Percebi que ela estava tensa, mas não tentei manter uma conversa. Perseguições de *paparazzi* sempre me deixavam nervoso e pouco à vontade. Uma conterrânea minha da realeza perdera sua vida assim.

Solicitei antes com Carl que nos dirigíssemos para West Hollywood, na Melrose Avenue, para um tour rápido e um jantar aconchegante na área VIP do Cecconi's, um restaurante italiano maravilhoso. Em LA, eu havia adquirido o hábito metódico de me concentrar em determinados estabelecimentos. O Cecconi's era um destes. Sempre que eu podia, almoçava ou jantava por aqui, embora deva confessar que nunca antes tivesse levado um "encontro", ou pretenso encontro, já que ela não devia estar encarando assim.

O *maître* nos encaminhou à mesa que solicitei antes por telefone e sentei-me à sua frente, depois de educadamente acomodá-la em sua cadeira. Ela observava o local com olhos curiosos, e parecia que estava procurando por alguém. O mais provável que eu poderia supor era a companhia constante que funcionava como vela: Carl.

— Carl está na área reservada aos seguranças — informei e aguardei sua resposta.

— Ah, certo — respondeu meio constrangida, talvez por ter percebido que eu a observava como um falcão.

Passei as mãos agitadas pelo cabelo, tentando acalmar um pouco meus ânimos. Eu estava me comportando como um debiloide fracote, nada digno de conquistar a garota de seus sonhos. Pelo menos, já poderia dizer que seria capaz de interpretar um geek em algum filme por experiência própria.

O garçom chegou ao meu lado e em meu estado de nervos agitados, nem sequer olhei o menu, fiz logo o pedido suficiente para nós dois, meu prato habitual.

— Me desculpe, eu sequer te dei a oportunidade de fazer o pedido por conta própria — disse envergonhado e com vontade de me estapear. Minha dose de cavalheirismo estava enfraquecendo.

Ela apenas agitou a mão, fazendo-se compreender que não dera importância e continuou calada. Era a hora de começar minha investigação pessoal.

— Então, Marina do Brasil, você tem um sobrenome? Prometo não fornecer aos jornais sensacionalistas, que matariam por essa informação... — gracejei e consegui arrancar um sorriso dela.

— Então, James da Inglaterra, Marina Fernandes ao seu dispor, mas acho que isso está um pouco atrasado, não é? — respondeu, usando o mesmo tom que o meu. Eu poderia dizer que estava admirado com a sua sagacidade.

— Você poderia aproveitar este momento e me falar mais sobre você, o que acha?

Eu tinha certeza de que meu talento artístico de interpretação fora sugado do meu corpo porque, provavelmente, não estava sendo capaz de manter minha *performance* sossegada. Eu estava sedento por informações.

— Poderia. Mas por quê? Digo, sem querer ser mal educada, mas provavelmente a gente nunca mais se encontre, então pra que usar um departamento do seu cérebro armazenando estas informações que não são vitais à sua existência? — disse, atropelando as palavras, mostrando que estava até mesmo mais nervosa que eu. Isso e o final de sua fala me fizeram soltar uma risada audível.

— Quem disse isso para você? Sobre utilizar um departamento do cérebro? — perguntei contendo meu riso.

— Bom, meu ex-namorado costumava alegar isso quando não queria armazenar certos dados na cabeça que pudessem requerer uma memória de informações... — respondeu embaraçada.

Senti meu corpo retesar em desgosto ao perceber que ela mencionara um namorado. Em terreno alheio, eu nunca entrava. Não gostaria que fizessem isso comigo, então também preferia não fazer. Roubar a garota

por TRÁS *da* FAMA

de outro cara, mesmo que ela estivesse sozinha em outro país, poderia ser considerado um ato desonroso, embora eu estivesse com vontade de mandar minha moralidade às favas.

— Bom, já sabemos da presença de um namorado... — falei, disfarçando a decepção. Ahhh, meu talento interpretativo retornou. Consegui inclusive elaborar um sorriso.

— Ex — ela me interrompeu e meu coração acelerou no peito. Eu podia ver todo um filme em minha cabeça. — Na verdade, esse é um dos motivos para eu estar tão longe de casa. O curso de inglês só veio a calhar. Terminei o relacionamento uns meses atrás, mas acho que ele não entendeu bem a situação, então, nada como "fugir" do seu país — Marina gracejou e elevou os ombros de maneira descontraída.

Uau! Garota livre no pedaço. Relacionamento péssimo desfeito. Momento ideal para conhecer outra pessoa. No caso: eu.

— É, eu sei bem como é, embora nunca tenha estado na sua situação, nem nunca queira estar na dele. Mas me diga, quantos anos você tem, o que você faz...

Ela suspirou.

— Tenho 19 anos. Faço Jornalismo e estou de férias da faculdade. Tenho três irmãos, dois sobrinhos e estou viajando sozinha pela primeira vez. E quanto a você? — respondeu.

Eu bebi um gole de minha água antes de dizer:

— Eu tenho 25, sou ator e estou de férias das filmagens do meu último longa, mas não por muito tempo. Acabei de chegar da França, onde começarão as gravações do próximo filme, tenho um irmão casado, nenhum sobrinho e costumo viajar sozinho, com exceção do Carl, sempre, ou quase sempre. De onde você é precisamente?

Fiz questão de responder as mesmas perguntas que as dela. Assim, eu não pareceria tão desesperado por informações.

— São Paulo, capital. Não tenho tanta informação interessante pra passar. Ao contrário de você, que poderia me contar sobre suas gravações. Tenho certeza de que seria interessante ouvir...— disse com o queixo apoiado nas mãos. A imagem era tão formosa que acabei soltando uma enxurrada de assuntos variados sobre minhas últimas gravações na Austrália, omitindo, claro, o episódio constrangedor com a atriz coadjuvante, Sandy Burrows. Aquele era um terreno que eu não gostaria de expor.

Ela me olhava atentamente e estava sendo difícil me concentrar com aqueles olhos profundos e indagadores. Olhos curiosos e inocentes, cheios de ideais e sonhos a serem vividos.

Quando percebia que ela não havia entendido alguma expressão, e isso era fácil observar em seu semblante, eu repetia tranquilamente a palavra, tentando sempre usar expressões do inglês americano. Eu sabia que o inglês rebuscado da Inglaterra poderia ser um pouco mais confuso.

Nossa refeição chegou prontamente e nos mantivemos em silêncio, e até mesmo fiquei satisfeito, porque pude ver que ela estava um pouco mais à vontade comigo.

Uma adolescente chegou ao meu lado e interrompi minha refeição, à espera do que ela me pediria. Ela me estendeu um papel, sorriu deslumbrada quando lhe desejei felicidades e voltou à sua mesa.

— Autógrafo? — ela me perguntou com um sorriso genuíno no rosto.

Eu estava embaraçado. Já devia estar acostumado à fama e ao que ela traria, mas muitas vezes, me esquecia de que era uma pessoa pública.

— Sim — respondi.

— Isso te incomoda? — perguntou.

Marina Fernandes era uma garota delicada e muito perspicaz.

— Não isso. É porque, às vezes, tento fingir que sou normal tanto quanto qualquer outro cara em um encontro, mas isso meio que desequilibra as coisas — admiti e só depois percebi que disse a palavra "encontro" na sentença. Bem, eu já havia soltado a bomba. Só esperava que ela não surtasse e saísse correndo.

Ela me deu um sorriso e bebeu um pouco de sua água. Pude reparar que sua taça de vinho estava intocada. Como ela deu prosseguimento ao nosso jantar como se nada tivesse acontecido, supus que nem notara o que falei.

Eu afirmo que senti uma ligeira decepção. Eu queria que ela tivesse realmente se encantado pela percepção de que eu a encarava como um encontro. Como uma mulher saindo para jantar com um homem, dispostos a se conhecerem melhor.

Percebi que ela ficou aérea, dobrando e desdobrando um pedacinho da toalha da mesa.

— Você ficou distante... eu a aborreci? — sondei.

Ela agitou rapidamente sua cabeça, negando.

— Não, de forma alguma. É que isso é tão irreal no meu mundo que fica difícil imaginar...

— A gente vive no mesmo mundo, Marina, só temos realidades dife-

por TRÁS *da* FAMA

rentes, mas vou lhe dizer que às vezes eu desejaria viver na sua realidade — falei conformado.

Era agora. A hora derradeira, onde percebia que a garota não queria minha companhia. A fama poderia ser assustadora em muitos momentos. E um desses era quando fãs se aproximavam independentemente do local em que eu estivesse, que saíssem gritando em perseguição se eu estivesse em uma calçada qualquer. Poderia dizer que sentia que isso assustava Marina.

— Ah, você não sabe do que está falando. Garanto que muita gente daria tudo para estar no seu lugar... — argumentou.

Eu engoli o que ia falar e acertei a conta que havia chegado naquele instante. Estava relutante em encerrar aquele dia, aquela noite. Mas sabia que não poderia adiar mais o inevitável. Levantei-me e ajudei-a, guiando-a para fora do restaurante.

Carl já nos aguardava a postos e perguntou:

— Seguimos para o hotel ou Westwood?

Respondi Westwood, sabendo que era onde o *campus* da UCLA estava e ali se encerrava este dia tão peculiar.

Nosso percurso foi em silêncio. Ela, completamente imersa em seus pensamentos, muito provavelmente relacionados à experiência que viveria na universidade, e eu, me remoendo pela falta de coragem em fazer um movimento em relação a ela. Marina havia me ajudado tanto naquele dia. Nem mesmo parecia que estávamos juntos há pouco mais de 12 horas. Fora gentil e cortês. Divertida e engraçada. Expressões sinônimas que eu poderia usar para descrevê-la. Pude me sentir à vontade com ela como há muito tempo não me sentia com alguém.

Pedi a Carl que se dirigisse à secretaria do *campus* e resolvesse todos os trâmites da hospedagem. Se eu poderia fazer sua vida ficar um pouco mais tranquila, então assim faria. Deixá-la já com tudo resolvido era muito mais fácil do que abandoná-la em qualquer parte do *campus* e tendo que resolver assuntos burocráticos antes de se acomodar. Eu queria ajudá-la, como ela me ajudou.

Ficamos sozinhos no carro e a atmosfera mudou. O clima de eletricidade que eu sentia perto dela se intensificou. Minha vontade naquele mesmo instante era provar de seus lábios para saber se eram tão apetitosos quanto pareciam. Conhecer seu gosto, apreciar suas curvas. Ajeitei-me no assento, porque os pensamentos libidinosos de minha mente acabaram me colocando em uma situação complicada.

— Bom, eu deixo você aqui, mas não sem antes agradecer sua ajuda no dia de hoje, e queria dizer que qualquer coisa que você precisar, pode entrar em contato comigo, através deste cartão. É só não deixar que ele caia em mãos erradas, se é que você me entende — expliquei sem graça.

Eu sabia no fundo do meu ser que poderia confiar nesta garota. Que ela não era uma oportunista que gostaria de alcançar ao menos dez segundos de fama, concedendo informações e notas sobre o dia que passou comigo. Tanta coisa podia ser inventada se fosse outra pessoa com intuitos ruins.

Entreguei o cartão e senti o calor de sua mão contra a minha.

— Claro, fãs enlouquecidas, entendi. Olha, foi um prazer te ajudá-lo. Na verdade, o dia foi bem... interessante. Vou poder acompanhar sua carreira agora e imaginar que você é real — disse e seu rosto ficou ruborizado.

Para amenizar o clima, eu tentei descontrair.

— Tudo certo então. Seja bem-vinda aos Estados Unidos da América, terra das oportunidades. — Eu inclinei meu corpo, me aproximando e percebi que ela ficou tensa. Eu queria beijá-la. Honestamente? Como manda o figurino. Mas me contive e rocei seu rosto com meus lábios depositando um beijo suave em sua pele macia. Em seguida a abracei, porque não sou de ferro, e queria sentir ao menos o calor de seu corpo para guardar comigo como uma lembrança doce.

Desci do carro rapidamente, antes de fazer alguma besteira e estragar o fio tênue de amizade que fizemos e estendi minha mão para ajudá-la a sair do veículo.

Ela se afastou e virou para trás, dando-me um aceno suave, enquanto eu a via se afastar. Pude ver que Carl a encontrou no meio do caminho e provavelmente estava lhe dando as direções e informando que tudo estava resolvido. Ela acenou uma última vez e foi embora sem olhar para trás.

Respirei fundo em meu assento, enquanto o carro arrancava em velocidade, me afastando daquele pequeno pedaço de normalidade na minha vida cheia de complicações.

por TRÁS *da* FAMA

M.S.FAYES

Cena 5

Depois de uma noite insone, onde mais revirei entre os lençóis do que tudo, enfim resolvi enfrentar o dia atribulado que teria pela frente. Levantei da cama, passei a mão pelo meu cabelo desgrenhado e criei coragem para um banho.

Minha noite havia sido adornada por sonhos tranquilos e ao mesmo tempo eróticos, onde uma morena misteriosa fazia sua aparição de maneira sutil e derradeira. Sonhei com Marina e acordei mais agitado do que antes de dormir.

No caminho de volta da universidade, ontem à noite, pedi a Carl que me acompanhasse ao X-Bar, na cobertura do Hyatt. Eu queria encher a cara e esquecer aquilo que não poderia esquecer.

Eu queria apagar da memória que era um ator famoso, com uma rotina complicada e cheia de compromissos, que não podia levar uma vida normal, ao lado de uma garota normal que acabara de conhecer. Por apenas alguns instantes, queria ser um cara comum, sem fama, glamour ou o que fosse que pudesse atrapalhar minha aproximação com certa estrangeira exótica.

Carl me convenceu a abortar a ideia, e acabei me dirigindo para o meu quarto, onde as lembranças dela estavam vívidas ainda. Essa ideia não foi boa. Acabei dormindo na cama que ela dormiu mais cedo, como um fodido perseguidor, só para sentir o conforto de saber que ela estivera ali.

Olhei para minha imagem no espelho e praticamente estapeei meu rosto. Eu estava tal qual um verdadeiro perdedor. Um derrotado e pobre coitado, largado na rua da amargura, curtindo uma dor de cotovelo imensa. Eu nem sequer podia me dar ao luxo de dizer que estava sofrendo por um relacionamento terminado, já que não houvera relacionamento algum.

Marina Fernandes foi de grande ajuda, desviando o foco das fofocas ingratas sobre minha possível vida pregressa, e pronto. Cada um seguiu sua vida, de acordo com o que o destino mandava. Ela estava na UCLA, e eu estava aqui curtindo uma fossa improvável e completamente inimaginável. Provavelmente, precisaria consultar um terapeuta. Talvez meu último papel tenha alterado meu equilíbrio emocional e eu tenha que resgatá-lo.

Saí do hotel para mais um dia no estúdio. Quando cheguei ao set de filmagens, a equipe já estava toda a postos apenas me aguardando. Sentei-me na cadeira de Margoux, a maquiadora, e deixei que ela fizesse sua mágica e tentasse amenizar as olheiras de uma noite maldormida.

— James, James, James... *mon cher*... que olheiras horríveis *son* essas? — ela perguntou com seu sotaque franco-canadense carregado.

— Uma noite revirando na cama, Margoux — respondi, ainda com os olhos fechados.

— *Oui...* uma noite revirando os lençóis com uma certa morena misteriosa, *mon cher?* — perguntou e continuou passando um produto no meu rosto.

Eu abri meus olhos e sentei-me abruptamente na cadeira.

— O quê? — perguntei. — O que você sabe? Porra, já saiu alguma fofoca mentirosa? — Meu medo era que a mídia não se restringisse apenas a informar que fui visto saindo do aeroporto em companhia dela, mas começasse a difamar a vida dela, e aquilo criasse algum mal-estar.

— Você conhece o TMZ, *mon cher*. Eles especulam e jogam a bomba para o *gran* público — disse e colocou a mão no meu ombro. — E o público, como leões esfomeados, acaba lhes dando ibope.

— Porra! — amaldiçoei e fechei os olhos. — O que disseram, Margoux?

Honestamente, eu não dava a mínima para fofocas vis jogadas pela mídia com o intuito de alimentar a fome e a sede do público por informações sobre a vida de seus astros e ídolos. Desde que a notícia se restringisse à verdade, a um fato real, e não a uma invenção e fruto de especulação maldosa. Embora, eu tenha elaborado aquela pequena "mentira", caracterizando Marina como uma possível conquista, para disfarçar boatos ridículos, acabei me sentindo mal porque usei do mesmo artifício. Usei uma situação irreal para gerar um boato irreal.

E aquilo poderia recair sobre a vida de Marina, que me ajudou prontamente e impulsivamente. Eu estava chateado com a situação e achava que ficaria mais ainda de acordo com o que tivesse sido noticiado, mas uma chama de esperança se acendeu em meu peito, porque vi ali uma possível oportunidade e desculpa de procurá-la de novo.

— Que você levou uma *belle amie* para seu hotel, passou todo o dia enfurnado lá dentro, nem sequer dando as caras, depois foi visto em um jantar íntimo e romântico e voltou aos beijos para o hotel com a morena misteriosa com ares de modelo fotográfico — ela descarrilou o trem da informação.

— Bem que eu queria que tivesse seguido esse rumo final — disse e me arrependi logo em seguida.

Meu celular tocou e por apenas um instante tive o pensamento de que poderia ser ela que estivesse usando o meu cartão pessoal, que lhe dei na noite passada. Olhei o visor e vi que, na verdade, era Madson, meu assessor e pau para todas as obras.

— James — disse simplesmente.

— Jimmy, você ferveu as manchetes novamente, rapaz? — perguntou, mesmo já sabendo a resposta. — Quem é a mulher que estava com você que eu nunca conheci ou o ouvi mencionar?

Respirei fundo. Agora começaria o martírio.

— Ninguém que você realmente conheça, Mad. É apenas uma amiga que reencontrei no aeroporto e pronto — falei rapidamente.

— Aham. Jimmy, você não costuma ter o hábito de mentir.

— Eu não estou mentindo — afirmei irritado. — Omitindo informações é o mais provável.

— *Okay*. Vejo que você quer que ela permaneça incógnita, é isso? — questionou. — Pergunto isso porque, como seu assessor, será o meu celular que vai urrar o dia inteiro em busca de confirmações e notas sobre seu mais novo suposto *affair*.

— Mad, você sabe que não dou um centavo por cada fofoca dita e espalhada. Que não ligo e não me importo, com exceção dessa merda de reabilitação que deixou minha mãe louca e na minha cola. — Suspirei irritado. — Por causa dessa intriga mentirosa, acabei aproveitando de uma oportunidade, onde reencontrei esta amiga e saímos juntos dali. Foi apenas isso — menti descaradamente.

— E quem é ela? — insistiu.

— Uma amiga. — Eu me recusava a responder a célebre palavra "ninguém". Porque, para mim, Marina não tinha sido ninguém. De uma forma que nem mesmo eu poderia explicar, ela havia conquistado minha atenção no momento em que a vi. Poderia até ser cedo para afirmar, mas eu achava que ela havia se apoderado também do meu coração no momento em que entrou em minha vida louca e sem sentido.

por TRÁS *da* FAMA

Depois das gravações naquele dia, Carl me levou direto ao hotel. Eu estava mais nervoso do que o habitual. Meu celular tocou o dia inteiro e em momento algum havia sido uma chamada que eu esperava. Mãe, pai, amigos, agente, tia, diretor... todos me ligando para checar informações, passar diretrizes e sermões. Ligações de trabalho, especulativas, mensagens emocionadas; nesse caso de minha mãe, que queria saber quem era a jovem ao meu lado. Foi complexo me desvencilhar de todas as perguntas de maneira sutil e eficaz.

Tomei um banho demorado dessa vez, onde pude me entregar aos pensamentos sobre como procurar Marina novamente, pelo menos para saber se sua vida tivera algum contratempo infeliz.

Como poderia ligar para ela, se fui burro o suficiente, querendo respeitar seu espaço, e nem sequer me atrevi a pedir seu número? O que eu poderia fazer era procurá-la na UCLA. Colocar Madson para descobrir informações sobre ela, ou fazer Carl ficar de vigia. Não, isso seria abusivo. Ela poderia se sentir perseguida e com razão.

Dali a uns três dias, passados em meio às fofocas e intrigas das revistas sensacionalistas e sites especializados, fiz uma sessão de fotos publicitárias e enfim comecei a decidir o que faria.

Fui a uma festa no *Chateau Marmont*, aniversário de um badalado diretor de cinema, amigo meu e que me lançou no mercado cinematográfico. Samuel Thomas Billings era um cara que eu confiava prontamente. Embora não nos encontrássemos muito por conta de nossas agendas de trabalho, sempre que ele estava na cidade, dávamos um jeito de ao menos um bate-papo informal acontecer.

Ele foi um cara crucial na minha carreira, juntamente com meu assessor e agente Madson. Ambos eram extremamente moralistas e nunca, em nenhuma ocasião, me deixaram cair nos buracos insólitos que a profissão poderia nos jogar.

Se existiam escolhas ingratas nesta carreira? Sim. Várias. Se existiam os famosos "testes do sofá", onde atores iniciantes, desesperados por um lugar ao sol, se submetiam às mais diversas situações constrangedoras? Sim. Esta era uma das muitas razões para tantos artistas acabarem se embrenhando por caminhos tortuosos de vícios e autodestruição. Grandes estrelas de cinema da atualidade tiveram seus momentos de vergonha, que gostariam de jogar no esquecimento, no início da fama. Graças a Deus, nunca tive que me submeter ou me deparar sequer com alguma espécie de proposta imoral que afetasse meus valores.

Madson era um cão de guarda. Bloqueava tudo o que fosse pernicioso. Eu nem chegava a saber muitas vezes de propostas indecorosas, ou roteiros infames. Samuel Thomas era quase um avô postiço, embora fosse ainda um pegador nato de jovens modelos. Nunca atrizes. Ele nunca aceitou traçar uma atriz que quisesse alcançar a fama e se sujeitasse a ser um objeto.

Entrei no grande salão decorado e logo achei Samuel por conta de sua risada assombrosa. Fui em direção a ele, cumprimentando colegas na passagem e desviando de outros que estenderiam o assunto por mares turbulentos.

— Sam — disse.

Ele largou a taça de champanhe que estava bebendo e me deu um abraço de urso, quase quebrando algumas costelas no processo.

— Garoto Jimmy! Como você está, seu safado sem-vergonha?! — perguntou nada discreto.

Ele dispensou as outras pessoas que estavam ao seu redor e colocou um braço em meus ombros me guiando para o bar.

— Fiquei sabendo das intrigas, garoto — brincou e deu uma piscadela. — Pelas fotos, pude ver que a moça é uma belezura.

Eu ri desconcertado e tentei desconversar.

— Sam, eu nem sequer te dei os parabéns e você já vem sedento por fofocas — falei. — Parabéns, cara. Tenho a honra de tê-lo como meu amigo pessoal.

— E eu a ti, garoto. É minha honra ter sido o teu grande incentivador na carreira. Bloqueei muitos tubarões, não foi? — falou e seu olhar vagou pelo salão.

Era tido e certo que muitos diretores, produtores e atores de alto escalão muitas vezes agiam como predadores de profissionais iniciantes. Eu tive a sorte de ter sido apadrinhado por Sam, porque, realmente, minha carreira não era manchada em absolutamente nada. Eu nunca trabalhei em algo que realmente não quisesse, nunca tive que me humilhar por algum papel, ou reconhecimento. Nunca tive que bajular quem quer que fosse.

— É, Sam, mas os tubarões da mídia ainda estão aí. — Olhei ao redor enquanto bebia meu drink. — E estes são tubarões brancos, mais agressi-

por TRÁS *da* FAMA

vos que os normais.

Sam riu e continuamos nossa conversa. Em um determinado momento da noite, quando já me sentia um pouco alto e preparado para sucumbir em alguma poltrona, Charisse colocou suas mãos em meus olhos da maneira mais clichê possível.

— Adivinha quem é? — perguntou. Era ridículo perguntar isso. Eu sabia que era Charisse antes mesmo de ela sequer falar ou dar o ar da graça. Seu perfume doce e enjoativo a delatava onde estivesse.

— Charisse — respondi tentando disfarçar o tom de enfado.

— James, você é tão esperto, meu querido — disse e se agarrou ao meu pescoço. Porra, eu teria que mergulhar em ácido esta noite para tirar o cheiro dela.

— Como você está, Charisse? — perguntei educadamente. Na verdade, eu nem queria saber de sua vida. O que queria era me comunicar com Carl para poder ir embora. Ou então alugar um quarto no Marmont mesmo e enfim mergulhar no reino dos sonhos para tentar esquecer por um instante quem perturbava minha mente.

— Jamie — disse com a voz anasalada. — Me leva para o seu quarto?

— Charisse, nós acabamos de nos encontrar, te pergunto como está sua vida e você me faz uma contraproposta sem lógica alguma?! — falei, tentando me desvencilhar de suas garras.

— Jamieeeee, você sabe que você me quer — insistiu. — Você sempre quis.

Minha paciência estava se esgotando.

— Eu nunca quis, querida. E nem vou querer. Mas para ser um cavalheiro, vou deixar você ir e nem sequer mencionar este diálogo entre nós dois, certo? — falei com uma voz suave, porém letal.

Ela se retesou ao meu lado e me encarou com olhos frios.

— Quem é ela, James? — perguntou irritada.

— Quem é ela, quem? — desconversei. Meu estado semiembriagado quase havia desaparecido.

— A mulher ridícula que você anda fodendo? A morena horrorosa que saiu na revista? — continuou em seu tom de voz alterado.

Okay. Um escândalo era tudo o que eu não queria para os urubus que sondavam por ali. E Charisse era conhecida por ser extremamente barraqueira e histérica em suas argumentações. Até hoje me arrependo de ter tido o desprazer de conhecê-la num set de filmagem.

— Limpe a boca antes de se referir a ela assim, Charisse. Você não vale o chão que ela pisa — respondi e Carl chegou ao meu lado.

— Senhor — disse e olhou feio para Charisse.

— Vamos, Carl — falei e acenei para Samuel de longe, avisando que já estava de saída. Ele retornou o aceno e fez um sinal de degolamento em direção à louca Charisse Peterson.

Segurei o riso, mas senti-me renovado mediante a decisão que eu havia tomado naquele momento ali. Nem mesmo o leve torpor que o álcool traz deixou meu cérebro enevoado o suficiente para demover a ideia do que eu faria no dia seguinte. Eu iria em busca de Marina Fernandes. Nem que tivesse que usar a porra da mídia dessa vez para encontrá-la e levá-la para o meu covil.

Cena 6

Quando uma pessoa diz que o nível de adrenalina sobe e você consegue até mesmo ouvir seus próprios batimentos, isso é real. Quando a vi caminhando pelo *campus*, seguindo em direção aos alojamentos que a abrigavam, eu podia jurar que a banda da troca da guarda da Rainha estava instalada no meu peito.

Ela vinha caminhando com aquele andar gracioso e com a cabeça abaixada, buscando alguma coisa em sua bolsa, completamente alheia e desatenta ao seu redor.

Minha vontade era descer do carro e correr em sua direção, mas o frisson seria assustador até mesmo para mim.

— Carl? O que você está esperando? — perguntei nervoso.

— Sim, James. Sempre ao seu dispor — respondeu irônico. Carl era assim. Uma figura estranha e confiável ao mesmo tempo. De poucas palavras e muitas vezes nem um pouco sutil em suas carrancas. Mas eu confiava minha vida a ele.

Ele saltou do carro e caminhou em direção à Marina que estava quase chegando às escadarias do prédio. Meu carro estava na calçada, apenas à espera de que ela aceitasse minha proposta.

Vi quando ela se aproximou dele com um sorriso estampado no rosto. Quando Carl abriu a porta do carro para ela e nossos olhares se encontraram, eu pude sentir que meu rosto estava absolutamente e descaradamente feliz e satisfeito. Ela sorriu timidamente e corou de uma maneira tão linda que me fez ter vontade de encostar meu rosto ali e sentir o seu calor.

— Oi, o que houve? Precisa ser salvo novamente de uma multidão enfurecida de moçoilas? — perguntou mais à vontade na articulação das palavras.

— Nossa... como você adivinhou? — perguntei no mesmo tom. — Vejo que andou estudando com afinco. Onde aprendeu a palavra "moçoilas"? Não escuto esta há um bom tempo...

por TRÁS *da* FAMA

Rimos juntos da piada, esperando o silêncio se instalar e a verdadeira razão para minha súbita aparição ali, poder ser anunciada. Eu havia adquirido coragem desta vez. Não deixaria passar minha oportunidade.

— Na verdade, você pode não acreditar, mas eu... ah, senti saudades. — Percebi que pestanejei e que, provavelmente, se continuasse naquele ritmo, seria eu que estaria com o rosto corado.

Ela abriu a boca como um peixe e ficou estática. Era como se não estivesse acreditando, ou estivesse completamente chocada com minhas palavras.

— Você não vai falar nada? Talvez, que sentiu minha falta também? — perguntei ainda sorrindo.

— Hã... estou sem jeito, vo-você me pe-pegou de surpresa — foi a vez de ela gaguejar.

Percebi que Marina ainda não podia acreditar no que eu disse.

— Mas você sentiu saudades? — insisti.

Ela fechou os lindos olhos castanhos e suspirou audivelmente enquanto abaixava a cabeça como se estivesse criando coragem para falar alguma coisa. Eu só esperava que não fosse uma frase que estragaria meus planos de conquistá-la.

— Senti — respondeu em um murmúrio tão baixo que quase não distingui a palavra.

Coloquei o dedo em seu queixo e ergui seu rosto para ter certeza do que ouvi.

— Sentiu? — perguntei novamente.

— Senti, pronto. — Ela rangeu entredentes. — Satisfeito?

Estava sendo difícil disfarçar meu ar de satisfação. Devia estar bem evidente.

— Bastante. Eu achei que só eu estava me sentindo desnorteado. Então, vamos sair? Tipo, um encontro mesmo? Eu já estou sendo direto porque não sou muito bom de rodeios — perguntei de pronto. Embora, tenha enrolado para, enfim, tomar coragem.

Ela me olhou desconfiada.

— Ah, sair em que termos?

Eu me ajeitei calmamente no banco para poder explicar minha ideia nada absurda.

— Nos termos habituais, oras. A mídia já te colocou como minha namorada atual, vamos enlouquecê-los de vez. O que você acha? — disse, sorrindo.

— Olha, eu realmente não sei... — Senti que ela estava vacilando em sua resposta e senti meu coração gelar.

A possibilidade da rejeição era foda. Imaginar que ela poderia não se sentir da mesma maneira que eu era uma sensação surreal.

— O que foi? Eu realmente não a agradei? Esperei seu contato ansiosamente nestes últimos dias e, como nada aconteceu, tive que me materializar aqui. Larguei minhas filmagens no estúdio porque não aguentava mais a espera. — Freei minha ansiedade para evitar falar alguma besteira ou pior... fazer um papel ridículo.

— Bom, eu não procurei você porque realmente não sou esse tipo de garota... Eu sou à moda antiga e, honestamente, eu nunca iria imaginar que a gente se veria de novo.

Eu já estava mais calmo com a perspectiva de que não houve uma negativa evidente.

— Mas isso não responde à minha pergunta — insisti como um cão de caça. — E então, quer sair comigo? É claro que arcando com as consequências desse ato... — Eu sorri de lado. As consequências poderiam ser entendidas como muitas coisas possíveis.

Ela arqueou as sobrancelhas, desconfiada.

— Que consequências? Ah, enfrentar as feras diárias que você enfrenta? Será que consigo? — brincou com a situação.

— Tenho certeza que sim. Se você quiser, eu posso esconder sua identidade, mas isso só atiçaria mais ainda os *paparazzi*. Eu já soube que eles estavam numa intensa investigação, quase criminal, para descobrir quem é você. Acompanhou as fofocas?

Percebi que ela disfarçou e seu rosto corou de novo.

— Naann... estava estudando e cuidando para que ninguém me associasse a você — respondeu, sem graça com a meia verdade.

— Sério? Você não contou para ninguém? — Eu estava estupefato por ela não mencionar aquele dia tão diferente em nossas vidas.

— Não. O que eu iria falar? "Oi, sabe essa garota aqui? Olha, sou eu"... Até parece! Já te disse que não sou desse tipo.

Meu coração só se acendeu ainda mais ao confirmar que ela era realmente uma garota especial em sua essência.

— Eu sei, por isso que você me intrigou tanto. É bom sair com uma garota que não fica absolutamente deslumbrada pelo mundo das celebridades, faz com que eu me sinta um cara normal com você — afirmei.

Eu me sentia de uma maneira única com ela. Era como se pudesse

por TRÁS *da* FAMA 51

ser eu mesmo. Sem fingimentos, artifícios ou tantos recursos que um ator dispunha para sobreviver no meio carniceiro de Hollywood.

— Ah, mas é engraçada essa situação, porque não faz com que eu me sinta uma garota normal, com um cara normal, entende? — argumentou.

— De qualquer forma, eu não vou desistir tão fácil; você vai ter que sair comigo — brinquei, porém muito sério em meus propósitos.

— Tudo bem. Mas sem segundas intenções, *okay?* — brincou.

Isso eu nunca poderia prometer a ela. Minhas intenções poderiam estar arrefecidas e ainda hibernando, mas elas acordariam mais cedo ou mais tarde e viriam com força total.

— Na verdade, dessa vez não posso prometer nada: eu tenho segundas, terceiras e quartas intenções — respondi, o mais sinceramente possível.

Ela se ajeitou no banco do carro. Nossos joelhos se tocavam e eu não queria perder o contato.

— Que dia, mais precisamente? — perguntou.

— Agora. Neste exato momento. Podemos ir? — perguntei abruptamente esperando que não houvesse uma negativa.

Marina estava indecisa com algo, mas o brilho dos seus olhos era muito real para mim. Ela queria aquilo tanto quanto eu.

— Ah, será que posso trocar de roupa? Ou será que você poderia me informar quais são seus planos, para eu me preparar? — perguntou com a típica preocupação feminina. Para mim, ela estava linda do jeito que estava.

— Você quer o cronograma todo ou posso deixar para fazer surpresa? — perguntei brincando com uma mecha solta do seu cabelo. — Na verdade, eu gostaria de poder sair daqui agora, para que o carro não levante suspeitas e um segurança venha checar. Seria uma notícia bombástica no *campus*, sua vida se tornaria um inferno. De qualquer maneira, eu acho que sua vida vai se tornar um inferno no primeiro momento em que você realmente for vista comigo.

Eu sabia que enquanto fosse apenas um rumor, ela ficaria possivelmente protegida. Mas a partir do momento que fôssemos vistos em todos os lugares como um verdadeiro casal assumido, aí sim sua vida estaria debaixo da lente de um microscópio.

Ela mordeu o lábio inferior em dúvida.

— Podemos deixar o esquema do segredo? O que você acha? — perguntou.

Eu imaginei que ela pudesse querer manter o relacionamento mais tranquilo, mas eu não poderia deixar de assumi-la como minha. Marina era a garota que eu queria ao meu lado. E eu queria que todos soubessem disso.

— Ah, mas eu gostaria muito de assumir você publicamente, estava pensando em fazer uma cena como a de Tom Cruise no programa da Oprah, tantos anos atrás, o que você acha? — brinquei tentando mostrar a ênfase louca que Tom usou para reafirmar seu amor por Katie. Continuei mexendo em seus cabelos, um a um eu ia soltando os fios. Estavam todos reprimidos naquele coque despojado que ela usava.

Ela estava um tanto absorta e demorou a entender os sentidos das minhas palavras que iam completamente contra ao que ela queria: o anonimato.

— O quê? Não, não, peraí... você não pode estar falando sério, né? — Ela estendeu as mãos em minha direção desesperadamente.

— Estou brincando, acalme seu coração. Você gostaria de testar um nome falso? — questionei, rindo.

— Ah... Nina. Ou não, esse já é meu codinome aqui —falou e eu a interrompi sem cerimônia alguma.

Meus planos já estavam traçados. Nada me demoveria.

— Você não vai poder continuar aqui, Marina — tentei falar no tom mais brando possível.

— Hã?! — ela quase gritou.

Eu respirei fundo para explicar todos os pontos que eu havia programado e que eram plausíveis.

— Você quer aprender inglês, não é? — perguntei calmamente, mas já sabia que ali haveria um debate intenso. — Então, vou contratar uma professora particular pra você, daí não vai precisar frequentar o *campus*.

Ela estendeu uma mão no ar me pedindo para parar, enquanto seu rosto mostrava claramente o choque evidente que minhas palavras lhe trouxeram.

— O quê? Peraí, as coisas não são bagunçadas assim não, Jim... Eu trabalhei duro para pagar este curso por muito tempo, não posso simplesmente abandoná-lo, ainda mais porque eu estou alojada aqui no *campus*...
— Ela interrompeu a avalanche de palavras e me encarou. — Opa! Você não está pensando o que eu estou pensando, não é?

Eu imaginei que provavelmente seria um tópico abordado brevemente, mas eu tinha os argumentos na ponta da língua.

— E o que eu poderia estar pensando? — perguntei com uma inocência fingida.

— Você... você... não pode estar me fazendo uma proposta indecorosa, né? — perguntou em um tom indignado e vi quando esticou a mão para

por TRÁS *da* FAMA

a maçaneta da porta, pronta a sair do carro. Seu rosto mostrava a fúria que sentia. Minha pequena beleza exótica era uma tigresa.

Estiquei os braços e enlacei seu corpo firmemente junto ao meu, tentando conter suas mãos que faziam de tudo para soltar o meu agarre. Precisava que ela se acalmasse para que eu pudesse expor todos os fatos.

— Me solta! — Ela rangeu os dentes, furiosa. — Eu vou sair deste carro agora.

Se eu não estivesse tão preocupado em fazer-me entender, apreciaria com prazer a beleza furiosa à minha frente. Seus olhos estavam soltando faíscas poderosas.

— Espera aí! — Eu a segurava tentando me explicar: — Eu não quis dizer que você iria morar comigo. Eu preciso que me escute. Apenas reservei um quarto no hotel e você teria liberdade, só pensei em te poupar desse lugar.

Ela acalmou suas tentativas de sair dos meus braços, mas ainda estava nervosa.

— O que tem de errado com este lugar? — perguntou irritada.

Respirei fundo tentando me fazer entender.

— Nada, acho... Eu nunca estudei em um lugar desses, só queria que você estivesse protegida dos boatos que vão surgir. Você tem que entender que, infelizmente, isso vai acontecer. Eu não estou disposto a ser altruísta e poupar você disso, porque tudo o que eu mais quero neste momento é sua companhia. Por favor... — implorei sem esconder meu suplício.

Eu podia sentir sua quase rendição. Seu corpo já estava mais amolecido junto ao meu.

— *Argh!*, não estou acreditando nisto! Eu não sei, James. É uma atitude muito radical, e eu não posso simplesmente desaparecer daqui! Além disso, tenho um dever a cumprir, tenho que cumprir isto no meu visto, sabia? Senão, posso ser considerada uma imigrante ilegal. Que horror! Já imaginou? — ela ainda tentou brincar.

Eu só podia dizer que minha admiração por Marina crescia a cada instante. Ela tinha um modo de encarar a vida e as questões interpostas nela.

— Você poderia pelo menos pensar? — insisti.

Eu estava torcendo para conseguir seu sim imediato, mas se não conseguisse, ao menos a sua perspectiva de pensar no assunto já seria um grande avanço.

— Tudo bem. Vamos deixar a coisa rolar, então, certo? Vamos ver no que vai dar, eu prometo que penso. Não sei como, mas prometo que vou pensar — falou mais para si mesma do que para mim.

— Ótimo, vamos, então. Do jeito que você está. Eu te trago de volta, dependendo do andar da carruagem.

Soltei seus braços aos poucos, sem grande vontade de perder o calor, mas ainda mantive agarrado às suas mãos.

Sentamo-nos calados no carro enquanto eu pedia que Carl circulasse por Los Angeles, passando por locais badalados e paisagens turísticas como o letreiro de Hollywood. Um dos programas que eu gostaria de levá-la era ao Barnsdall Park, onde os letreiros poderiam ser apreciados de uma vista de tirar o fôlego, porém era quase inviável.

Passamos pela área mais afastada da cidade em direção à concentração de quase todos os estúdios de cinema do mundo. Ela virou para mim com um sorriso espetacular em seu rosto e um brilho de puro contentamento em seus olhos. Minha vontade era beijá-la naquele instante, mas contive meus instintos primais.

— Vamos visitar algum estúdio de cinema? — perguntou com empolgação evidente. — Poxa, que emoção! Tem algum filme sendo filmado agora?

Eu sorri somente em ver seus olhos brilhando de excitação.

— Vamos à filmagem do meu próximo filme. Vamos ver as cenas que estão sendo rodadas agora. São outros atores que estão lá filmando suas sequências, são as cenas do meio — expliquei calmamente.

Ela olhou com interesse.

— Então o filme não começa a ser filmado do início? Que estranho, sempre pensei que fosse na sequência das cenas... Ah, você roubou a magia do cinema! — brincou daquele jeito dela e fez o impensável.

Um beicinho charmoso, tão apetecível aos olhos que não pude resistir de maneira alguma. Eu sou humano e sou homem. Fiz o que o instinto mandou. Eu a puxei para meus braços e mergulhei meus lábios nos seus, me deliciando com a maciez que encontrei. Era muito melhor do que havia imaginado. Eu aprofundei o beijo, sondando a cavidade suave de sua boca com a minha língua.

Eu a estava puxando tão forte em direção a mim que ela estava quase escarranchada no meu colo. Senti seus dedos agarrarem meu cabelo e me deparei com a possibilidade de ela ser uma pequena gatinha selvagem. Quando a apertei ainda mais em direção ao meu corpo, tentando obter alívio em curvas suaves e sinuosas, ela se retesou em meu aperto e fui afrou-

por TRÁS *da* FAMA

xando o agarre. Arrefeci a fúria do meu beijo, afastando nossos lábios. Porém, não pude me poupar de depositar suaves beijos naqueles lábios agora inchados, exclusivamente pelos meus beijos. Certo, cara. Eu estava com o atestado de possessivo na mão.

Em momento algum abandonei seus olhos castanhos que estavam enevoados de paixão. Sorri mais do que feliz, porque ela foi muito além do que eu poderia imaginar. Meus sonhos não fizeram jus ao que senti quanto a tive em meus braços e pude, enfim, degustar de seus beijos.

— Uau. Desculpe-me pelo assalto momentâneo. Eu estava ansiando por isso há um certo tempo — me desculpei de maneira fingida e descarada.

Não queria me desculpar coisa alguma. Estava satisfeito porque alcancei aquilo que buscava e que se mostrou muito mais cativante que antes. Eu estava profundamente perdido nessa garota.

Cena 7

Quando chegamos ao Estúdio 58, onde estavam sendo gravadas as cenas do meu filme, desci do carro e logo me apossei da mão de Marina, sentindo o calor suave que nosso contato gerava. Ela olhava para todos os lados, admirada e com um brilho espontâneo no olhar, tal qual uma garotinha numa loja de doces. Ou uma mulher crescida como ela era, em alguma loja de artigos femininos em plena promoção de Black Friday. Minha mãe e cunhada eram a prova de que mulheres poderiam surtar em momentos como aquele.

Meu orgulho era evidente. Qual cara em sã consciência não se sentiria o mais extremo macho do planeta quando tinha ao seu lado uma mulher simplesmente "arrasa quarteirão"? E era isso o que Marina era. Por onde passávamos, os olhares eram imediatamente atraídos por sua figura imponente e exótica. Ela parecia uma flor rara, e os homens do local identificavam quando se deparavam com uma iguaria especial. Porém, meu olhar com o aviso de "tem dono" era estritamente necessário.

Chegamos ao tumultuado ambiente onde Paul Mitchell, o diretor, se concentrava analisando uma cena gravada anteriormente.

— Paul, esta é minha namorada, eu a trouxe pra dar uma olhada nas filmagens, se não tiver problema — disse e pude sentir seu olhar de especulação. Afinal, eu nunca levei antes uma namorada ao set e, principalmente, apresentei à equipe.

— Sem problema! Podem se sentar em algum ponto de imagem, se quiserem, vou pedir à Betsy que arrume um local adequado — falou de pronto já se encaminhando para uma sala reservada.

Andamos pelo set em busca de um lugar ideal e, à medida que avançávamos, eu a apresentava a um ou outro colega. Quando nos sentamos num local isolado, porém com acesso às cenas gravadas para que Marina pudesse ver em primeira mão um set em pleno funcionamento, pude perceber que ela parecia nervosa. Com o dedo indicador na boca, ela estava concentrada na cena à frente, roendo um pedacinho da unha e com pensamentos longínquos.

Deixei que ela tivesse seu momento de adaptação. Alguns atores chegaram até nós, muitos extremamente curiosos em descobrir a identidade de Marina, mas resguardei seu nome e apenas não permiti que o assunto se prolongasse.

Ela se mantinha o mais calada possível, apenas contemplando as pessoas e as brindando com um sorriso doce e jovial. Eu podia dizer que depois de algumas horas ali ao lado dela, tudo o que queria era mantê-la em meus braços e me deliciar com seu calor. Aquele primeiro gostinho no carro apenas atiçou meus desejos mais obscuros.

Quando estávamos caminhando para o carro, não pude resistir ao passar por uma reentrância do prédio. Eu a imprensei contra a parede e a fundi em um abraço apertado, com um beijo estalado em seu pescoço. Ela começou a rir e não resisti em beijá-la por todo pedaço de pele que encontrava. Quando a questionei sobre o motivo de seu riso contagiante, eu me vi na mesma situação. Também me sentia um adolescente com tesão, que mal podia esperar a hora do intervalo da escola para dar um amasso bem dado na garota escolhida. Embora a cena de ela estar recebendo um amasso de outro cara não tenha caído tão bem em minha mente, ainda assim a imagem foi engraçada.

Apresentei minha programação para aquele dia, afirmando que a levaria a um local misterioso, porém garantindo que ela gostaria da experiência.

Pedi a Carl que nos levasse ao alojamento da UCLA e, enquanto eu esperava Marina se arrumar, pude colocar meus agendamentos em dia. Organizei algumas reuniões que estavam marcadas nas próximas semanas, já que eu não queria ficar tão atarefado que não pudesse dar atenção a ela.

Desmarquei qualquer compromisso ou reunião de almoço, já que meus planos incluíam apanhá-la todos os dias no mesmo horário, para levá-la em qualquer lugar, desde que ela estivesse comigo.

Minha necessidade de sua presença era absurda. Eu olhava pela janela o tempo todo, esperando por sua volta, e ao mesmo tempo olhava ao redor do *campus*, tentando saber se nos mantínhamos incógnitos, sem chamar atenção.

Por incrível que pareça, eu a vi caminhando apressadamente pelo gramado em direção ao carro e fiquei surpreso com a rapidez com que se ajeitou, conseguindo ficar mais bonita do que já era.

Ela sentou-se ao meu lado, ainda esbaforida da caminhada e talvez do fato de ter se arrumado apressadamente.

— Minha nossa! Cansei. Fazer as coisas de modo secreto requer cuidado em dobro. Tenho a impressão de que estou sendo vigiada constantemente.

Eu sabia o que ela queria dizer, fazer as coisas sempre tendo que olhar ao redor.

— A minha proposta ainda está de pé: você não teria que se preocupar o tempo todo com isso — falei, ainda tentando convencê-la a ficar comigo.

— Não, obrigada, é muito gentil da sua parte, mas acho que dá pra levar — disse rapidamente.

Quando o carro entrou em movimento, meu corpo se moveu automaticamente para abraçá-la. Seu cheiro era tão delicioso que não resisti e lhe dei um leve beijo em sua boca semiaberta.

Ela suspirou quando não prolonguei meu beijo por mais tempo, mas não poderia me dar ao luxo de perder o controle ali, naquele momento e ainda na presença sempre constante do "olho que tudo vê" Carl. Mas eu podia afirmar que meu corpo clamava por um contato mais direto e assertivo com o dela.

Estávamos chegando ao estádio Staples Center, onde assistiríamos ao jogo do Lakers contra NY Knicks, numa partida quase definitiva para o campeonato da NBA. Eu era um cara um pouco aficionado por basquete. Por mais incrível que possa parecer. Sendo inglês, era de se esperar que o futebol americano fosse atrativo para mim por ser um pouco similar com o rúgbi inglês. Embora nós ingleses odiássemos qualquer comparação nesse sentido.

Ela parecia não ser uma entusiasta do esporte, mas estava satisfeita e não com uma cara de enfado que tantas mulheres faziam quando se viam obrigadas a acompanhar um cara em um programa masculino.

Eu a levei à área VIP, reservada para toda e qualquer celebridade que quisesse assistir ao jogo em paz. Eu fazia questão de mantê-la na minha mira e, quando percebia que um fotógrafo ou outro apontava sua máquina em direção a ela, para captarem um ângulo mais evidente, eu me inclinava e tentava cobrir seu corpo com o meu, deixando-a meio incógnita.

A experiência de estar com Marina naquele jogo foi altamente interessante. Era como se nos conhecêssemos há muito mais tempo. A intimidade que tínhamos em trocar nossas conversas de maneira tão fácil me deixava ainda mais admirado. Eu me sentia realmente à vontade com ela. Quando o jogo acabou, com a vitória de 105 x 80 para os Lakers, eu a puxei atrás

por TRÁS *da* FAMA

de mim, com nossos dedos entrelaçados, quando me deparei com Shandra Clark, uma cobra venenosa que gostava de fomentar discórdia entre os atores de Hollywood.

— Olá, James, estamos observando que mudou de companhia... — disse ironicamente.

Respirei fundo, porque precisava me acalmar. Era nítida a intenção dela. Fazer com que Marina se sentisse desconfortável e passar a imagem de que eu era volúvel e trocava de companhia a todo o momento.

— Se vocês prestassem atenção à vida de vocês... — respondi o mais educadamente possível, mas sem conseguir disfarçar minha irritação. Senti a mão de Marina apertar a minha suavemente.

— Ora, então você é uma celebridade que acha que pode aparecer de uma hora pra outra com uma companhia misteriosa e ainda se dar ao direito de ficar aborrecido? Sua amiguinha deveria saber onde estava se metendo quando aceitou sair com você... Nós temos uma massa a alimentar, James. você sabe disso. — A víbora continuou destilando seu veneno.

— Na verdade, Shandra, eu não a estou escondendo. Estou em um evento público, não estou? — esclareci, constrangido.

Meu medo era que Marina pensasse que havia sido proposital aquele encontro como forma de atrair atenção e ibope para mim, quando, na verdade, o que eu queria era arrefecer um pouco a curiosidade dos repórteres em relação ao fato de eu estar ou não com ela. A partir do momento que a assumisse, poderia haver certo fôlego da mídia em tentar desvendar se era mentira ou não. Mesmo assim, olhei para ela e tentei pedir desculpas através do meu olhar. Ela apenas piscou para mim e me deu um sorriso leve.

Carl chegou até nós neste instante, nos levando para o estacionamento reservado. Quando estávamos dentro do conforto e isolamento do carro, eu me virei disposto a me desculpar por qualquer impressão ruim que ela pudesse ter tido com minha intenção.

— Está tudo bem, James, eu não vou falar nada. Eu sabia o risco que estava correndo quando aceitei sair com você, certo? — explicou, antes de eu sequer proferir qualquer palavra.

Eu a abracei suspirando aliviado e me permiti o luxo de mergulhar minha cabeça em seu pescoço e aspirar seu cheiro maravilhoso. Foi simultâneo o beijo que aconteceu. Não sei se iniciei ou ela, mas foi como um fechamento de um acordo mútuo. Estávamos nos entendendo. Não pude prolongar aquele momento idílico porque Carl sempre escolhia horas impróprias para se materializar dentro do carro. Essa era a merda de ter a necessidade de um guarda-costas. A privacidade era zero em momentos como este.

Estávamos percorrendo as ruas de Los Angeles quando a olhei longamente e disse enquanto a mantinha abraçada a mim:

— Definitivamente eu tirei a sorte grande quando conheci você, sabia?

— Por quê? Só porque você está sendo salvo repetidas vezes por mim com meus atos heroicos? — questionou, rindo, completamente à vontade.

Mantivemos uma conversa animada até nos dirigirmos a Hollywood Boulevard, onde a levei a um restaurante exclusivo de celebridades. Era fechado apenas ao mundo das artes, não sendo permitido ao público comum, por assim dizer. O restaurante era aconchegante, com cabines reservadas e exclusivas. À medida que nós avançávamos pelo local, eu cumprimentava um ou outro, nunca parando para me ater em detalhes ou estender a conversa.

Sentia olhares curiosos em direção à minha garota e meu lado possessivo aflorava de maneira irreconhecível. Marina olhava contemplativa para todos os lugares, para todo o ambiente, analisando e pensando em algo naquela cabecinha linda. Estava tão absorta que sequer percebeu que a sentei delicadamente e me ajeitei à sua frente olhando-a intensamente.

— O que foi? — perguntou e seu rosto corou levemente.

— Está admirando alguém em particular? — perguntei com um meio sorriso.

— Não, estava até com dó de vocês, pobres coitados. Tendo que se misturar entre si mesmos, já que não podem se juntar aos reles mortais sem antes perderem os tímpanos, ou a visão. Você reparou como esses flashes de hoje em dia são potentes? — questionou mais para si mesma do que para mim.

Eu ri alto porque Marina conseguia extrair o meu melhor. Conseguia me sentir plenamente vivo ao lado dela. Sua maneira de enxergar o mundo, as dificuldades que encontrava neste meio, era absolutamente refrescante.

— Eu já disse o quanto você é divertida, Nina? — perguntei, testando seu apelido em minha boca.

— Que bom que você pode se divertir comigo... Sabe que, quando mais nova, eu pensei seriamente em ingressar no mundo artístico, ser comediante, essas coisas? Meu pai não deixou. Imagine se ele soubesse que estou na toca dos lobos!

— Está mesmo. Só neste ambiente já pesquei um milhão de indagações ao seu respeito. Onde eu encontrei você, de onde você poderia ser...

por TRÁS *da* FAMA

Até ouvi alguém especulando se você tem irmã... — admiti e tive que rir com seu espanto. — Ainda bem que eu encontrei você primeiro... E vamos continuar com nosso segredo até onde der, certo?.

— Certo. Você é o cara — brincou.

Nosso assunto se estendia pela noite afora. Eu me via sentindo a necessidade ardente de tocar sua pele, de, pelo menos, me sentir próximo para ter a certeza de que não estava sonhando. De que estava em um encontro com uma garota fabulosa, que me fazia rir e ser eu mesmo, sem artifícios. Peguei seus dedos por cima da mesa e beijei cada um de maneira acintosamente erótica, mas de uma maneira camuflada e ainda assim romântica.

Eu a queria na minha cama, isso era fato. Mas não faria absolutamente nada para estragar os momentos que antecediam uma conquista primorosa. Eu me dedicaria intensamente a fazer com que Marina necessitasse de mim, da mesma maneira que eu necessitava dela.

Percebi quando seus olhos brilharam e um ar sonhador se apossou de seu rosto. Uma leve onda de ciúmes percorreu meus circuitos, imaginando para quem ela dedicava aquele olhar desejoso. Olhei para trás e vi apenas Alicia Keys. Pude respirar aliviado. Não era outro ator garboso, o dono dos sonhos dela. Porra... Eu estava um pouco possessivo. Até eu estava assustado.

— Quer conhecê-la? — perguntei baixinho.

Ela negou veementemente e continuamos nosso jantar, ainda mantendo uma conversa divertida e desprovida de constrangimentos.

Na porta do restaurante, os *paparazzi* se concentravam espocando seus flashes de maneira sistemática e acintosa. Instalamo-nos no carro e percorremos as ruas de Los Angeles até a área do *campus* da UCLA.

Ainda dentro do carro, Carl e Rudd, o outro segurança, entenderam meu olhar pelo retrovisor e saíram do veículo, nos dando certa privacidade.

— Me perdoe por não poder levá-la até a porta de seu apartamento como um verdadeiro cavalheiro faria.

— Sem problemas, James. Eu não gostaria de ter que correr atrás de alguma sequestradora obcecada por você, por todo o *campus*.

Rimos da cena, mas o riso foi embora dando lugar às fagulhas elétricas de atração. Puxei-a em minha direção e abaixei meus lábios em direção aos seus, de maneira provocativa e sensual. Eu podia sentir sua ânsia em aprofundar o beijo, mas controlava a intensidade.

Aprofundei e permiti que meu desejo se fizesse claro. Percorri minhas mãos por suas costas, puxando seu corpo em minha direção. Soltei a massa de cabelos sedosos que ela cultivava e aspirei o perfume suave que emanava deles.

Meu Deus! Ela era a mulher mais femininamente cheirosa que eu já havia tido o prazer de estar ao lado. Nada de perfumes ofuscantes ou intoxicantes. Era um cheiro natural, despojado de intenções ocultas em seduzir. A sua essência em si era sedutora.

— Hum, eu poderia ficar aqui a noite toda... — disse sedutoramente.

— Sei. Engraçado, eu também — falou ofegando entre um beijo ou outro.

Quando parecia que minhas mãos não se responsabilizariam mais por onde gostariam de passear, percebi que era hora de me acalmar para não a deixar assustada. Ela mesma se afastou um pouco e permiti que ganhasse espaço entre nossos corpos.

— Bem, tenho aula amanhã cedo, mas espero você programar outra roda de atividades — disse, parecendo um pouco em dúvida. Será que eu não havia deixado bem claro?

— Amanhã depois do almoço eu te pego aqui neste mesmo lugar — prometi.

Ela concordou com a cabeça, colocou o cabelo enrolado em uma mão e saiu do carro. Despediu-se de Carl e Rudd e correu para seu alojamento sem olhar para trás. A mim, coube a tarefa de apenas suspirar enquanto meus seguranças voltavam para o carro e imaginar Marina entre meus braços a noite inteira. Para me distrair da cena, resolvi analisar as gotas de chuva que escorriam pelo vidro da janela, adentrando em um mundo repleto de melancolia deliciosamente agradável.

por TRÁS *da* FAMA

M.S.FAYES

Cena 8

Os dias seguiram com a mesma programação inalterável. Eu a buscava logo após suas aulas pela manhã e nos jogávamos em um mundo de atividades controladas. A levava às gravações quando podia, aos meus ensaios publicitários, eventos esportivos, shows, restaurantes e atividades prazerosas para nós dois, mas que pudessem ser executadas sem tumultos evidentes. É claro que não ficávamos livres da presença dos *paparazzi*, fãs, agentes, seguranças. Dependendo do local em que íamos, a segurança se desdobrava.

Contratei Rudd exclusivamente para ficar na cola de Marina. Queria que ele fosse sua sombra, da maneira mais discreta possível, porque eu sabia que ela não se sentia confortável com a situação.

Marina estava inserida em minha vida de maneira irrevogável. De todas as maneiras, ela era minha, à exceção da forma física, que ainda estava em um tema tabu entre nós dois. Eu a inseria no máximo de atividades ao meu lado porque sabia que seu tempo era curto. Enquanto ela estava na faculdade estudando, eu passava meu dia malhando, no ócio, apenas aguardando a hora de poder vê-la novamente.

Cara, eu estava apaixonado. Até tive uma longa conversa com minha mãe pelo telefone e falei sobre ela. Disse que não conseguia classificar meus sentimentos, mas que meu coração ardia sempre que a via e que me despedia dela no carro, na porta do alojamento. Eu me sentia piegas para caralho em atestar aquilo, mas outras palavras não poderiam externar melhor a forma como eu me sentia. Havia também a questão de que eu não poderia simplesmente confirmar para minha mãe que eu estava sofrendo um belo caso de bolas azuis. Eu estava pirando. Deixá-la toda noite era um tormento e eu só não afogava minha frustração numa garrafa de bebida porque Carl mantinha a linha dura no quesito. Acredito piamente que minha mãe tenha tido uma conversa com ele sobre isso.

Enfim, eu dormia esperando o dia amanhecer logo para que pudesse me encontrar com ela mais uma vez. Apenas estar ao seu lado, ou saber que ela estava ali, já me acalmava.

Não conseguia mais segurar o desejo de tentar convencê-la a ficar comigo. Isto estava me matando. Eu estava dando o tempo certo, sendo um cavalheiro. Mas confesso que poderia ganhar o Oscar pela interpretação de um homem pacato e calmo.

Estava remarcando compromissos em meu celular quando olhei pela janela à espera de Marina. O que vi me deixou sem fala. Ela vinha quicando, quase sendo carregada, ladeada por dois brutamontes nórdicos que riam de algo que ela falava entredentes.

Sem nem ao menos pensar no que estava fazendo, abri a porta do carro e olhei a cena, sentindo um ódio arder em meu peito. Não de Marina, mas dos dois imbecis risonhos que estavam muito grudados à minha garota.

Ela disse alguma coisa e eles olharam para mim, se desviando em minha direção. Eu sabia que minha cara denunciava que não estava feliz com a situação e nem sequer consegui me mover adequadamente. Eu estava estático. Somente quando outra garota correu na direção deles com uma mochila nas mãos foi que pude perceber que algo estava errado, já que os gigantes olhavam para trás o tempo todo, como se estivessem sendo perseguidos pelos cães do inferno.

Corri em sua direção e a arranquei dos braços dos caras que a ladeavam tão intimamente. Enquanto eu a colocava no banco do carro, ela agradeceu efusivamente a ajuda dos brutamontes e à amiga, que suspirava audivelmente com cara de sonhadora e olhos de cachorro pidão em minha direção.

Quando o Range Rover arrancou, vi a massa enfurecida de fotógrafos e curiosos perseguindo nosso carro. Aquilo que eu mais temia aconteceu.

Cena 9

    Eu olhava Marina sem conseguir falar ou ao menos averiguar o que aconteceu. A imagem dela entre os dois caras ainda estava bem vívida na minha cabeça. Eu era ciumento. Ponto. Acabei de chegar a essa conclusão. Sempre fui cuidadoso com meus relacionamentos, sempre cuidei para que houvesse exclusividade em ambas as partes. Eu nunca gostei de compartilhar. Mas o sentimento com Marina era algo muito mais aterrador, porque eu me desconhecia.

    O sentimento de posse era tão intenso que apenas imaginar outro homem tocando sua pele já me deixava irritado ao extremo. Eu a observava gemer em frustração e apenas a encarava sem emitir som algum.

— O que foi agora? — ela choramingou audivelmente.

— Vou deixar você me explicar o que aconteceu para estar nos braços dos caras lá atrás — respondi. Percebi que não consegui camuflar os ciúmes.

— Você está brincando que está com ciúmes, né?! — perguntou, irritada. E o mais estranho aconteceu. Ela simplesmente começou a chorar e gemer, falando palavras incompreensíveis que só pude supor ser português, e só então percebi que algo não ia bem.

— Eles me falaram que você torceu o pé, mas não levei a sério, me desculpe. O que houve? — pedi, me desculpando enquanto tentava afagar sua cabeça e secar suas lágrimas que desciam copiosamente por seu belo rosto.

— Minha colega de quarto me reconheceu e vendeu os direitos dos meus dados a uma revista sensacionalista. Os fotógrafos cercaram a biblioteca e outras pessoas queriam participar da bagunça também, aí começou um alvoroço. Peter foi lá me salvar e pulamos da janela da biblioteca. Torci o pé na aterrissagem perfeita. Janet sequestrou alguns dos meus pertences no quarto e cá estou eu. Respondi sua pergunta? — Seu sarcasmo foi evidente, mas fui o responsável por deixá-la nervosa com meus ciúmes enquanto ela sentia dor.

Era muito interessante ouvir o seu sotaque acentuado quando ela falava nervosa como estava.

Eu a abracei fortemente e quase a sentei em meu colo como uma criança para ser consolada, mas resolvi mudar de tática, já que possivelmente não poderia esconder as reações do meu corpo à sua proximidade.

— Carl, nos leve ao hospital de Bel-Air — orientei e, em seguida, beijei a têmpora de Marina, sempre passando minhas mãos por suas costas para acalmá-la. — Me perdoe, Marina. Por favor. — Meu tom implorativo era vergonhoso, mas eu não estava sequer ligando para isso. — Foi a isso que me referi quando pedi que você saísse do *campus*. Eu sinto muito. Acho que expus você demais na minha ânsia de estar ao seu lado... Nina, me perdoe, eu deveria ter dado um jeito de protegê-la melhor, talvez até de mim mesmo... me desculpe.

Pense em um cara se sentindo completamente patético. Esse cara era eu.

— Ah, pare com isso, Jim, eu sabia no que estava me metendo quando aceitei ajuda-lo e quando saí com você depois disso. O que quero dizer é que sei dos riscos de me envolver no seu mundo. Paciência. Nem todo mundo tem caráter. Parece que minha *roommate* não tem. Garota insolente! Estou pensando em dar umas nela, sei até uns passos de capoeira, posso deixá-la no chinelo... — brincou.

Porra! Ainda assim, ela era altruísta o suficiente para tentar me consolar mesmo em suas condições. Tive que rir da situação e a abracei mais fortemente ainda. Eu tinha medo que aquele episódio pudesse interferir em nosso relacionamento. Isso era algo que eu não queria de forma alguma.

Quando o carro parou, dei um beijo rápido em sua boca úmida pelas lágrimas e desci, puxando-a para meu colo e levando-a à recepção reservada na parte exclusiva do hospital. Mesmo que ela afirmasse que poderia andar, eu fazia questão de mantê-la aconchegada aos meus braços. Isso me dava uma tranquilidade maior quanto ao fato de saber que ela estava ali comigo agora. Segura.

Depois de ser devidamente atendida e receber o tratamento adequado, levei-a de volta ao Hyatt, ao quarto que já tinha separado para ser dela. Acomodei suas coisas e deixei-a no sofá, ajeitando sua perna imobilizada em um travesseiro na mesinha à frente para dar um conforto maior. Vi quando ela fez uma careta de dor e pegou o frasco de Tylenol para tomar.

Enquanto Marina se estabelecia e falava com seus pais, esclarecendo sua nova localização, eu podia apenas caminhar nervoso pelo meu quarto.

Tentava a todo custo me controlar para não ir checar como ela estava de minuto em minuto.

A ansiedade me venceu e entrei em seu quarto com a chave reserva que consegui para mim. Ela me olhou assustada e me dispus a esclarecer que eu tive medo que ela não conseguisse se mover, por isso fiquei com a chave reserva.

Ela estendeu seus braços para mim e respirei aliviado. Abracei-a e ergui-a delicadamente do sofá. Aspirei seu aroma, e beijei-a com intensidade angustiante. Porra, ela era minha garota. Eu queria protegê-la de tudo e de todos. Mas poderia protegê-la de mim?

Senti quando ela amoleceu em meus braços e seus olhos ficaram enevoados. Fiquei assustado que ela pudesse ter desmaiado de dor. Levei-a para seu quarto e deitei-a delicadamente na cama.

— Nina, vou ligar imediatamente para o médico — disse, mas ela me interrompeu com a voz grogue.

— Ah, pare com isso, eu estou legal, foi você que me deixou tonta com este beijo. Eu estou em plena recuperação, você não pode chegar assim e arrombar meu coração...— brincou e afagou meu rosto.

— Certo, a culpa é minha, madame, mil perdões — desculpei-me novamente. — Nina... — Minha voz ficou embargada de emoção.

— Hum... — gemeu suavemente. Caralho. O som de seu gemido foi o suficiente para quase me matar naquele instante.

— Acho que te amo — disse mais convicto do que na dúvida. Eu não achava que a amava. Eu tinha certeza.

— Hum, acho que eu também — afirmou e deu um sorriso delicioso que me fez afundar o rosto em seu pescoço e me conter em beijá-la até fazê-la implorar por meu toque. Quando olhei para seu rosto, percebi que havia adormecido.

Meu coração estava perdido na batalha. Marina Fernandes tinha vencido aquele round de lavada.

por TRÁS *da* FAMA

M. S. FAYES

Cena 10

Andei pelo quarto novamente um leão enjaulado e prestes a sair em matança na arena. Hoje eu poderia dizer que estava me sentindo bem poético e dramático. Um texto de Shakespeare seria bem-vindo nesta hora. Eu queria correr para o quarto de Marina e averiguar seu estado, como fiz várias vezes durante a madrugada sem que ela soubesse. *Okay*, isso poderia até parecer perseguidor de um determinado ponto de vista e seria muito assustador, somando o fato de que eu conhecia a garota há tão pouco tempo e já me sentia assim.

Olhei para a porta de seu quarto pela quadragésima nona vez e decidi que, para minha sanidade, seria melhor aguardar no *lobby* do corredor. Talvez assim pudesse contar as luminárias no teto, ou apenas averiguar as maçanetas das portas de cada quarto naquele andar. Porra! Eu estava me sentindo um perseguidor com TOC agora.

Quando saí do quarto, coloquei minhas mãos impacientes dentro dos bolsos, esperando que de alguma forma, a calmaria viesse até mim e eu pudesse apenas esperar que Marina saísse de seu quarto como se nada estivesse acontecendo. Embora naquele momento, eu quase voltei para o seu quarto porque fiquei pensando em como ela conseguiria se arrumar sem uma ajuda.

Acabei me lembrando que interpretei um papel certa vez, onde tive que ficar as doze horas diárias de filmagem com um gesso falso e percebi que, com dificuldade, ainda assim a pessoa poderia ter vida própria. Infelizmente.

— James? — Uma voz rouca me chamou e quando me virei para o elevador, pude ver que Maddie Burke estava bem ali.

Maddie fora coadjuvante em um filme em que trabalhamos alguns anos atrás e, pelo que eu ouvira, os trabalhos estavam escassos para a garota. Mesmo no auge de sua beleza loira e um porte digno de modelo, ela não conseguia exprimir o talento que jurava ter e, realmente, os filmes estavam passando em alta velocidade por ela, sem que um teste de elenco sequer fosse apresentado.

— Ei, Maddie. Há quanto tempo, não é? — falei educadamente e apenas estendi minha mão para que ela cumprimentasse. Maddie era do tipo de mulher que gostava de abraços apertados e espremidos, onde poderíamos conferir seus atributos de maneira evidente e nada sutil.

— Own, James. Tenho tantas saudades daqueles tempos em que atuávamos juntos — disse e passou a mão pelo meu braço. Eu retirei educadamente sua mão e me sentei na poltrona próxima ao elevador, tentando desta forma distanciar nossos corpos.

— Você sabe se algum teste está em voga? — perguntou e encostou-se ao braço do sofá. Péssimo movimento o meu. Isso fez com que a postura dela ficasse mais íntima. Ela agitava seus cabelos loiros para que estes batessem no meu rosto e eu tentava, sutilmente, me afastar o máximo possível.

— Não. Como estou em uma produção, estou por fora dos andamentos, Maddie — respondi.

— Poxa, nessa sua produção não há uma vaga disponível? — perguntou. — Algo para uma atriz necessitada de trabalho?

— Olha, Maddie, eu posso até averiguar pra você, mas não posso garantir. — Sorri gentilmente.

Naquele momento, vi Marina caminhando em passos trôpegos pelo corredor. Sem ao menos pedir licença, me levantei do sofá e peguei sua mão, percebendo que estava gelada.

— Bom dia, Marina — falei embasbacado por ela parecer tão jovial esta manhã. — Adeus, Maddie, tenha um bom-dia. — Eu me despedi da atriz sem nem ao menos olhar para ela. Tenho certeza de que minha mãe puxaria minhas orelhas pela falta de cavalheirismo, mas realmente nesta manhã eu não estava para isto. Apenas Marina retinha minha atenção.

Dirigimo-nos ao restaurante para que eu pudesse providenciar uma refeição digna que a sustentasse. Como eu sabia que ela estaria tomando medicamentos, seu estômago muito provavelmente poderia sentir em algum instante, logo, eu precisava garantir que ela estivesse bem. Na verdade, eu não pensei direito, porque eu deveria ter solicitado um café da manhã em seu quarto. Mas não queria me privar de sua companhia. Movimento egoísta o meu.

Marina ainda tentou dar uma volta nas gôndolas de mantimentos, mas eu a encaminhei para o nosso assento. Com o pé engessado, ela deveria fazer o máximo de repouso. Eu garantiria que ela obtivesse isso. Meu lado cavalheiresco estava com força total naquele instante.

Quando a garçonete à nossa mesa trouxe a refeição que eu havia solicitado, pude ver que Marina estava mais calada que o habitual. Eu havia percebido que ela sempre observava tudo ao seu redor. Seus olhos percorriam os ambientes, as pessoas, como se estivesse tentando apreender as imagens e captar nuances de cada coisa. Hoje, ela olhava apenas para a toalha da mesa, completamente introspectiva.

— O que houve, Nina? — perguntei, esperando que ela erguesse aqueles olhos amendoados e sedutores em minha direção.

— Nada — respondeu rapidamente e deu um sorriso ligeiro e passageiro.

Eu sabia que havia algo ali. E, obviamente, eu não desistiria enquanto não descobrisse o que causara aquele silêncio na minha garota.

Depois de uma refeição silenciosa, levei-a para o carro. Ali seria meu local de investigação. Meu lado maníaco estava aflorado. Eu precisava saber o que causara aquela mudança brusca de comportamento.

— O que houve? Vamos lá, você está escondendo alguma coisa.

— Não é nada, James — disse constrangida.

— Tem alguma coisa aí. Posso sentir que você não está normal. Tem alguma coisa aborrecendo você... — sondei mais a fundo.

— Adiantaria eu dizer que posso estar sentindo dor? — Ela deu um sorriso tímido. Sério. Eu achava aquele sorriso doce, um dos mais lindos que já vi. Mas ele não me convenceu em momento algum.

— Eu não acho que seja isso — argumentei.

— Tá, tudo bem, eu só estava tentando me lembrar se aquela moça de hoje cedo era atriz ou coisa parecida... — disse e pude ver claramente que estava sem graça com a situação. Meu peito estufou de orgulho quando percebi que o que ela estava sentindo nada mais era do que o puro e óbvio ciúme. O monstro dos olhos verdes havia mostrado suas garras e beliscara sua delicada pele.

Meu lado machista estava cantando vitória naquele instante.

— Ah, agora entendi! Você provou do seu próprio remédio, é isso? — tentei me conter, mas foi mais forte que eu.

— Como assim? — perguntou desconcertada.

— Ora, ontem eu tive ciúmes, hoje, nada mais justo do que você provar da mesma sensação — respondi descaradamente e comecei a rir. Porra, era uma sensação boa.

por TRÁS *da* FAMA

Eu a abracei ali mesmo no saguão do hotel, porque ao percebê-la com ciúmes, eu poderia garantir que ela gostava sim de mim. Que ela sentia talvez o mesmo que eu. Quando estamos apaixonados, o sentimento de posse é inerente. Sentir ciúmes é um poderoso marcador da medida dessa mesma possessividade. Não o ciúme patológico, claro. Mas aquele brando que tempera as relações. Coloca as estruturas nos eixos e mostra os limites que cada um suporta dentro do relacionamento.

— Ora, não é ciú... — ela tentou articular as palavras, mas eu sequer a deixei prosseguir. Dei-lhe um beijo mais do que evidente de onde estavam minhas atenções, para mostrar quem era merecedora dos meus carinhos e da minha paixão.

Eu não estava nem aí para o lugar, para as pessoas ao redor, para possíveis máquinas fotográficas ou celulares apontados em nossa direção. Eu a beijei com toda a potência da minha vontade, embora não toda, porque ela poderia ficar assustada com tal arroubo. Percebi que ela se desequilibrou pelo meu movimento repentino e a agarrei mais forte. Suspirei em seu pescoço e começamos a rir da situação. Eu, pelo alívio. Ela, provavelmente, pelo constrangimento. Puxei-a em direção ao Range e entrei logo atrás dela.

Quando nos ajeitamos em nossos cintos, resolvi perturbar sua paz de espírito. Marina tirava o melhor de mim.

— Então, não vai querer saber quem era a loira? — perguntei com um sorriso presunçoso.

— Se você quiser contar, tudo bem — respondeu, tentando ser indiferente, mas em seu tom estava claro que ela queria saber.

— Era uma atriz com quem já trabalhei, há uns dois anos. E, antes que você me pergunte, e eu acho que você não iria perguntar, mas antes que leia em algum lugar: não, eu não tive um caso com ela. Mas aparentemente toda atriz com quem contraceno vira automaticamente minha nova namorada. Você nem imagina como isso é cansativo, mas depois de muito tempo, análise e outras compensações, a gente se acostuma. — Suspirei pausadamente.

Eu não queria expor esse meu lado para ela. Os tempos sombrios, onde a busca pela própria identidade poderia levar você a caminhos tortuosos. O clamor da mídia, a perseguição e a ausência de privacidade muitas vezes me levaram a caminhos alternativos onde eu preferia abafar certos sentimentos e sensações a me corroer em remorsos e comiseração. Quando uma crítica negativa vinha à tona era muito mais fácil me abster e me isolar em um copo de uísque do que roer minhas unhas e me sentir um lixo pelo trabalho executado.

Foi Carl que regulou estas atividades meio ilícitas na minha vida. A mando de minha família, depois do acidente onde eu estava embriagado, ele realmente virou minha sombra. Carl percebia os momentos em que meu espírito não estava elevado e eu estaria propício a anestesiar o sentimento e, ao invés de me permitir, me levava a uma academia local e me colocava para treinar pesadamente em exercícios que tiravam minha mente do que poderia me afetar.

A regularidade disso começou a fazer de mim um cara muito mais disciplinado e aprendi a lidar com as pressões que a minha profissão impunha. Se eu havia escolhido aquilo ali para mim, então deveria ser homem o suficiente e arcar com as consequências. As boas e as ruins. Acatei um programa terapêutico na época e aprendi a sintetizar tudo dentro de mim. Isso fez de mim um cara mais seguro em relação à minha profissão. Carl e os outros anjos da guarda que Deus realmente colocou no meu caminho acabaram me impedindo de me enveredar por caminhos sem volta. Porra! Eu não queria terminar meus dias debaixo de sete palmos como alguns colegas terminavam.

— *Okay*, então. Mas você realmente nunca se envolveu com uma colega de trabalho? Eu fico pensando, as cenas que vocês fazem são tão envolventes às vezes, fica difícil imaginar que não role absolutamente nada... — falou desconfiada.

— Você nunca ouviu falar de beijo técnico? — perguntei.

— Claro que sim, mas, sei lá, beijar é tão íntimo... Eu acho difícil imaginar uma técnica pra isso...

Se ela soubesse da realidade.

— Nina, enquanto a gente grava uma cena, tem dezenas de pessoas no lugar, câmeras, luzes, o diretor, contrarregra, muita gente mesmo. Não acho que dê pra rolar um clima com uma plateia na expectativa. Além disso, a gente grava a cena tantas vezes que é cansativo... — disse e tentava perceber se ela captou que era impossível sentir tesão num momento assim.

— Por isso mesmo! Imagine você ter que beijar repetidas vezes até ficar perfeito. Ah, não me diga que não sai nenhuma faisquinha...— insistiu neste argumento.

— Olha, é muito mais fácil acabarmos nos envolvendo fora do ambiente do estúdio. Nas coxias, nos *trailers* de instalação, às vezes fazemos amizade e dali pinta um clima. Mas comigo só rolou uma vez. — Fui o

por TRÁS *da* FAMA

mais honesto possível.

— Ah — disse meio decepcionada.

Pude notar que o tom que Marina usou dizia mais do que suas palavras queriam dizer. No mínimo, ela imaginava que isso acontecia o tempo todo, pela proximidade com as pessoas ao redor. As coisas não eram bem assim. Mas, então, era isso que todo mundo imaginava, certo?

— Nina, nem todas as pessoas são atraentes pra todo mundo — revelei adivinhando seus pensamentos. — Algumas colegas de trabalho são tão insuportáveis que só mesmo uma interpretação primorosa dá o tom romântico à relação...— Lembrei-me claramente de algumas atrizes com quem tive o desprazer de trabalhar. Na tela, eram irretocáveis; na realidade, elas eram absolutamente intragáveis.

— Ah, desculpe. Eu realmente não queria me meter nestes assuntos, me desculpe... — Ela corou completamente constrangida.

— Tudo bem. Eu fiz questão de esclarecer. Inclusive para que você não acredite em tudo que ler por aí. Seja em revistas, noticiários ou pela internet. Eu sou um cara normal por trás de toda essa fachada hollywoodiana. Eu gosto de me relacionar sério com alguém, sair, namorar. Eu não sou pegador. Poderia ter um milhão de oportunidades com um milhão de fãs. Você não faz ideia do que elas são capazes... Mas eu não quero. Eu estou muito bem neste exato momento. — Esperava que aquilo a tranquilizasse.

— Ah, tudo bem...

— Estou muito bem com você. Há muito tempo não me divertia tanto com alguém. Sua companhia é extremamente agradável, espero que você saiba disso — falei e levantei seu queixo para que pudesse ver seus olhos. Eu queria que ela pudesse avaliar a verdade escancarada nos meus.

Meus lábios coçavam de vontade de repetir a declaração que lhe fiz na noite anterior, quando ela estava chapada do remédio para amenizar sua dor. Segurei na ponta da língua, porque precisava que ela estivesse à vontade comigo o suficiente para aceitar o que sentia por ela. Poderia ser algo assustador.

— Sei... — respondeu sarcástica.

Eu sabia que provavelmente só o tempo a tornaria mais segura de si. E muito das minhas ações provaria a ela que eu estava sendo verdadeiro nos meus sentimentos. E obviamente, não há nada melhor do que o toque apropriado para deixar a pessoa amada com o coração galopante e a mente sem a capacidade de fomentar discórdias e dúvidas.

Eu a abracei e puxei seu corpo junto ao meu. Desci meus lábios de encontro aos dela, em um movimento lento, uma prerrogativa de que tudo o que eu estava fazendo era bem pensado e não por impulso. O impulso se deu quando a abordei naquele aeroporto. Pode ter sido um impulso maior ainda quando a procurei loucamente uma semana depois. Nosso primeiro beijo foi impulsivo. Mas agora? Era calculadamente programado para fazer com que ela sentisse a veracidade do que eu estava sentindo. Que ela percebesse que cada palavra dita ali era real e não uma fantasia. Deixei que meu beijo mostrasse a ela que queria o real, o verdadeiro, o amor louco. Que não tivesse qualquer dúvida sobre a forma como eu me sentia em relação ao simples fato de estar com ela.

Éramos diferentes? Claro. Mas eu conseguia ver claramente como Marina se encaixava em minha vida como uma peça vital de um quebra-cabeça do destino.

Meu mundo cheio de glamour era um atrativo a todo tipo de mulher possível e imaginável. Mas eu não conseguia sentir nenhuma vibração estranha vinda de Marina. Era como se ela estivesse comigo por querer estar, simplesmente pelo que sou, eu, James William Bradley. Um cara normal, cheio de testosterona em polvorosa, pronto para cair de amores e se jogar de cabeça em um relacionamento sem limites. Não o ator famoso, cheio de grana e suntuosidade.

Eu sentia que Marina era a coisa mais real da minha vida naquele exato momento. Talvez fosse por isso que eu precisava segurá-la apertado, garantindo que sua presença se mantivesse sempre ali. Exatamente aonde pertencia.

Cena 11

Enquanto seguíamos para o meu compromisso do dia, eu apenas me dedicava aos meus pensamentos e a observar a garota doce que tinha entre os braços. Ela estava levando a situação com muito mais facilidade do que eu supunha, e isso me deixava extasiado.

Chegamos ao estúdio do programa de Jimmy Fallon e Carl abriu passagem para que entrássemos sem muito alarde. Muitos destes programas de entrevistas eram gravados em plena luz do dia, o que facilitava demais que os artistas acabassem sendo vistos pelas redondezas. A fila de telespectadores sempre estava ali, à espreita, apenas esperando uma oportunidade de registrar uma celebridade.

O camarim que estava destinado a mim era aconchegante e tinha tudo o que Marina poderia precisar durante a minha entrevista. No caminho, acabamos decidindo que ela ficaria melhor instalada se me aguardasse ali às escondidas e protegida dos olhares curiosos.

Deixei-a acomodada numa poltrona e ainda fiz questão de ajeitar uma almofada para que repousasse sua perna engessada. Dei-lhe um beijinho casto na boca e saí quando fui chamado pela produção.

Pedi que Carl averiguasse sempre se ela estava precisando de alguma coisa, já que, com a perna imobilizada, ficava um pouco difícil ela resolver por si só. Com isso, é claro, eu estava me referindo a deixá-la bem servida e atendida em todas as suas necessidades. Eu queria cuidar dela. E já que não podia estar ao seu lado naquele momento, incumbi esta tarefa ao meu fiel guarda-costas.

Quando entrei no estúdio, a plateia me ovacionou e acabei me emocionando como sempre. A demonstração de carinho de seus fãs é um quadro muito bacana para curtir. Era como eu sempre dizia: a fama tem um lado bom e um ruim. Um lado maravilhoso e um mais péssimo ainda. Quando eu podia testemunhar o apreço do público pelo meu trabalho, eu me sentia no lado bom da fama.

Jimmy me cumprimentou efusivamente e eu me acomodei na poltrona, me colocando o mais confortável possível. Dos programas de entrevistas, o de Jimmy era o que eu mais gostava. Nem sei explicar a razão. Acho que rolava uma empatia entre nós dois.

A zona de perguntas permitidas estava sendo ultrapassada, mas permiti que Jimmy avançasse. Uma das muitas coisas que as pessoas desconhecem no mundo das celebridades é que sua assessoria de imprensa coordena todos os passos dados. Até mesmo quais perguntas poderiam ser feitas, quais respostas deveriam ser emitidas e por assim em diante.

— James, você anda um tanto quanto ocupado, certo? — perguntou e sorriu.

— Um pouco. Digamos que estou em um momento de descanso por agora.

Ele riu e instigou a plateia.

— Estamos acompanhando seus trabalhos. Sabemos que você vem sendo requisitado e muito aclamado pela mídia. — Ele piscou. — E ainda assim, resolveu me dar o prazer de comparecer a este humilde recinto.

A plateia riu e acompanhei a zombaria que Jimmy fazia consigo mesmo.

— Então, você não vai matar a curiosidade geral da nação e nos dizer quem é a garota com quem você tem sido visto nestas últimas semanas? — Jimmy me perguntou de maneira sorrateira. Sorri porque sabia da fama dele em arrancar de maneira sutil as respostas de seus convidados.

Eu sabia que aquele era um momento crucial. Eu poderia negar e me fazer de desentendido, apresentando as mesmas desculpas clássicas que somos orientados a dar. "Somos apenas bons amigos". Ou eu poderia ser totalmente honesto com meus sentimentos e assumir publicamente que eu realmente estava fisgado por alguém.

Optei pela segunda resposta.

— Na verdade, eu não gosto de falar muito da minha vida pessoal, como todo mundo. Mas tanto para minha preservação quanto da minha companhia... Sim, eu estou namorando, sim. É só o que posso dizer...— respondi gentilmente e percebi a plateia indo ao delírio.

— Ah, James, quem é ela? Por que essa aura de mistério? — insistiu.

Eu poderia alardear naquele momento ali que meu coração era de Marina Fernandes. Mas preferi seguir com a rota que havíamos definido para que ela se acostumasse ao meu mundo invasivo. Eu ri sozinho porque me lembrei do desespero dela à simples menção de repetir o gesto de Tom

Cruise no programa da Oprah.

— Ela é linda, não é? Talvez deva ser por isso que a curiosidade de vocês esteja tão aguçada. Mas ela é muito tímida, então preferimos não comentar nada sobre isso. Quem sabe um dia, quando ela me autorizar... — Sorri enigmático.

— Hum, James Bradley dominado por uma mulher...

A plateia riu, eu ri, até mesmo porque, no fundo, sabia que ele apenas alegara uma verdade absoluta. Eu estava dominado por aquela garota. Sem sombra de dúvidas.

Quando a plateia recebeu a oportunidade de fazer as perguntas para saciar a curiosidade alheia, percebi, pelo andar da carruagem, que seria um pouco tumultuado sair dali à surdina. Acho que a ala feminina ficou um tanto quanto ouriçada com minhas declarações evasivas sobre meu relacionamento e eu podia prever certa confusão, até mesmo porque muitas ali poderiam querer averiguar por conta própria, se eu estava ou não acompanhado da minha namorada.

Quando a campainha apitou alertando o comercial, aproveitei a oportunidade para beber um gole d'água, chamando Carl disfarçadamente pelo canto.

— Carl, peça ao Rudd que leve a Marina antes de mim — orientei e ele compreendeu imediatamente meu temor. — Acho que sair daqui vai ser como naquele velho esquema ao qual estamos acostumados, mas ela não. E vou fazer de tudo para poupá-la um pouco dessa aventura.

Carl concordou e saiu rapidamente dali. O aviso do retorno da programação soou mais uma vez e me sentei para mais uma rodada de perguntas e especulações. Jimmy tinha muita sorte que eu realmente apreciava seu programa.

Quando por fim a entrevista encerrou, levantei-me pronto para ir embora dali o mais rápido possível. A coisa se estendeu além do que eu esperava.

— James, dê lembranças minhas à sua morena misteriosa — Jimmy brincou.

Isso eu poderia fazer com toda a certeza.

— Pode deixar, Jimmy. Mas na próxima entrevista você não vai me pegar desprevenido — brinquei.

por TRÁS *da* FAMA   81

— Desprevenido como? — zombou. — Eu fiz a pergunta e você nem sequer rateou na hora de responder. Você está fisgado mesmo, não é?

— Totalmente. Mas eu agradeceria se nossa conversa ficasse por aqui — respondi sério. — Estou realmente tentando minimizar o assédio em cima dela. Isso pode ser assustador para nós que estamos acostumados, imagine para ela que nunca passou por isso?

Jimmy bateu a mão no meu ombro e disse:

— Cara, eu totalmente te entendo.

Despedimo-nos e Carl conseguiu conter um pouco do tumulto na saída posterior do estúdio. Era claro que as fãs e *paparazzi* tinham acesso e radar para detectarem todas as possíveis rotas de fuga dos artistas. Muitas vezes, eu achava que agíamos mais como agentes operacionais do governo, arquitetando planos e rotas, para que fugíssemos como espiões, sem que ninguém notasse a entrada ou a saída em determinado lugar.

— Jaaaaames!!!

As meninas gritavam meu nome e acenei cumprimentando-as como sempre fiz e provavelmente sempre faria, mesmo estando muitas vezes constrangido mediante tamanho ardor.

O trajeto até o hotel foi lento, já que o trânsito estava intenso e aquilo me deu a oportunidade de resolver algumas pendências com minha agente.

Anotei mentalmente que haveria um evento próximo e precisaria trabalhar aquilo na cabeça de Marina, para que concordasse em me acompanhar. E aí seria o caos. Porque, quando ela pisasse no tapete vermelho, com todos aqueles flashes voltados e apontados para nós, não haveria volta à vida tranquila e pacata que ela levava.

Cena 12

Entrei apressadamente no hotel e me esquivei de uma série de repórteres que estavam ali esperando no saguão. Fui direto para o meu quarto, já que queria me livrar das roupas amassadas que vestia. Fora o fato que tinha uma mania peculiar. Quando eu chegava de um determinado trabalho, evento, campanha, sessão de fotos ou o que requeresse minha presença, eu gostava de me livrar das roupas usadas quase que imediatamente. Não sei explicar bem a razão. Eu apenas gostava de tomar um banho e apagar ao menos um pouco todo o tumulto possível do dia.

Depois de comer alguma coisa por ali mesmo, fui direto ao quarto de Marina e bati à sua porta. Mesmo que tivesse a chave, como eu já havia assumido ter, fiz questão de me fazer anunciar.

Acredito que minha tentativa em ser um cavalheiro plácido passou depois de cinco minutos esperando que ela abrisse. Não me fiz de rogado e usei minha chave, para descobrir logo em seguida que Marina não estava ali. Seu cheiro ainda permanecia no ar, mas era nítido que ela saíra há bastante tempo. Onde estava Rudd? Não era suposto que ele deveria estar ao lado dela?

Vi um bilhete logo na mesa de centro e li o que ela havia escrito com sua letra caprichada:

> Fui dar uma volta, volto logo. XoXo.

Uma volta? Com todo o tumulto que havia em torno dela? Com o incidente recente no *campus* da universidade? Com a perseguição da mídia em busca de informações mais consistentes? Que porra!

Tentei me acalmar, porque de nada adiantaria explodir e perder a paciência naquele momento e nem ao menos depois com ela. Resolvi que esperaria ali mesmo, já que ficaria inquieto se estivesse sozinho no quarto.

Tentei repetir para mim mesmo que poderia ir malhar, fazer alguma coisa, ao invés de ficar de tocaia apenas esperando pela chegada dela. Desisti. Eu acabei me sentando no sofá confortavelmente mexendo em meus aplicativos de celular.

Escutei a chave na fechadura algum tempo depois e apenas esperei que ela detectasse minha presença ali.

Quando ela me olhou com aqueles olhos amendoados e inocentes, tentei controlar meu acesso temperamental de raiva descabida.

— Você tem noção da preocupação que me causou? Ou do tempo que estou te esperando aqui? — perguntei contido.

Ela caminhou pela sala largando o agasalho que vestia e olhando para mim de soslaio.

— Eu fui dar uma volta na praia. Quer dizer, não uma volta, porque o gesso não permite, mas fui ver o mar. Por que essa raiva toda, James? Eu sou livre para ir e vir, certo?

Percebi que ela havia ficado irritada agora. *Okay*. Eu precisava me acalmar. Ou eu a assustaria exatamente da maneira que estava tentando evitar que ficasse assustada.

— Certo. E sei que você deixou um bilhete. Mas quando Rudd a trouxe pra cá, eu esperava encontrá-la pra gente sair de novo — falei suspirando pesadamente. — Eu não te deixaria sozinha...

Ela parou à minha frente e me olhou com um calor que só fazia com que meu coração acelerasse.

— Eu sei. Eu só quis me distrair um pouco, tá? Eu não imaginei que iria ter problema, faço isso sempre quando quero ficar sozinha.

Entrecerrei meus olhos e tentei observar o mais precisamente possível qual o nível de chateação que ela poderia estar, que justificasse sua necessidade de estar sozinha.

— Por que você queria ficar sozinha, Nina? Você está aborrecida com alguma coisa? Tem alguma coisa a ver com a entrevista de hoje?

— De jeito nenhum. Eu estava pensando em outras coisas pessoais. E acabei me encontrando com um amigo...

Senti meu corpo retesar imediatamente ao captar o que ela mesma tentou interromper.

— Um amigo? Que amigo? — Certo. Definitivamente, eu era um caso perdido em matéria de controle de ciúmes.

Ela estava retirando o tênis e sentou-se na poltrona à minha frente, tentando acomodar a outra perna imobilizada.

— Peter, que você conheceu, lá da Universidade. Ele me ajudou na fuga, lembra? Então, daí eu estava combinando uns detalhes do Natal...

Ela disse de maneira simples e só então me toquei da proximidade da data.

— Que detalhes de Natal, Nina? Quer dizer, como assim, combinando alguma coisa? — Eu estava irritado. Podia sentir isso ardendo em mim.

Nina se recostou no sofá e apenas me respondeu calmamente, esclarecendo quais planos eram aqueles.

— Ora, James, eu não vou para casa porque é muito longe, então eu já tinha providenciado uma ceia na UCLA. Eles oferecem isso para os alunos estrangeiros sem família, pra não passarmos em branco, e é até bonitinho... Todos os perdidos no mundo numa mesma festa, vários idiomas, ninguém se entendendo... Creio que não dê pra gente curtir um amigo oculto... — Ela estava tagarelando rapidamente. O sotaque veio à tona imediatamente, o que significava que estava nervosa.

— Como assim? — Eu realmente estava tentando entender a lógica de sua explicação.

Okay. Eu sabia que ela não voltaria para casa. Era uma viagem longa e requeria toda uma burocracia de entrada e saída no país etc.

— Como assim o quê, James?

Agora ela estava irritada. Acredito que não fui muito sutil em minha abordagem, ou, então, fui muito presunçoso em imaginar que meus planos também seriam os dela.

— Eu já tinha programado para passarmos o Natal juntos — respondi, simplesmente esperando sua reação.

Vi quando seus olhos brilharam esperançosos.

— Ahhh... mas você não tem que ir passar o Natal com sua família?

— Eu vou. Mas programei para que você fosse comigo — esclareci.

O choque foi evidente no rosto dela. Eu não entendia o porquê. Eu já não havia deixado mais do que claro quais eram os meus sentimentos por ela? Que eu queria que ela estivesse junto a mim?

Acho que deduzi imediatamente que ela concordaria com tudo o que eu quisesse, mas me enganei. O sangue latino de Marina gritou forte nos argumentos apresentados para que ela não viajasse comigo.

Algo como ela não retornar para o Brasil por ser uma viagem longa, quando a viagem para a Inglaterra também seria. Ou um breve desespero em passar o feriado com a minha família, ao invés da família dela.

Entendi sem entender os argumentos que ela apontava, mas me resignei a aceitar que ela não mudaria de ideia. Meus planos teriam que ser alterados então. Ainda teríamos alguns dias juntos antes da data.

Depois de uma longa discussão sobre detalhes e arranjos, deixei claro que iria em um dia, no dia 24, e voltaria imediatamente no dia 26. Ela ainda tentou demover a ideia da minha cabeça, mas encerrei a discussão com um beijo ardente que a deixou com o corpo mole e plácido no meu colo.

— Você tem certeza? — insisti, tentando aliviar a tensão que eu mesmo causei, em sua nuca.

— Sim. Vou sentir sua falta, mas garanto que não vou morrer — ela respondeu com uma piscadinha. — Eu sou uma garota crescida, James. Vir para Los Angeles foi um passo calculado para me tornar alguém melhor, então... — Marina olhou diretamente para mim — não torne o que temos em uma prisão para mim, por favor. Eu não quero voltar a ser a mesma garota frágil que eu era tempos atrás.

Não entendi a frase enigmática que ela usou para pontuar nosso diálogo.

— Como assim, Nina?

— Não fique puto porque resolvi sair, porque isso é me coibir. Não tente me dominar, porque já passei por isso e o resultado não foi legal. Não ache que eu não tenho vontades, porque eu tenho. E muitas.

— O que aconteceu com você? — perguntei, passando a mão pelo seu rosto, com delicadeza.

— Algo que não vou permitir que aconteça de novo. — Marina encerrou o assunto com um sorriso e um beijo. Mas suas palavras entraram no meu coração. Ela havia sido magoada e eu não queria ser o gatilho que trazia de volta tudo aquilo que já passara antes de me conhecer.

Segurei seu rosto entre minhas mãos e devolvi o beijo com igual fervor.

Caralho! Estava ficando difícil enfrentar a abstinência por conta daquela garota. Mas eu seria forte. Acredito que cada hora tem seu momento certo e não queria estragar de forma alguma, algo que poderia ser definitivo para mim.

Cena 13

O decorrer da semana foi intenso. Eu tinha alguns compromissos firmados que deveriam ser cumpridos antes do feriado e Marina havia sido firme em sua decisão de estudar e aprender o inglês. Claro que substituí o professor imediatamente ao primeiro sinal de suspiro embevecido pela minha garota.

Requisitei uma professora. Era extremamente bem-conceituada e solicitada nos estúdios quando tinha que ensinar o idioma a algum ator estrangeiro. Fora que ministrava aulas de fonética para atores, a fim de minimizarem o sotaque. Era uma conhecida minha, já que eu sempre trabalhava com ela. Meu acento britânico exigia este esforço.

Até achei que Marina sequer perceberia a troca nada sutil do professor, mas uma noite a pergunta surgiu, enquanto estávamos aconchegados no sofá assistindo a alguma coisa qualquer, e digo coisa qualquer porque eu realmente não estava assistindo nada. Eu estava me concentrando em permanecer com minhas mãos calmas e serenas com ela ali ao meu lado.

— James?

— Hum? — Eu estava tentando manter meu estado de repouso absoluto. Só assim meus músculos involuntários, de determinada área do meu corpo, ficariam calmos.

— Por que o Matt não está mais me dando aula e entrou aquela senhora no lugar dele? — perguntou, passando a mão suavemente no meu cabelo. *Okay*. Era uma carícia doce, mas estava fazendo um estrago.

— Digamos que ele queria te ensinar outras línguas, literalmente... — respondi a contragosto, mas preferi a verdade.

Seu próximo movimento acabou me surpreendendo totalmente. Marina pulou no meu colo, rindo absolutamente sem controle e me contagiando com sua alegria e espontaneidade.

Se eu já não estivesse tão apaixonado por ela, teria me apaixonado ali, naquele momento. Contemplar a alegria no semblante dela era algo fascinante. Não havia fingimento, falsidade, afetação. No mundo em que eu vivia, aqueles eram sentimentos corriqueiros. Era difícil encontrar alguém no qual você pudesse realmente confiar na veracidade dos sentimentos e das palavras.

Dali a quatro dias seria o momento em que eu me despediria dela para os festejos de Natal. Tentei convencê-la de todas as formas possíveis, mas ela não mudou de ideia. Acredito que nem sequer tenha ficado balançada.

Ela já tinha retirado a imobilização do tornozelo e agora andava mais livremente e sem controle. Isso era algo que eu deveria aprender e aceitar. Marina não era uma pessoa controlável. Ela era dona de um espírito indomável. Tinha suas vontades e fazia valer seus desejos de ir e vir quando quisesse.

E lá estava aquela vontade arraigada de me deixar irritado, mesmo sem querer. Eu tinha um ensaio fotográfico para o novo filme e não sabia quanto tempo seria necessário ou se ela estava com disposição de me aguardar.

Marina alegou que precisava resolver algumas coisas e pediu que eu fosse sozinho, deixando-a ali no hotel. Claro que suas intenções não eram as de permanecer no hotel e eu estava ficando um pouco paranoico com a perseguição dos tabloides por fotos dela.

Acabei aceitando sua ida à praia, desde que Rudd estivesse junto, garantindo a segurança dela nas redondezas. Ele era acostumado a situações que requeressem uma saída rápida e estratégica de grandes multidões e tumultos.

Fui para o meu compromisso, mas sempre com o pensamento nela. Resolvi abolir o hábito de conferir o celular, para evitar correr o risco de querer ligar para ela e sufocá-la com minhas atenções. Porra! Nem eu me reconhecia naquele papel patético de homem carente.

— James. — Claire Geroux chegou ao meu lado e me deu um beijo estalado na bochecha. Tentei não limpar. Ali estava uma atriz que me deixava puto. — Já estava com saudades de você.

Ela disse naquele acento forte dos franceses. Nada comparado à beleza e exoticidade do sotaque de Marina. Porra! Lá estava ela de novo nos meus pensamentos.

— Estou aproveitando bem meu tempo de descanso, e você? — tentei ser educado, mas acredito que meu tom tenha saído um pouco brusco.

Ela acendeu um cigarro e sentou-se ao meu lado, tentando de todas as formas mostrar suas pernas.

— Eu vi que você está em nova companhia.

Sim. Foi uma sondagem nem um pouco sutil.

— Sim. — Resposta sucinta. Era disso que a garota precisava.

Ela sacudiu seus cabelos loiros e balançou as pernas novamente.

— É algo sério?

— Sim.

Percebi quando ela deu um bufo irritado e levantou-se dali.

Passaram-se alguns minutos e a diretora de arte nos chamou para orientar as poses e escolher os figurinos adequados. Quase toda a equipe de atores estava ali reunida, então não rolou nenhum clima intimista que eu acreditava que Claire queria ter.

Porra. Tirar fotos demonstrando uma felicidade que você não sentia era tão ou mais difícil do que uma gravação por si só. As fotos estavam congeladas. Alguém poderia olhar atentamente e perceber aquele brilho fugaz de resignação ou repulsa que muitas vezes aparecia no olhar. Em uma filmagem não havia aquele risco.

Não diziam sempre que os olhos são a janela da alma? Pois a minha alma estava estampando claramente nos meus olhos, que eu não estava aguentando mais ter uma Claire completamente agarrada nos meus braços.

Depois de quase duas horas de fotos, por fim fui liberado e segui para o meu destino. O banho. Sério. Pode ser hilário, mas aquilo era algo muito real para mim. Eu tinha a necessidade mais do que urgente de tirar da minha pele o perfume adocicado que havia se impregnado ali.

Cheguei ao hotel e percebi que Marina deveria já estar de volta, já que Rudd estava por perto. Sorri intimamente, enquanto seguia ao meu quarto antes de seguir para o dela.

Momentos mais tarde, quando entrei em seu quarto, o que agora eu poderia fazer sem que precisasse pedir permissão, vi Marina de costas, cantarolando alguma coisa e ajeitando umas roupas em cima da cama.

Sem pensar duas vezes, agarrei seu corpo voluptuoso por trás e me joguei com ela na cama. Era ali que eu queria estar. Mais do que nunca. A espera estava me matando aos poucos.

por TRÁS *da* FAMA

Beijei seu ombro e senti o gostinho salgado. Alguém ali havia realmente passeado pela orla da praia.

— Você está salgada... — falei e tive uma vontade louca de lamber aquela pele para confirmar minhas suspeitas.

— Água do mar, sabe como é, tem muito sal... E você ainda não me deu tempo suficiente para eu chegar e me arrumar — disse sorrindo.

— Hum, que delícia... você foi à praia? Sozinha? — Meu lado psico perseguidor estava de volta.

— Não — respondeu e fiquei tenso imediatamente. — O Rudd ficou na minha cola no calçadão. Mas entrei no mar sozinha... Com exceção dos outros surfistas que estavam por lá.

— E você foi nestes trajes? — perguntei, lambendo os lábios. Puta merda! A garota estava deliciosamente bem-vestida. Ou semidesnuda. O que fosse. Dava na mesma. Ela era gostosa de qualquer jeito.

— O que você esperava? Um hábito de freira? — perguntou, rindo, de maneira desafiadora.

— Posso ver? — perguntei esperançoso, mas tenso ao mesmo tempo, porque não sabia se meu coração aguentaria muito tempo contemplando o corpo dela, sem me manifestar. Na verdade, meu corpo já estava mais do que manifestado. Eu apenas tive que me ajeitar discretamente para que ela não percebesse.

— Claro que não! — respondeu rapidamente e parecia ultrajada. — Quer dizer, isso é muito pessoal, ficar de biquíni na sua frente — disse na torrente de palavras e com um rubor adorável em seu rosto.

Era extremamente prazeroso fazer Marina corar. Ela ficava uma gracinha.

— Mas na praia e para outras pessoas você ficou de biquíni — tentei argumentar.

— É diferente. E não me amole, vai... — dizendo isso, ela correu para longe do meu alcance e entrou no banheiro. Eu apenas ri para não chorar.

Sério. Aquela era uma verdadeira provação.

Cena 14

Quando Marina saiu do banho, um bom tempo depois, apenas fiquei ali, observando-a caminhar pelo quarto. Com um perfume gostoso, depois de um banho onde eu pude apenas imaginar de onde estava. Juro que quando a imagem ficou mais nítida, tive ganas de colocar o travesseiro no meu rosto e gritar de tamanha frustração.

— Então, acho que você vai ter que trocar de roupa, colocar uma mais formal — disse e a olhei de cima a baixo.

Marina olhou para si mesma e aquilo me encantou de tal forma que nem sequer consigo explicar. Era como se fosse: *o que há de errado comigo?* Pensamento totalmente errado, porque não havia absolutamente nada errado com aquela garota.

— Como assim? Eu não tenho uma roupa mais formal.

— Eu sei, então nós vamos atrás de uma. Você vai ter uma tarde de beleza hoje. Não que você precise, mas você vai ficar simplesmente irresistível para o evento da noite. — informei, me levantando da cama de forma que pudesse abraçá-la, trazendo a sensação de segurança que ela poderia não estar sentindo.

— Hum, e que evento seria este? Posso saber? — perguntou um pouco mais à vontade com a ideia. Embora eu ainda não tenha falado realmente a grandiosidade da coisa.

— Vamos à *première* do meu filme — falei calmamente, já apertando meu abraço, porque sabia qual seria a sua provável reação.

Dito e feito, ela se afastou e aconchegou-se no sofá, abraçando os joelhos, numa atitude tão indefesa e insegura que me deu vontade de me colocar de joelhos à sua frente, tentando fazer com que ela compreendesse o quanto era especial.

Eu me sentei ao seu lado, coloquei meu braço sobre seus ombros e pude sentir que ela estava tremendo.

— O que houve? Não está se sentindo bem? — perguntei, preocupado porque vi a palidez exagerada em seu rosto.

— Não é isso, é que eu acho que de repente isso é demais pra mim, não sei se consigo passar por isso...Veja bem, eu sou uma pessoa normal, como tantas outras na face da Terra. Como tantas outras garotas no meu país ou nos outros lugares espalhados por aí. Essas coisas não acontecem com pessoas normais, acontecem?

Ela estava balbuciando. Tentando verbalizar o medo que sentia de estar num mundo completamente louco. Um mundo que eu já estava habituado, mas que me causou essa mesma preocupação quando estive no tapete vermelho pela primeira vez.

Quando vi que meu sonho em ser ator finalmente havia se concretizado, que meu talento havia sido reconhecido de tal forma que eu merecesse estar sob os holofotes da fama, ali começou o meu martírio.

Porque sempre há os dois lados da mesma moeda.

— Marina — Ela olhou diretamente em meus olhos.—, por favor, não me abandone agora. Eu me sinto tão normal quanto você quando estou ao seu lado, você trouxe um certo tom de realidade para a minha vida. Não se deixe intimidar pelo que eu sou, e nem pelo que faço, porque eu continuo sendo um cara apaixonado.

Eu estava me sentindo um tanto quanto falador naquele momento. Mas podia sentir eu mesmo mendigando para que essa garota não surtasse e saísse correndo do quarto para um lugar completamente distante de mim.

O choque com que olhou para mim mostrou que realmente não fazia ideia de que estava totalmente amarrado nos meus sentimentos por ela.

— Hã?

Agora ela parecia ter saído do torpor e seu rosto ficou corado, como se estivesse com calor. Calor que eu sentia na pele. Eu estava realmente fervendo pela garota.

— Ah, por favor. Você ainda não tinha percebido que estou apaixonado por você? Eu sou um cara antiquado também, sabia? Eu não saio por aí a cada dia com uma garota diferente — falei gesticulando para me fazer entender. — Astros do *rock* fazem mais isso, eu não. Se estou com você é porque não consigo imaginar estar longe... — Dei um suspiro exagerado para tentar minimizar o choque estampado no seu rosto. — Acho que vou ao programa da Oprah pra fazer com que você acredite em mim.

Ela se virou completamente em minha direção, nos colocando nariz colado a nariz.

— Você está falando sério?

Porra! Ela lambeu os lábios. Eu estaria morrendo dali em três segundos.

— Nunca falei mais sério em toda a minha vida — respondi e coloquei a mão no meu coração, num gesto dramático, para tirar um pouco da tensão sexual que sentia.

Okay. Posso dizer que fui claramente surpreendido pela reação que ela teve. Ela caiu diretamente contra mim, compartilhando um beijo tórrido, daqueles que explodem os fusíveis sobressalentes que temos no cérebro. Suas mãos pequenas e delicadas estavam apoiadas em meu rosto, enquanto ela fazia uma magia altamente perversa com meu corpo.

Como se tivesse sido impulsionada por uma mola, ela se levantou rapidamente, me deixando pasmo e ainda atordoado com o beijo que me deu.

Acredito que, provavelmente, eu estivesse com a boca aberta em choque.

A garota simplesmente deu um sorriso e um gesticular de ombros, preparando-se para sair como se nada tivesse acontecido.

Antes que ela pudesse sequer perceber o que eu faria, puxei-a para o meu colo, tendo o cuidado de evitar que acabasse deslizando muito acima da minha prova evidente de excitação.

— Você não pode simplesmente beijar as pessoas desse jeito e sair de fininho como se nada tivesse acontecido, garota... Isso é praticamente crime federal... — disse aquilo, mas me mantive quieto, sem atacar aquela boca agora inchada do beijo que me deu.

— Ah, me desculpe, me empolguei... Acho que foi o calor do momento... — E lá vinha mais uma vez o sotaque adorável que ela deixava às claras quando estava nervosa.

Eu estava deliciado com as bochechas rosadas que agora enfeitavam seu rosto. Ela era uma gracinha. Quando no meu mundo cheio de tanta ganância, fingimento e falsidade haveria ainda uma mulher que ficasse enrubescida?

— Se você quiser, podemos continuar de onde paramos... — tentei dar um toque jovial, mas estava difícil manter a calma diante da fome que sentia por ela.

— Não, desculpe! Não sei o que deu em mim. Você vai me achar careta, mas acho que não estou preparada... Olha, eu estou super sem graça agora, eu não sou assim tão atirada...

Ela se levantou e saiu meio cambaleante para o quarto. *Okay*. Ela parecia embriagada da mesma forma que eu.

por TRÁS *da* FAMA

Quando ela sumiu da minha vista, passei as mãos nervosamente pelos meus cabelos, chegando a repuxar algumas mechas em busca de paz de espírito. Ou alguma outra dor que pudesse aliviar a que sentia naquele momento, caracterizada por uma frustração aguda.

Quando ela saiu do quarto, ao chegarmos à porta, eu ainda a abracei e supliquei com meus olhos, talvez no ar mais infame de "cachorro pidão". Beijei sua testa ao ver a insegurança em seus olhos castanhos e abri a porta, fugindo do que eu realmente tinha vontade de fazer.

Cena 15

Eu estava completamente abstraído, segurando a mão de Marina no nosso trajeto de carro, quando percebi que Carl havia parado na Rodeo Drive. Quando percebeu onde estávamos, Marina ainda tentou argumentar comigo, pedindo que eu a levasse a um shopping comum, sem tamanha ostentação como a boutique que eu já havia combinado de encontrar com Jenny.

Eu a assegurei que tudo daria certo, desci do carro rapidamente com ela ao meu lado, sabendo que na Rodeo não havia muita predisponibilidade de um arroubo e corrida ensandecida de fãs, devidamente pelo status das pessoas que circulavam por ali. Salvo à exceção dos turistas que gostavam de apreciar o lugar.

Avistei Jenny Duke, a *personal stylist* que cuidava de todas essas merdas visuais que eu deveria mostrar ao mundo, e a chamei para apresentá-la à Marina.

— Jenny, cuide bem da minha garota, *okay*? — disse piscando para uma mulher completamente chocada. Talvez porque eu nunca tenha pedido que ela vestisse uma companhia para mim, pelo simples fato de me abster de relacionamentos duradouros.

Marina deu um último olhar por cima do ombro, ainda assombrada com o lugar e por estar sendo praticamente arrastada por uma Jenny eufórica em brincar de vestir sua própria boneca.

Com minhas mãos em meus bolsos, apenas a observei se afastando e suspirei porque realmente estava me sentindo um adolescente apaixonado.

Saí dali e acenei para Carl, mostrando que eu estaria na Tiffany's, em busca de um presente que pudesse deixar para Marina, quando o dia de minha partida para a casa de meus pais chegasse. Meu coração ainda estava condoído porque ela estaria sozinha. E por mais que tenha insistido em todas as oportunidades para que ela me acompanhasse, ligasse para seus pais e explicasse a situação etc., ainda assim ela se manteve irredutível em sua postura.

A vendedora veio arfando para me atender logo que sentei em uma das mesas exclusivas para artistas e grandes personalidades.

— Sr. Bradley! — ela me cumprimentou efusivamente.

Percebi que era uma mulher jovem, na faixa dos trinta, e que provavelmente me reconheceria na rua em qualquer situação. O que provou ser mais do que acertada minha posição, já que ela estava bastante eufórica.

— Que prazer tê-lo aqui em nossa loja — ela disse, agora tentando mostrar imparcialidade e compostura, já que o gerente geral seguia exatamente em nossa direção.

— Bradley — o Sr. Rasmussen disse e apertou minha mão com toda aquela pressão que os europeus têm.

— Então... — quis me fazer entender logo, já que não podia ficar dando sopa pela área, sob o risco de ser caçado pelos *paparazzi* que circulavam por ali, exatamente para achar os furos de reportagens sobre quais celebridades estavam comprando alianças e afins.

— Preciso de um colar delicado e sem muita ostentação — disse, olhando a vitrine à minha frente que protegia todo tipo de joia já imaginada pelo homem.

— Claro. — Ele saiu em busca de algo e fiquei apreciando a vista da loja em um todo. A Tiffany's da Rodeo Drive era, por assim dizer, uma das mais requintadas, talvez até mais que a de Nova York, situada na Quinta Avenida.

A primeira atendente, que antes veio sorrindo, continuava parada ao meu lado, assegurando-se de que eu não fosse embora.

— Aqui, veja — ele disse.

Eu pude contemplar diversos estilos de colares e meus olhos buscavam aquele que mais se parecesse com Marina, mas que não causasse um choque muito grande quando ela recebesse. Por mim, eu daria um belo colar de diamantes, para enfeitar aquele colo lindo e seu pescoço esguio. Porém, sabia que se fizesse isso provavelmente receberia uma negativa enorme e uma série de infindáveis argumentações. Eu queria deixar isso de lado. Por enquanto.

Escolhi um que achei adorável e resolvi todo o procedimento necessário. Era estranho porque há muito tempo, eu mesmo não saía para fazer uma compra por conta própria. Nem sei como tive a sorte de, por fim, estar com a minha carteira em mãos.

Saí da loja rapidamente e me enfiei no Range, com Carl arrancando com o carro rapidamente. Apalpei o pequeno pacote em meu bolso, garantindo a mim mesmo que aquele ali seria apenas um pequeno passo de muitos.

Voltei ao hotel e me preparei para o evento da noite. Eu estava ansioso, porque não tinha recebido notícias de Marina ao longo daquela tarde, então pense em um banho em tempo recorde e você terá a legenda impressa: Este é James Bradley.

Desci às pressas, fugindo da mídia que estava à frente do hotel, dirigindo-me para a garagem subterrânea do Hyatt, e Carl já me aguardava em prontidão.

Quando me ajeitei no carro, conferi a gravata para observar se tudo estava no lugar, assim como passei as mãos no cabelo para garantir que o banho a jato não tinha deixado vestígios.

Quando Carl estava preparando para estacionar nas proximidades da Rodeo Drive, recebi uma mensagem de Jenny dizendo que elas já estavam prontas e à espera na sala VIP do estacionamento privativo. Era ali que as celebridades ficavam às escondidas para saírem aos seus destinos sem que os olhos astutos da mídia captassem antes da hora.

Mal o carro parou, eu desci rapidamente, antecipando meus passos, e percebendo que, por mais que eu tentasse me controlar, era difícil conter a vontade de estar ao lado dela e ser aquele a quem seu primeiro sorriso fosse destinado.

A visão que me saudou foi absolutamente espetacular. Se Marina já era linda somente em ostentar aquela exoticidade brasileira, aquele calor picante e misterioso, explícito naqueles olhos, sem absolutamente nada de maquiagem ou uma produção acintosa, vê-la "equipada" daquela forma mexeu com os meus brios.

Minha vontade era bater as mãos em punho no peito aberto e anunciar, tal qual um homem das cavernas, que aquela garota ali estava *comigo*. Era *minha*.

Fale em comportamento obsessivo? Seria o meu diagnóstico em qualquer consultório de psicanálise.

Parei à frente dela, completamente sem palavras. Petrificado. Jenny havia feito um trabalho primoroso em não colocar Marina em algo vaporoso demais que a deixasse sem mobilidade alguma, ou que a colocasse diretamente sob os olhares mais atentos da patrulha da moda. Ela estava linda.

Sensacional. Sexy. Eu sequer tinha palavras para descrevê-la. Acredito que meu coração tenha dado um pulo em arritmia, mas engoli em seco e observei que ela me olhava em busca de aprovação. Marina chegou até mesmo a checar seu próprio visual no reflexo do Range.

por TRÁS *da* FAMA

Merda... que tapado eu era. Ela estava sentindo-se insegura. E eu estava abobalhado e nem ao menos me dei conta do fato.

O cabelo dela estava em um estilo nem preso e nem solto, daquele jeito que fazia um homem querer enfiar as mãos ali dentro e apenas manter um agarre enquanto puxa a mulher para junto de si. Yeah. Lá estava o Neandertal em mim outra vez.

Seu rosto mantinha a mesma jovialidade e pureza de sempre, sem a maquiagem carregada que algumas atrizes faziam questão de usar para parecerem mais novas ou esconderem certas falhas que os olhos do público não podiam detectar.

O vestido era preto. Caralho! Moldado ao corpo dela da maneira mais perfeita que poderia existir. Marina Fernandes estava parecendo um bombom saboroso pedindo para ser desembrulhado.

— O que foi? — perguntou em um tom inseguro.

E quase me estapeei porque deixei que ela se sentisse assim.

— Você está simplesmente maravilhosa, Nina. Linda, espetacular! — respondi e peguei suas mãos geladas entre as minhas para dar-lhe plena segurança na minha próxima sentença. — Não vai ter para ninguém lá. Jenny, não preciso nem dizer que você foi perfeita em suas escolhas, certo? — disse e pisquei para ela.

Como sempre, a atrevida cruzou os braços e apenas ergueu uma sobrancelha matreira.

— E desde quando já errei, querido? — perguntou e lançou um beijo para nós dois.

Marina ainda se mantinha calada e não quis prolongar seu desconforto.

Apenas acenei para Jenny e guiei minha bela garota ao carro. Era chegada a hora das instruções sendo passadas de maneira galante para que ela não desistisse de tudo e saísse correndo dali.

Peguei seu rosto entre minhas mãos e apenas olhei em seus olhos assustados.

— Nina, não há razão para que você se preocupe, *okay*? — disse e ela apenas acenou levemente com a cabeça. — Eu estarei sempre ao seu lado, e basta que você não saia de perto de mim em momento algum. O carro vai estacionar em frente ao maldito tapete vermelho, e ali será um momento rápido de pânico, porque os flashes vão pipocar e os gritos serão ensurdecedores.

— Como da primeira vez na chegada ao hotel?

Engoli em seco. Era hora de admitir que a magnitude da coisa era descomunal.

— Não. Aquilo ali foi fichinha perto do que será sua estreia diante dos holofotes no temido tapete. — Tentei brincar, mas ela estava tensa.

Fiz questão de esfregar minhas mãos em seus braços, tentando aquecê-la e passar uma segurança de que tudo daria certo.

— Nina — eu chamei e percebi que ela apenas retorcia o tecido de seu vestido. — Olhe para mim, por favor.

Quando seus olhos de chocolate derretido se ergueram para os meus, eu senti uma vontade extrema de tentar mantê-la só para mim, que nenhum outro par de olhos pousasse o olhar nela. Eu queria protegê-la das maldades que circulavam no meio artístico.

— Vai dar tudo certo, meu amor. — Eu beijei a ponta de seu nariz. — Você vai ver. Quando o carro parar, Carl já estará do lado de fora, fazendo a segurança externa. Por mais que os cordões de isolamento fiquem ali, e vários seguranças façam a proteção, ainda assim, eu prefiro Carl ao nosso redor — disse e a puxei para os meus braços. — Eu descerei primeiro e vou estender a mão para que você me acompanhe. Apenas prepare seus ouvidos e olhe em linha reta. Não demonstre mal-estar, medo, temor ou fragilidade. Os flashes cairão como verdadeiros tubarões, *okay*?

Ela acenou com a cabeça e senti que já se acalmava um pouco mais.

— Você está deslumbrante — disse e beijei o vão de seu pescoço.

Quando o carro parou, beijei a ponta de seu nariz novamente, embora o que eu mais queria era saquear aquela boca feita para ser beijada. Porra! Era melhor eu sair logo dali.

Carl abriu a porta e o caos externo dominou o ambiente do carro. Desci sem nem ao menos soltar sua mão delicada da minha.

Eu sabia que sua visão seria um choque e um alarde febril se faria ali. A produção do filme queria que eu chegasse acompanhado da atriz principal do filme, mas fiz questão de negar e afirmar que já tinha minha acompanhante e que não haveria contrato no mundo que me faria declinar de estar com ela.

Ela apertou minha mão com mais força e apenas firmei meu aperto passando-lhe ao menos um pouco de segurança.

M.S.FAYES

Cena 16

Quando Marina desceu do carro, o silêncio foi momentâneo, não durou nem sequer um segundo, apenas o tempo necessário de um piscar de olhos para que todos registrassem sua presença ao meu lado.

Eu andei à frente, tendo sempre a certeza de que meu agarre em sua mão era firme, mas sem machucá-la, e fiz meu corpo de escudo aos olhos da leva de fãs que estavam ali.

Marina não hesitou em momento algum e prosseguiu firmemente ante a direção que eu a levava. Paramos no centro do Tapete, no que chamamos de Miolo do Caos, onde os flashes eram mais intensos e nossos sorrisos eram mais falsos do que os diamantes usados em figuração dos filmes.

Naquela noite, porém, meu sorriso era altamente orgulhoso e verdadeiro. Eu estava acompanhado da garota mais bonita do mundo, e apenas coloquei meu braço à sua volta, fazendo com que ela fosse guiada na direção dos flashes das maiores revistas e dos fotógrafos oficiais do evento.

Ela sobreviveu bravamente à enxurrada de perguntas sobre suas roupas, joias e apetrechos, sempre mantendo um sorriso cálido no rosto, enquanto eu tentava me desviar das questões mais invasivas. Informar o estilista das roupas? Aquilo era fácil. Mas daí a ficar sob o crivo das perguntas maliciosas, isto era diferente.

Tive que deixá-la um pouco à parte na hora que uma entrevista foi solicitada por uma revista da indústria cinematográfica. Eu estava agitado porque odiava ficar refém de milhares de perguntas que já haviam sido feitas e respondidas há muito tempo. E sempre quando uma brecha surgia, o foco das perguntas se desviava para a identidade da minha companhia naquela noite.

— Nina Fernandes, a título de informação na legenda das fotos — respondia casualmente aos fotógrafos e jornalistas que me questionavam. Fiz questão de preservar ao menos um pouco da privacidade dela em relação a dados que ela provavelmente não quisesse que fossem veiculados.

Eu olhava o tempo todo para onde Marina estava, sempre percebendo que ela se afastava cada vez mais. Alguns repórteres eram um pouco mais expansivos e creio que ela achou ser necessário dar mais espaço. Droga! Por que eles não podiam girar seus microfones para os outros atores que estavam circulando por ali?

Quando vi que Claude e sua acompanhante anoréxica de quase dois metros de altura faziam companhia à Marina, me desembaracei rapidamente da nova rodada de perguntas e segui ao meu rumo certo.

Puxei Marina pelo braço, me desculpando com Claude, mas eu queria tirá-la dali e ver se ela estava bem.

Levei-a para a área de coquetéis e fiz-me novamente de escudo para a imprensa. Eu podia ver nos olhos de Marina uma indagação, mas nem sequer atinei a perguntar sobre o que era. Acenei para a equipe de assessoria de imprensa e a deixei em um canto, segura dos olhares curiosos.

— Eu vou responder algumas perguntas sobre o filme etc., mas você me espera aqui e não saia perambulando por aí, *okay*? Senão você é um prato cheio para os abutres sensacionalistas que rondam.

Não me contive e dei um beijo sutil em sua boca, enquanto ela apenas concordava que ficaria ali. Eu pude ver que seus olhos giravam de um lugar ao outro, provavelmente absorvendo a loucura que era aquela parte da minha vida.

Porra! A entrevista estava durando mais do que o necessário e de onde eu estava, não conseguia ver se Marina estava bem no lugar onde a deixei. *Okay*. Eu estava um pouco possessivo. Admito. Mas era difícil conter este lado que queria ter certeza de que ela ainda estaria ali, sem ter saído às pressas, ou pior, sem estar sendo acossada pela mídia.

Somente 40 minutos depois foi que minha liberdade condicional foi emitida. Fiquei livre da mesa de imprensa e acelerei meus passos rumo à minha garota.

Abracei-a firmemente junto ao meu corpo e apenas me desculpei.

— Desculpe por isso.

— Tudo bem — respondeu placidamente. — Está sendo interessante acompanhar o outro lado do seu trabalho, apesar de que não tive a oportunidade de ver você filmando.

Marina muito provavelmente não esteve atenta à entrevista, ou teria percebido que algumas respostas tiveram que ser dadas.

— Um repórter sabia mais do que devia ao seu respeito, Nina. Creio que ele contatou aquela sua amiga da Universidade. Ele sabia de tudo, que você era estudante de intercâmbio, que é brasileira... — sussurrei, desapontado comigo mesmo por não ter previsto esse andamento.

Ela me olhou atentamente e uma de suas sobrancelhas arqueou-se um pouco mais, num tom jocoso.

— Hum, então agora estou livre de manter minhas origens em segredo? Ufa, que alívio! Só espero que não me peçam para sambar, eu definitivamente não sei fazer isso...

Okay. Sem sinal de raiva ou estresse. Ela estava levando numa boa.

— Mas você não está zangada, irritada, sei lá? — fiz questão de averiguar.

— Não, fazer o quê? Os caras devem ter incomodado até o FBI para checar informações, certo? Então deixem eles se refestelarem. Pena que perdi minha aura de mistério, eu estava achando divertido ser confundida com uma modelo não sei de onde...

Ela riu de sua própria insensatez e apenas a abracei mais firmemente. Deus, aquela garota estava realmente fazendo um estrago em mim.

Beijei a curva de seu pescoço, sabendo que aquilo poderia gerar uma repercussão muito maior do que minhas palavras anotadas nos cadernos em polvorosa dos repórteres.

— Então se é assim — eu afirmei. — Vamos ferver as manchetes. Vamos dar pão e circo ao povo — disse rindo de mim mesmo e sem nem ao menos esperar, dei-lhe um beijo intenso e cheio de promessas, fazendo com que aquilo fosse registrado pelos flashes, mas sem que percebessem a intensidade com que minha boca explorava a dela. — Você é a minha *top model*. Já disse que não tem para ninguém aqui neste lugar? — perguntei parvamente quando consegui soltá-la. — Agora vamos para o agito, toda essa produção não pode ser em vão.

Eu puxei minha garota pela mão, saindo pela tangente, me desviando dos cumprimentos mais efusivos dos colegas e apenas seguindo em direção à saída, onde eu sabia que Carl estaria à nossa espera.

por TRÁS *da* FAMA

Cena 17

Arrastei uma Marina completamente atônita pelas ruas de Beverly Hills. Acredito que ela imaginou que eventos como *premières* fossem algo grandioso e que merecessem a nossa presença por tempo indeterminado. Eu fazia o máximo possível para fugir o mais rápido da parte chata e desgastante e partir para a divertida.

O diretor do filme fez questão de providenciar uma festa alucinante de arromba na casa de um produtor. À beira da praia, ficava numa área altamente resguardada da imprensa e de olhos alheios. O que significava que muitas vezes, as festas ganhavam um padrão interessante para o termo alucinante.

Quando chegamos à mansão em questão, levei Marina cuidadosamente por entre os inúmeros convidados célebres que estavam ali. Eu fazia questão de manter meu braço à sua volta, demonstrando possessivamente que não havia espaço para ninguém chegar até ela.

Era estranho o sentimento que me preenchia naquele instante. Eu nunca fui muito dado a observar os modos e atitudes do meio em que eu pertencia, ou sentir-me mal por conta das loucuras. Mas podia sentir que minha garota estava um pouco desconfortável com toda a espécie de orgia louca que surgia à nossa frente. Fale em pessoas nuas, artistas pirados e completamente fora de sua carapaça elitizada, drogas circulando em bandejas de prata. Esse era o cenário geral que eu estava lhe proporcionando. E porra... eu estava incomodado que ela presenciasse aquele lado torpe do mundinho das celebridades.

É claro que nem todos os frequentadores ali faziam parte da maioria das atividades ilícitas. Mas a festa citada era bem próxima a um bacanal. E logo fiz questão de levar Marina para longe da área corrompida.

Acabei optando por levá-la para a área dançante da festa. Assim eu poderia tentar abstraí-la de prestar atenção aos detalhes sórdidos de algumas personalidades que sequer se preocupavam com uma imagem a zelar, tendo em vista que eles imaginavam que apenas os seletos frequentavam festas da *high society*.

— Você quer beber alguma coisa, Nina? — perguntei solícito, tentando desmontar a ruga acentuada que ela mantinha entre as sobrancelhas.

Ela apenas negou com a cabeça e percebi que seus olhos viajavam de um lado ao outro, ainda tentando absorver tudo o que via diante de seus olhos. Vamos combinar. Se Marina Fernandes fosse uma pessoa deslumbrada, ela estaria desmaiada ali naquele instante, ou então ao menos saltando feliz da vida por ver um monte de artistas reunidos em um mesmo lugar. Porém, o que eu podia ver é que ela sequer se concentrava nos rostos dos possíveis atores, ou atrizes, cantores e diversas celebridades no recinto.

Não. O que ela estava realmente dando atenção e mostrando evidente desgosto em seu rosto, era a forma como estas mesmas pessoas se comportavam.

Tentando amenizar a ruga de preocupação que havia se formado entre as sobrancelhas dela, resolvi levá-la para a pista de dança. Dessa forma, eu conseguiria distraí-la e ainda me deliciar em poder estar com ela em meus braços. Sim. Eu estava faminto. Precisava mesmo de contato e toques. Era uma suave tortura.

Senti seu arrepio de alívio quando ela envolveu meu pescoço com seus braços e seu perfume suave e inebriante chegou ao meu nariz. Eu podia sentir o seu respirar na curva do meu pescoço e pense em uma coisa que nunca visualizei como sexy. Eu estava errado, sentir o calor da respiração daquela garota no meu pescoço era quente pra caralho.

Senti minha deixa quando o padrão das músicas que estavam tocando mudou. Adeus baladas lentas, olá danças frenéticas. Puxei Marina ainda presa em meus braços, para um canto qualquer onde pudesse degustar mais do que ela havia me mostrado ser capaz.

Eu a abracei moldando seu corpo ao meu, numa ânsia desesperada em apenas me fundir com ela, uma confusão de braços e pernas e corpos nem um pouco nus. Beijei aquela boca suculenta, feita especificamente para os meus beijos e simplesmente tentei me segurar para não arrancar a garota dali e levá-la para o meu covil, onde só sairíamos dias depois.

Minhas mãos ganharam vida própria enquanto eu tentava acalmar meu ânimo entusiasmado e mudava a rota dos meus beijos. Agora, eu trilhava caminhos sinuosos daquele rosto, pescoço, ombros. Tudo naquela garota me seduzia a um nível inimaginável.

— Hum, James... — Ouvi sua voz bem ao longe chamando meu nome.

— James... Você se incomodaria se eu fosse ao toalete?

Sem nem ao menos parar com as carícias que minhas mãos insistiam em fazer, eu registrei apenas que ela ficara tensa e havia pedido para sair.

— O quê? Você quer sair agora?

Agora eu a olhava meio estupefato. Ou meu poder de sedução estava altamente enferrujado, ou a tática de guerra dessa garota era fabulosa e ela quase me colocava de joelhos.

— É, quero sim, é uma forma bem gentil de esfriar o momento — respondeu rapidamente, porém seu rosto era o exemplo de uma pessoa constrangida.

Parei com meu atrevimento naquele exato momento, com minhas mãos apoiadas em sua cintura e tentando respirar calmamente para entender as coisas e colocar meu cérebro para funcionar. Acredito que a encarei por alguns minutos sem conseguir proferir uma única palavra.

— Por favor, me desculpe, eu não posso, eu... ah, não posso... — Marina disse e saiu dos meus braços, me deixando parado como uma estátua, sem saber o que fazer.

Okay. Hora de refletir no que havia acontecido. Parecia medo aquilo que vi nos olhos dela? Sim. Será que meu ímpeto e arroubo apaixonado a assustaram a ponto de fazê-la correr?

Eu apenas observava ao longe enquanto via a figura dela saindo em disparada pelo local. Depois de alguns momentos, consegui romper meu transe e parti em busca da garota que estava me matando aos poucos.

— Aonde você vai, Nina? — Segurei o braço dela e percebi pelo meu próprio tom de voz que eu estava chateado. *Okay*. Eu tinha que admitir que ser largado à míngua não era uma das melhores sensações que já havia sentido.

— Olha, que tal se eu for embora? Você pode ficar aí e amanhã a gente conversa, tá bom?

Ela me olhou desesperada e seu tom de voz estava muito assustado.

— Eu vou com você — afirmei. Eu não deixaria que ela voltasse sozinha para o hotel, ou simplesmente algo sem explicação continuasse... sem *explicação*. Então, eu iria, me acalmaria e exigiria algumas respostas.

— James, não precisa. Sério. Você pode continuar na festa, eu posso voltar ao hotel.

— Já disse que volto com você, Marina.

Pelo seu olhar percebi que minha decisão não era bem-vinda, mas não me preocupei com isso. Resolvi dar o silêncio que ela aparentemente queria e apenas me concentrei na paisagem que agora percorria o reflexo da janela

por TRÁS *da* FAMA

do carro, como um filme passando acelerado.

Quando Carl estacionou o carro na porta do hotel, nem sequer tive tempo de agir como um cavalheiro e abrir a porta. Marina simplesmente saltou, como se estivesse em uma fuga alucinada de seus piores inimigos.

Suspirei audivelmente e saí em seguida, tentando alcançá-la, sem demonstrar agitação.

Quando as portas do elevador se fecharam, a impressão que tive foi de que havíamos sido enclausurados em uma caixa sufocante. Eu olhava sorrateiramente para Marina, mas percebia que ela respirava rápido e parecia estar apavorada.

Meu Deus! Estava confuso. O que havia acontecido para gerar aquele pânico que eu podia sentir exalar de seus poros?

Como em um filme em câmera lenta, percebi que ela havia se desequilibrado um pouco, apoiando a mão na parede do elevador. Agi rapidamente sem nem ao menos imaginar que, na verdade, ela estava completamente desfalecida em meus braços.

Cena 18

Saí do elevador com uma Marina muito desmaiada e pálida nos braços. Carl já estava no corredor como num passe de mágica e abriu a porta para que eu pudesse passar. Senti que ele também estava um pouco preocupado e apenas abanei a cabeça para que saísse. Não tinha como dar explicações sobre algo que nem eu mesmo fazia ideia.

Coloquei seu corpo inerte na cama e afastei seus cabelos escuros do rosto. Sua pele mostrava uma camada de suor frio, porém o ritmo respiratório mantinha-se regular, o que me impedia de solicitar um médico naquele exato instante.

Acredito que nem mesmo dois minutos tenham se passado. Eu apenas contemplava seu rosto, sem saber bem o que fazer, quando seus olhos se abriram e buscaram ao redor, como se ela estivesse tentando se situar.

— Já vi garotas desmaiando ao meu redor, mas nunca vi uma desmaiar porque estava fugindo de mim, isso foi novidade... — disse tentando parecer despreocupado. O que não estava, claro.

— Ah, não sei o que me deu, acho que pode ter sido hipoglicemia...

— Hum, pouco provável. Você tem certeza de que não bebeu nada? — Resolvi provocá-la para tirar aquele ar amedrontado do seu rosto.

— Acho que não. Estou limpa. Pode fazer o teste do bafômetro.

Okay. Ela estava voltando ao normal com suas piadinhas prontas.

— O que foi aquilo? — perguntei sem pudor algum. Sem rodeios. Fui direto ao ponto. Tenho certeza de que ela compreendeu que eu estava falando sério.

— Hum, não podemos deixar isso para amanhã? — Ela afundou o rosto no travesseiro, fazendo um som de resignação.

— Não.

Marina tentou sentar-se desajeitadamente na cama, colocou uma mecha de cabelo atrás da orelha delicada e olhou para suas unhas como quem busca uma resposta de algum oráculo.

— Tudo bem, como vou explicar isso? Ai, meu Deus! N-não s-sei se con-si-sigo... — gaguejou.

Ajeitei-me na cama, de forma que mostrei que tinha todo o tempo do mundo. Eu a estava olhando bem de frente. Para não perder nenhuma de suas reações.

— Tente. Sou todo ouvidos.

O que nunca esperei que saísse daqueles lábios realmente saiu. Sacudi a cabeça tentando clarear as ideias e captar a essência do que ela estava falando, nervosamente e de maneira atropelada.

— Eu sou virgem, James. Pronto. Nunca fiz isso antes e me apavorei. Foi isso. — Ela cobriu o rosto com a colcha que forrava a cama.

— O quê? — perguntei incrédulo.

Sério?! Eu tinha ouvido direito? Ou não?

Ela afastou a colcha do rosto e me olhou furiosa.

— É isso mesmo que você ouviu. Eu não sei o porquê do choque. Eu já tinha falado que sou uma garota meio careta. Não sou tão expansiva assim... pelo jeito, é o que você queria. — Marina suspirou, visivelmente consternada. — Qual é o problema? Nem toda garota do mundo é aberta a relacionamentos puramente físicos. Eu sou da classe à moda antiga. Entregar meu corpo é um ato puramente calcado em amor, não em sexo.

Okay. Estava confirmado que meus ouvidos estavam apurados e meu cérebro processara bem o que ela havia falado. Mas a lógica da coisa ainda teimava em demorar a surgir.

— Mas você não me disse que terminou um relacionamento de dois anos com um cara?

Yeap. Eu estava chocado. Que porra de namoro havia sido aquele que o cara conseguira se manter imunizado contra a sexualidade daquela garota? O cara era um herói? Um santo? Um monge?

— Sim. E daí? Foi exatamente por isso que terminei. Ele queria mais e eu queria menos. Ele começou a extrapolar em suas demonstrações do que queria, achando que eu não estava entendendo. Dei-lhe um fora e fugi pra cá porque ele não aceitou esse, e o outro não, como resposta. É isso. Agora, se você puder deixar esse assunto de lado, eu agradeço. Desculpe, eu sempre disse que não sou o tipo certo pra você...

Ela tentou me afastar, mas fui mais resoluto.

— Nina, olha pra mim — pedi com suavidade.

— Não.

Ela teimava em olhar para todas as paredes do quarto, menos para mim.

— Por favor — implorei.

Quando aqueles olhos amendoados e feitos de chocolate derretido se viraram para mim, eu quase perdi o fôlego. Eu não sabia o que dizer, mas meu coração estava palpitando loucamente no peito e uma sensação forte de neandertalismo, se é que existia essa palavra, começava a brotar dentro de mim.

— Desculpe, eu não estou acostumado, na verdade, nunca encontrei uma garota como você... é como se você fosse um...

Puta merda! Ela era um presente. Algo raro.

— Ah, não, pelo amor de Deus! Não vá me dizer que sou uma aberração da natureza, um alien...

Segurei seu rosto tentando fazer com que ela lesse a verdade em meus olhos.

— Não, não era isso que eu ia dizer... Eu ia dizer que é como se você fosse um presente pra mim. Eu achei que você era meio puritana comparada a tantas outras garotas, mas não fazia ideia de quão puritana... e eu acho isso especial, sei lá, não sei explicar...

Okay. Oficialmente, eu havia retornado ao ensino médio agora. Estava nervoso em conversar com uma garota.

— Eu amo você. É isso. Na festa, eu não consegui reprimir meu desejo por você e quis demonstrar o meu amor... — Eu simplesmente soltei a avalanche de emoções que me perturbavam. Pareceu piegas para caralho, mas era a verdade. Meu corpo estava clamando demonstrar aquilo que eu sentia e poderia fazê-la sentir.

Marina arregalou os olhos como se aquilo fosse algo inacreditável. Sua boca formava um pequeno oh sem que saísse nenhum som dali. Nossos olhos duelaram em um embate, onde ninguém sabia quem cederia primeiro.

— O quê? — ela perguntou em choque.

— Eu disse que amo você. E isso é louco, porque... eu amo a garota que há em você. Não é um sentimento baseado puramente no físico, embora ele seja crucial para mim, mas é isso. Nunca senti algo assim.

Aguardei com ansiedade que minhas palavras internalizassem em seu coração. Eu tinha plena convicção dos meus sentimentos. Precisava que ela tivesse dos dela. Esperava que em algum momento viesse a me amar, como eu a amava.

Depois de alguns segundos e tendo me encarado longamente durante

por TRÁS *da* FAMA

este tempo, Marina fez daquele instante um marco inesquecível.

— Eu também te amo, mas estou com medo. O que estou sentindo é tudo muito novo pra mim.

Meu Deus! Que alívio senti naquele momento. Eu simplesmente a abracei forte, obrigando-a a se deitar e me aconcheguei às suas costas.

Fiz questão de assegurá-la que minhas intenções eram puras, que eu apenas queria estar abraçado com ela naquele momento de catarse emocional. Era isso. Simples assim. A garota pegou meu coração e colocou no bolso apertado de sua calça jeans. Embora naquele momento ela estivesse usando um vestido fabuloso.

Senti o som suave de sua respiração acalmar à medida que apenas observávamos as sombras do quarto. Em algum momento, havia conseguido apagar as luzes e nós apenas ficamos ali. No escuro, na penumbra, com nossos corpos entrelaçados, porém num ato mais puro de amor nada carnal. Não era sexo com aquela garota. Era amor mesmo. E suspirando feliz, acabei me entregando ao sono horas depois.

Cena 19

Quando o dia seguinte chegou, nem mesmo acreditei que aquele sono havia sido restaurador. Dormi a noite toda com uma mulher ao meu lado, agarrado como um náufrago a uma tábua de salvação. As aflições e irritações da manhã, ao perceber que havia alguém ao meu lado, não afloraram em hipótese alguma. Era como se aquilo simplesmente fosse... certo.

Ela tentou soltar meu agarre de maneira delicada, mas apenas a mudança do ritmo de sua respiração fora o suficiente para me despertar.

Abri meus olhos e deparei com a visão mais engraçadinha do mundo. Uma Marina completamente bagunçada e com o rosto corado de vergonha e pudor. Eu apenas permiti que ela saísse do calor dos meus braços e corresse afobada para o banheiro. Espreguicei-me na cama e apoiei minha cabeça no cotovelo dobrado, observando os padrões do teto do hotel. Acredito piamente que um sorriso perturbado não conseguia deixar meu rosto.

Depois de alguns minutos, Marina saiu do banheiro, já completamente composta e com vergonha. Eu estava realmente me acostumando com aquela sua reação.

Fiz um convite para que se juntasse a mim novamente, mas ela apenas sacudiu a cabeça, sentando-se ao pé da cama e tentando encontrar palavras para iniciar um papo matinal. Eu sabia o que era aquilo. Aquela conversa constrangedora do dia seguinte. Mas eu não queria que ela se sentisse desconfortável, então resolvi que facilitaria seu caminho.

— Dormiu bem? — perguntei calmamente.

— Sim, como uma pedra. E você?

— Esta foi a primeira vez que dormi, no sentido literal, com uma garota... — disse, rindo.

Eu sabia que aquilo era algo idiota para se dizer, mas fazia questão que ela soubesse que aquele momento havia sido mais do que especial para mim.

— Ah, como assim? Não entendi.

— Dormir e acordar ao lado de alguém é um tanto íntimo e pessoal demais, você não acha? — indaguei, sem esperar uma resposta. — E confesso que a sensação foi agradabilíssima: acordar e dar de cara com você foi maravilhoso, quase tão bom quanto se tivéssemos ficado acordados fazendo outras coisas... — Ri maliciosamente.

Tudo bem. Queria facilitar as coisas para ela, mas também não era santo e o que eu mais gostava de ver naquela garota era seu rosto enrubescido.

Quando consegui a reação desejada, puxei-a repentinamente para os meus braços e aprisionei-a em uma pegada perfeita logo abaixo do meu corpo.

Eu a beijei, beijei e apenas beijei. Foda-se para o hálito matinal. Eu não conseguia pensar com Marina tão próxima a mim. A cada nova investida dos meus beijos ardentes, eu a sentia cada vez mais lânguida. Ela ofegava e gemia sem nem ao menos notar. Eu ri da situação em que me encontrava.

— Eu não vou forçá-la a nada, meu amor... Só estou abrindo seu leque de opções; na hora em que estiver preparada, você vai saber — falei sedutoramente.

— Ah, que alívio. Achei que seria seduzida despudoradamente agora. — Riu.

Depois de mais alguns amassos bem dados, eu finalmente a liberei e deixei que seguisse sua vida sem que estivesse agarrado a ela como um marisco.

Fui para o meu quarto, tomei uma ducha gelada e apaziguadora e me arrumei para passar o dia no ócio santo com minha garota.

Eu decidi que iríamos conhecer alguns pontos turísticos. Claro que aqueles onde eu poderia estar sem gerar uma hecatombe.

Ela me pediu que a levasse a Malibu e Venice Beach. Locais muito públicos que não me permitiriam ir junto, mas sua insistência em dizer que precisava de apenas um momento perto do mar acabou me convencendo.

Ela desceu do carro, alegando que precisava de um momento solitário e me "liberou" para fazer outras coisas. Liberou. Como se eu fosse sair dali com a maior naturalidade do mundo.

Pedi que Carl parasse num determinado ponto e que apenas deixasse o carro funcionando e fosse ficar próximo à área onde eu havia visto que Marina pretendia mergulhar. Certo. Era ridículo, mas eu estava com um ciúme brutal. Porque havia visto quando ela se desnudara para entrar no mar e outros olhos também viram. E Carl também veria. E aquilo estava bagunçando a minha cabeça de maneira terrível.

Quase uma hora depois, quando ela entrou no carro, enrolada em uma toalha, puta que pariu... apenas uma toalha... senti meu sangue ferver por baixo da pele e apenas a encarei sem nada dizer.

Ela devolveu o olhar e ergueu uma sobrancelha, como se estivesse questionando o que havia de errado.

— O que houve? — perguntou ajeitando a toalha ao redor do corpo.

Okay. Eu precisava pensar em uma resposta sutil que não fosse "nada, só gostaria de arrancar suas roupas neste exato momento".

— Você tem noção de quanto tempo ficou no mar? — Resolvi expor meu lado possessivo. De forma controlada, mas eu podia sentir saindo à vida.

— Eu disse que você poderia ter me deixado aqui, não disse? Eu não te pedi para me esperar ou atrasar sua vida por minha causa. — Percebi que seu tom era defensivo.

— Eu não estou irritado por ter ficado esperando. Na verdade, queria poder estar com você. Estou irritado porque você não prestou atenção em nenhum momento à sua volta. Já estava quase mandando o Carl entrar na água para te tirar de lá, parecia que você estava em uma espécie de transe — expliquei calmamente.

— Oh, você estava preocupado comigo?

Não sei por quê, mas o tom de voz dela denotava incredulidade.

— Estava. Além do mais, você não viu aqueles surfistas que resolveram surfar perto de você? Engraçado, de repente todos eles resolveram que as ondas dali estavam melhores...— Deixei meu sarcasmo fluir.

— James, você fica uma gracinha quando finge estar com ciúmes. — Ela riu da minha desgraça.

— Não estou fingindo. Eu estava com ciúmes e ainda estou, na verdade. Você deu uma mostra muito boa da panorâmica que tenta esconder por baixo das roupas...

Seu tom mudou para um rosado e um sorriso perverso preencheu meus lábios.

— Ah...

Eu simplesmente a puxei para meu colo e muito gentilmente perguntei:

— Posso te beijar, Nina?

Percebi quando seus olhos se arregalaram em choque, talvez por eu ter usado quase que um tom de súplica, mas apenas esperei que ela concordasse.

E foi assim. Um beijo casto. Apenas uma leve troca de carícias, sem nada muito explosivo, já que não estávamos em um ambiente adequado.

Quando chegamos ao hotel, Carl percebeu a aglomeração de repórteres na frente e sabiamente foi para a passagem secreta no subsolo.

por TRÁS *da* FAMA

Eu caminhei com Marina atrelada à minha mão, seguindo um rumo certo: colocar aquela mulher dentro de um quarto, enrolada em uma burca. Era isso. Ninguém mais teria a visão que tive que admirar ao longe.

Quando abri a porta do quarto, tentei ser forte o suficiente para virar as costas e sair dali, como um cavalheiro deixando a donzela intacta em seu castelo. Caralho! Suspirei porque aquela merda era difícil.

Okay. Fale em tentação nível máster. Marina simplesmente deixou a toalha cair.

A. Toalha. Caiu.

Desnudando aquele corpo dourado e beijado pelo sol, revestido por aquelas minipartículas de tecido que fingia cobrir toda a espécie de paraíso secreto.

Olhei atordoado e aqueles olhos que eu tanto amava apenas me encaravam sem pestanejar.

Porra! Aquela era uma mensagem clara? Era o que eu estava realmente pensando? Aquela garota espetacular estava me dando livre acesso àquelas curvas tentadoras?

Eu nem sequer disfarcei minha fome. Muito provavelmente, estivesse babando como o lobo diante de uma presa indefesa. Eu a puxei para os meus braços, mostrando através do beijo ardente o que ela me fazia sentir por dentro. Uma fornalha.

Fui cambaleando com ela até a borda da cama, sem nunca abandonar aquela boca deliciosa, com medo de talvez estar sonhando. Ou talvez com medo de ela simplesmente desistir.

Porra... eu devia ter um compromisso naquele instante que me obrigasse a ser um homem honrado e sair dali, sem deflorar aquela garota. Mas eu não conseguia me afastar. Caí por cima dela na cama, tirando o peso do corpo ao máximo para não a esmagar e simplesmente deixei fluir todo o sentimento que eu tinha guardado no peito. E toda a paixão que ela conseguira despertar no meu corpo.

Eu queria ir devagar, mas minhas mãos ganharam um ritmo próprio. Eu tentava ser sutil, mas sabia que meus dedos estavam desamarrando nós que prometiam um delicioso tormento para mim.

Nem sei como, mas eu podia sentir as mãos delicadas de Marina por baixo da minha camiseta, fazendo com que eu arrancasse aquela coisa que impedia um contato pele contra pele entre nós. Acredito que possivelmente tenha rasgado a maldita coisa.

Fui arrancando os laços daquela indumentária mínima que ela chamava de roupa de banho, tomando o cuidado para não arrancar com os dentes. Meus lábios percorriam todo o seu corpo, absorvendo o calor daquela pele que queimava. Porra! Que queimava por mim como eu estava queimando por ela.

Quando não havia sequer uma única barreira entre nossos corpos, ergui meu corpo de forma a me acomodar naquele calor latente. Nossos olhos estavam conectados porque eu queria que ela tivesse na memória um único rosto quando, por fim, eu a possuísse.

— Farei de tudo para que sua primeira vez seja inesquecível, Nina — sussurrei em um rosnado baixo, próximo ao seu ouvido.

— Tenho certeza que será, Jim — Marina respondeu e seu sorriso cândido trouxe a certeza de que eu estava no caminho certo. Suas mãos acariciavam meu cabelo, quase me arrancando um gemido.

Ele parecia estar mais tenso do eu, o que era um fato estranho, dadas as circunstâncias. James Bradley era o cara experiente naquela equação, não eu. Suas mãos envolveram meu rosto e com suavidade o polegar percorreu meus lábios.

— Não quero te machucar... — disse com a boca rente à dela, englobando seu rosto em minhas mãos. Eu sabia que poderia lhe gerar dor e, por mais que estivesse a ponto de morrer, sentindo o aperto que sua cavidade aveludada fazia contra a intrusão do meu corpo ao seu, sabia que era bem-vindo.

— Você não vai — Nina ofegou em minha boca e enlaçou meu pescoço, tirando de mim o equilíbrio tão régio que eu tentava manter. Ataquei seus lábios em um beijo faminto.

Acompanhando o movimento sinuoso que fazíamos, eu investi meu corpo e finalmente, finalmente, cheguei ao calor tão ansiado. Tentei engolir o gemido doloroso que ela emitiu. Queria absorver sua dor para mim.

— Ah, Nina... me perd...

Antes de complementar minhas desculpas débeis, Nina me enlaçou o pescoço e o quadril, com força. Seu olhar não deixava margem para dúvidas de que seu desejo, naquele instante, era ser completamente minha. E assim eu fiz.

Sim. E ali, naquele momento, eu possuí aquela garota, da mesma forma que ela me possuiu. Por inteiro. Não éramos duas metades se completando. Éramos seres completos, simplesmente se encontrando em um momento único. Mágico. Éramos dois corpos se reconhecendo plenamente. Eu sabia que

por TRÁS *da* FAMA

estava sendo bem piegas, mas dane-se! Quando ambos chegamos ao clímax, eu apenas pude agradecer em pensamento pelo presente que havia recebido.

Acordei e escutei o som do chuveiro, sorrindo comigo mesmo pela perversidade do que eu queria demonstrar para ela ali naquele momento. Meu lado professor queria ensinar que havia muitas maneiras de trilhar os caminhos do prazer, e um banho a dois era um deles. Embora o banho em si fosse a última coisa em que estivesse pensando.

Abri a porta da ducha e acheguei-me àquele corpo quente, deliciando-me com suas curvas preenchendo minhas mãos. Depois de um breve momento de tensão, ela riu baixinho, mostrando-me que poderia seguir com meus planos nada puros.

Horas mais tarde, saímos para comer algo e restaurar as forças depois de uma sessão intensa entre os lençóis. Marina parecia estar bem, mesmo que eu tivesse tirado sua... hã... virgindade. *Okay*. Eu não sabia se a pessoa se sentia diferente, honestamente. Mulheres especialmente. Eu sabia que estava me sentindo altamente viril por ter conquistado o que nenhum homem teve. *Machista*, eu sei. Mas não podia fazer nada com aquele sentimento de bater os punhos no peito e gritar como o Tarzan.

Escolhi jantarmos no *Chateau Marmont* porque haveria um pouco mais de privacidade, já que aquele era um estabelecimento requintado e praticamente exclusivo para celebridades. Eu não conseguia me impedir de segurar suas mãos e encher de beijos carinhosos. Seria tachado de maricas e sentia-me piegas ao extremo, confesso, mas o que poderia fazer? Nada. Aquela garota tinha meu coração nas mãos.

— Será que posso reafirmar que esta tarde foi a melhor da minha vida? — perguntei.

— Sério? Quer dizer, você teve tantas experiências interessantes na vida, muito mais interessantes do que qualquer pessoa que conheço.

Achei lindo vê-la corar.

— Nina, nenhuma se iguala ao que senti hoje, ou desde que te conheci. Só que hoje foi a confirmação do que eu já sabia.

Ela se remexeu inquieta no assento.

— E o que você já sabia? — perguntou curiosa.

— Que estávamos destinados um ao outro, ora.

Aquela era minha resposta categórica. Eu não era dado a acreditar nessa porra de amor à primeira vista até que senti na pele o que ele significava.

— Hum... — murmurou. Espera... apenas um murmúrio?

— Hum? Você não vai dizer nada?

— Eu não sei o que dizer, estou sem graça. Isso é novo pra mim, como você pode perceber — respondeu bem baixinho.

Okay. Eu era novo naquele campo também. Mas não tinha vergonha alguma em alardear e deixar claro que aquela garota havia roubado meu coração.

— Nina, você é... Deixa pra lá. Eu mostro isso de outras formas mais tarde. De todo jeito, você me deu o melhor presente de Natal que eu poderia querer — disse e esperava não parecer tão prepotente.

— O quê? Minha virgindade? — perguntou com os olhos arregalados e o rosto ardendo em chamas.

— Não, bobinha, você me deu você mesma. Seu gesto só prova que confiou em mim o suficiente para se permitir sonhar, e para mim foi absolutamente maravilhoso, indescritível...

— Tá... Sei — respondeu, mas pelo suave erguer de sua sobrancelha, eu poderia afirmar com certeza de que ela não acreditava no que estava falando.

Eu teria que provar para ela.

— Bom, deixa para lá, é difícil te convencer. Mas sei de uma maneira magnífica de demonstrar. Vamos? — Levantei apressadamente e estendi a mão, tentando não parecer tão óbvio.

— Já? Aqui? James, essas coisas podem esperar, não podem? — Aparentemente, ela percebeu minha intenção.

Saímos rindo dali, enquanto desviava rapidamente de qualquer pessoa que quisesse parar para bater um papo. Dei uma ordem silenciosa para que Carl acelerasse e chegasse rapidamente ao hotel. Naquela noite, levaria Marina para o meu quarto e mostraria claramente como ela mexia comigo. De todas as formas possíveis e inimagináveis.

por TRÁS *da* FAMA

M. S. FAYES

Cena 20

A madrugada havia sido intensa. Acredito que exagerei um pouco nas minhas demonstrações de habilidades sexuais, ainda mais nas atuais circunstâncias, com minha garota recém-inserida na categoria dos amantes.

Eu não pude me impedir, no entanto, eu sabia que logo mais, ao amanhecer, eu deveria ajeitar os preparativos para minha ida a Londres e não queria perder tempo dormindo. Afinal, coisas muito melhores e saborosas poderiam ser feitas quando estávamos acordados.

No meio da manhã, eu tinha uma sessão de fotos promocionais para o Natal e me recusei a deixar que Marina ficasse à deriva no hotel. Arrastei minha garota comigo e, sempre que podia, dava um beijo escandaloso ou uma prova clara de que eu não conseguia tirá-la do meu sistema.

Comemos uma besteira no intervalo das fotos e a deixei na porta do hotel, sem ter tempo, infelizmente, de subir e dar mais um amasso bem dado nela. Assim não deixaria dúvida alguma sobre minhas intenções.

Tentei de todas as formas convencê-la a fugir comigo para Londres. Ela estava irredutível.

Dei ordens expressas para que Rudd ficasse na cola dela para o que ela precisasse, que a levasse a qualquer lugar e se mantivesse sempre de guarda. A caminho do aeroporto, apenas pude suspirar de saudade. Eu deveria cumprir meu dever de bom filho e visitar minha família, mas não conseguia sentir toda a vibração de felicidade do reencontro por conta da pessoa que eu estava deixando para trás.

Meu celular deu o alerta naquele exato instante de pensamentos turbulentos onde quase deixei os planos de viagem para lá. Eu poderia muito bem alegar para minha mãe que algo havia surgido e tal. Não seria a primeira vez.

— James?

Reconheci o número de Madson e atendi, tentando evitar suspirar de desgosto. Porra! Eu queria que tivesse sido Marina. Mesmo que eu tivesse acabado de deixá-la no hotel.

— Yeap. Diga, Mad.

— Estou enviando para você um formulário que preciso que leia urgentemente.

— Formulário de quê?

— Leia e depois conversamos, *okay*? — disse rapidamente. Madson falava mais rápido do que uma metralhadora. — Boa viagem.

Sem nem ao menos se despedir adequadamente da chamada, o cara desligou.

Acabei olhando meu celular em busca de uma mensagem de Marina. Será que ela já havia visto as rosas que deixei? O presente? Singelo, mas de todo o coração. Meu bilhete fora piegas, eu sei, mas paciência. Eu estava apaixonado. Sorri ao recordar minhas palavras.

> *Estarei de volta antes que você sinta a minha falta. Feliz Natal.*
> *P.S.: Te amo.*
> *Jim.*

Consegui um acesso rápido ao voo fretado, que me levaria muito mais rápido ao meu destino e me pouparia de alguns infortúnios, afivelei meu cinto de segurança e apenas aguardei que o jato estivesse em voo de cruzeiro para que eu pudesse acessar meu celular novamente.

A mensagem de Madson pulava na tela e resolvi averiguar o tal arquivo que ele me enviara.

Abri e eis que me deparei com um formulário absurdo e enorme. E o teor era mais irritante ainda. Madson havia me mandado um Contrato de Confidencialidade que deveria ser entregue à minha namorada, para que assinasse e ficasse ciente de cada cláusula ali. Uma merda de burocracia que era usada para proteger artistas do mundo inteiro quando se envolviam com alguém que não era do meio.

Ali estava mais do que esmiuçado que as punições eram severas se ela revelasse qualquer detalhe do nosso relacionamento enquanto durasse ou mesmo num possível término.

Peguei o celular e disquei o número tentando conter meu ódio.

— Madson, que porra é essa aqui?

Ouvi um suspiro do outro lado.

— Jim, é apenas um protocolo para salvaguardar sua privacidade agora e futuramente.

— Que merda é essa? — Eu estava irritado. — Isso é uma merda de um contrato!

— Sim, bem...

— Eu não estou relegando meu relacionamento a uma porra de contrato, Mad! — gritei e atraí a atenção da comissária. — Não e não, entendeu?

— É necessário, Jim. — Ele alterou o tom de voz. — Você sabe muito bem como essas mulheres podem ser vingativas num caso de término, temos que protegê-lo, inclusive de possíveis chantagens ou ameaças. Você sabe que muitas vão às mídias expor os detalhes dos relacionamentos para ganhar espaço e fama repentina. — Madson fez uma pausa e suspirou audivelmente. — Você conhece algumas pessoas que passaram por isso, Jim...

— Eu não quero saber dessa merda. Não vou sujeitar a Marina a uma atrocidade dessas.

— Jim...

— Não e ponto-final. — Suspirei para me acalmar. — Eu quero acreditar que estou em um relacionamento saudável e não doentio nesta merda de indústria do caralho.

Madson ficou mudo do outro lado.

— Não quero sequer que este assunto seja cogitado ou sequer ventilado perto dela, entendeu? — disse, tentando deixar claro minha intenção em caso de ser contrariado. — Você entendeu?

Houve silêncio no outro lado da linha.

— Sim, James. Entendi. Espero que saiba o que está fazendo.

— Não sei o futuro, Mad. Só o que sei é que não quero jogar essas merdas do meu mundo nas costas dela, entendeu? Pela primeira vez, posso dizer que confio plenamente em uma mulher que está ao meu lado pelo simples fato de eu ser apenas James.

Horas mais tarde, meu voo chegou ao aeroporto de Heathrow e qual não foi minha surpresa ao ver que a mídia sensacionalista havia seguido meus passos. Filhos da puta! Deviam ter espiões espalhados em todos os setores do mundo.

Quando consegui sair do alvoroço que eles formavam no saguão, vi Fiona me esperando e apenas lhe dediquei o sorriso que ela merecia por aguentar o meu irmão como marido.

Dei um abraço sincero e um beijo em seu rosto, tentando ignorar os flashes que espocavam ao redor. Era uma merda! Carl tentava afastar os fotógrafos que avançavam furiosamente e segui com o braço sobre os ombros de minha cunhada.

— Mais uma vez você vem em meu socorro, Fi? — perguntei, colocando o braço sobre seus ombros.

— Você conhece seu irmão. Está roncando neste exato momento — respondeu sorrindo.

— Porém ele sabe que está aqui? Porque eu poderia seguir para casa tranquilamente. Ou você gosta de ser motivo de intriga com Hayden? — caçoei.

— Da última vez me valeu uma viagem para a Grécia, Jimmy. Hay ficou tão bravo com o The Sun que ameaçou aquele processo, mas eu que acabei me dando bem no final com o pedido de desculpas pela acusação absurda... — ela disse com um sorriso debochado.

Meu irmão tinha sido um idiota. Vira a nota sensacionalista, resolveu que Fiona e eu éramos amantes, me deu um soco, que foi devidamente revidado, e quase perdeu a esposa.

Já no carro, Fiona me relatou todas as fofocas familiares que estariam ardendo na festa de Natal.

Estava cansado, queria matar as saudades dos meus pais, mas sentia uma necessidade maior em pegar meu celular e checar se Marina estava bem. Aquilo me deixava louco, porque eu sentia que podia estar me excedendo, ou que o sentimento exacerbado poderia fazer mal até mesmo para mim.

Só que ao me lembrar que ela estaria sozinha na noite de Natal, eu podia sentir o coração apertado. Não queria tê-la deixado, mas também entendi que precisava respeitar seu espaço se eu queria que nosso relacionamento desse certo.

Durante a festa, tentei várias vezes fazer contato telefônico, sem sucesso algum. Meu mau humor se mostrava a partir do momento em que me isolei em um canto da sala, mesmo com toda a algazarra ao redor.

Foi apenas quando minha mãe parou à minha frente que saí dos pensamentos tumultuados onde tinha me enfiado.

— Jimmy — ela disse com aquele tom condescendente que só as mães sabem usar com magnificência.

— Mãe.

— O que o preocupa tanto que está impedindo que você curta a festa? Eu sequer convidei mais pessoas, sabendo que você ficaria incomodado.

— Não é nada, mãe.

— Certo. E o mundo é um lugar pacífico onde tudo são flores.

Eu ri de sua tentativa de me fazer rir. Ao menos ela conseguiu.

Estava me sentindo patético naquele momento, ignorando a tudo e a todos. Acabei dando um beijo resignado na bochecha da minha mãe e me recolhi no quarto que me era designado sempre que ia à casa dos meus pais.

Pela manhã, depois de uma noite maldormida, minha mãe chegou de mansinho enquanto eu estava tomando o café da manhã.

— Jimmy?

Eu a olhei sem nem ao menos perceber que estava fazendo tudo mecanicamente. Parei o que estava fazendo de imediato.

— Ahhh... Fiona gostaria de falar com você ao telefone.

Peguei o aparelho da mão de minha mãe e cumprimentei devidamente minha cunhada.

— James.

— Sim. Meu irmão anda te perturbando?

— Ah, acho que seria bom você dar uma olhada no canal de fofocas.

— Fiona, se o canal é de fofocas, com certeza não me interessa nem um pouco. — Ri.

— Acho que essa fofoca vai ser mais bem avaliada por você.

Comecei a rir, mas me levantei para ligar a TV.

O *E! Entertainment Television* era uma merda de canal que adorava espalhar os mais diversos boatos do mundo das celebridades. Quando vi a matéria, sentei-me no sofá, com o telefone ainda pendurado e Fiona me chamando do outro lado.

— James?

Eu estava perdido na foto que o canal mostrava. Marina estava dançando esfuziante, com um cara grudado às suas costas, num clima totalmente intimista. Que porra era aquela? A matéria alegava que ela estava em uma festa numa boate, na noite anterior. Talvez aquilo justificasse o fato dela

por TRÁS *da* FAMA

não atender minhas ligações. E onde Rudd havia se enfiado, pelos raios?

— Fiona?

— Sim?

— Você poderia me levar ao aeroporto?

— Claro, James.

Mal encerrei a ligação e minha mãe veio afagar meu rosto.

— Eu não conheço a moça, mas conheço você. Sei que não estaria enrabichado por uma qualquer, então, vá com calma antes de soltar os cachorros em cima dela, *okay*?

— Eu não vou soltar os cachorros, mãe.

— Jimmy, quando um filho meu resolve sair em polvorosa, atravessando o Atlântico, por conta de uma garota, a razão tem que ser grandiosa. — Ela riu. — Só averigue os fatos antes de tomar conclusões. Você mesmo diz para não acreditarmos em tudo o que vemos na TV.

— *Okay*, mãe. Dê um tchau para o pai, tá? Não tenho cabeça de ir procurar meu velho no meio do jardim dele.

Minha mãe riu e deu um beijo suave no meu rosto.

— Vá encontrar com a sua garota.

E assim eu fiz. Busquei uma calma que não tinha, mas tentei absorvê-la dos anos de experiência na profissão e do que as fofocas eram capazes de fazer, para que tomasse uma decisão na melhor abordagem. Até mesmo minha volta a Los Angeles, de maneira intempestiva, pareceria infundada e impulsiva. Porém eu senti que Marina tendo sido deixada ali, sozinha, era o mesmo que um cordeirinho ter sido deixado ao cuidado de lobos famintos.

E aquilo eu não poderia permitir. Aquela garota era minha para cuidar.

Cena 21

Meu voo foi uma merda. Eu estava cansado, puto, com sono, desperto; eu era uma antítese ambulante. Graças a Deus, Carl sempre percebeu meu estado de ânimo e respeitou meu espaço. Ele dirigia nas ruas de Los Angeles em uma velocidade ímpar. Embora nunca ousasse falar, eu sabia que seus olhares pelo retrovisor diziam: vá com calma.

Cheguei rapidamente ao hotel e abri a porta ao mesmo tempo que Marina abria por dentro.

O rosto dela continuava lindo como me lembrava, mas bem, eu havia ficado o quê? Menos de 24 horas longe?

Abaixo de seus olhos, eu podia notar as marcas escuras de uma noite maldormida, além dos olhos vermelhos.

Ficamos em silêncio e, por incrível que pudesse parecer, ela não estava com cara de culpada e sim em uma pose beligerante.

Antes que pudesse falar qualquer coisa, ela me perguntou em um tom irônico:

— Voltou mais cedo por quê? — Marina mantinha os braços cruzados e a cara emburrada.

— Por quê? Estava pensando em mais algum programinha a sós na minha ausência? — Minha paciência estava no limite.

Ela apenas sacudiu a cabeça.

— Na verdade, eu estava indo à praia...

— Você sabe que são mais de 4 da tarde? — Espero que ela tenha se atido ao fato de que era inverno, o que significava que escurecia um pouco mais cedo. — Você queria ir à praia de noite mesmo ou era algum tipo de luau? — perguntei, sentindo minha raiva borbulhar.

— Hum, não tinha pensado nisso, mas tenho certeza de que encontro algum facilmente.

Oh... a garota respondia as provocações à altura. E não admitia que fizera algo errado.

— Pelo jeito você gostou muito da noite de ontem, não é?!— acabei acusando rapidamente.

— Eu avisei que sairia com uns amigos... Você não estava curtindo sua noite de Natal em companhia bem mais interessante? — Qual não foi minha surpresa ao ouvir uma Marina irritada aos gritos.

— Ah, agora estou entendendo! Você fez de propósito! — Acusei novamente, mas estava cansado. Era duro admitir.

— Nem ouse jogar o peso das coisas em cima de mim, James. Eu não fiz nada de mais, ao contrário de você! — Ela apontou o dedo em minha direção.

Eu estava meio perdido. Ela me acusava como se eu tivesse feito algo errado, quando ela é que esteve nas baladas.

— Como assim, ao contrário de mim? — perguntei, tentando entender.

— Ora, eu vi muito bem como a mídia reportou sua chegada em Londres, então não venha me cobrar absolutamente nada, porque, entre nós dois, não fui eu quem fez alguma coisa errada! — ela gritou e saiu furiosa em direção ao seu quarto, batendo a porta e fazendo questão de trancar.

Porra! Eu estava muito cansado. Acredito que o jet lag tão comum em minhas viagens tenha abatido meu espírito e meu corpo. Por mais que soubesse que deveria falar uma série de coisas, meu cérebro teimava em processar as sequências frasais.

Resolvi voltar para o meu quarto e me afastar um pouco, tentando ganhar uma calma que não existia em mim. Fui ao banheiro e lavei meu rosto tentando acordar.

Porém, se conhecia aquela garota, tinha certeza de que ela sairia de fininho. Quando Marina estava irritada ou sei lá mais o que as mulheres sentiam em alguns dias do mês, ela tinha mania de se esgueirar e sair para espairecer.

Dito e feito, quando olhei pelo visor da porta, ela estava passando próximo à do meu quarto. Abri de supetão e a puxei para dentro sem nenhum pudor.

Bastou apenas um olhar para ver que ela me fuzilava com os olhos e que estes mesmos olhos que me conquistaram estavam marejados.

Busquei uma calma interior, embora fosse difícil achá-la naquele momento.

— Você poderia me dizer sobre o que estava falando da recepção em Londres? — perguntei e a prendi em meus braços.

— James, não se faça de desentendido. Não sou burra e também não sou idiota. E além do mais, não estou a fim de fazer uma ceninha de ciúmes aqui, então você poderia me soltar? — ela implorou. Seus olhos me pediam aquilo. Ela parecia à beira de uma crise de choro.

— Por algum acaso você está se referindo à presença de Fiona no aeroporto? — perguntei, tentando checar o que poderia levá-la a ter uma crise de ciúmes, sendo que Fiona havia sido basicamente a única mulher, além de minha mãe, com a qual tive contato.

— Sei lá o nome da ruiva e também não quero saber. É coisa sua, mas não sou obrigada a aguentar calada, né?! Então deixa eu me acalmar e a gente conversa.

Ela virou o rosto enquanto tentava trazer seu olhar para mim.

— Nina, Fiona é minha cunhada — disse calmamente. — Eu pedi para você não acreditar em tudo o que vê ou lê nas revistas de fofocas.

Marina fungou e tentou se desvencilhar dos meus braços.

— Ah, tá, bom... então... Posso ir?

— É claro que não. Você não vai sair assim desse jeito. Vamos resolver tudo e ponto final.

Eu disse e quis realmente dizer aquilo. Por mais que tivesse ficado puto, eu não gostava de vê-la daquele jeito.

— James, por favor, eu não estou legal — ela implorou.

Sondei seu rosto e vi que ela realmente estava abatida.

— Por quê? Agora quero saber. A noitada foi tão terrível assim?

— Não tem nada a ver com isso e nem sei por que você deveria saber de uma noitada... Você não estava do outro lado do mundo? — ela me perguntou e parecia desconcertada.

— Ah, as notícias e fotos correm muito rápido pela internet. Qual não foi minha surpresa ao ver minha namorada dançando eletricamente num *night club* de Los Angeles em outra companhia? Os *paparazzi* adoraram... — disse simplesmente.

— Você não deveria acreditar em tudo o que vê ou lê por aí — a espertinha me disse na mesma hora.

— Hum, agora entendo por que as pessoas dizem que uma imagem vale mais que mil palavras. Este aqui não é seu amiguinho da UCLA? — perguntei e mostrei-lhe a foto que havia dado um *print screen* da internet.

Percebi que seus olhos ficaram vidrados e um rubor intenso subiu ao seu rosto. Ela parecia estar chocada e enfurecida ao mesmo tempo.

— Eu estava dançando sozinha. O idiota se postou aí e outro idiota fotografou. Pode olhar, meus olhos estão fechados, tá vendo? Eu não tinha nem ideia do que estava rolando. Já disse uma vez e vou dizer de novo: Não

por TRÁS *da* FAMA

sou este tipo fútil de garota. Estava brava por causa da fofoca televisiva. Ponto. Saí para espairecer e fui dançar. Ponto. Pensei em encher a cara para afogar as mágoas, mas desisti. Ponto. E voltei para o hotel. Pergunte ao Rudd — disse enquanto se mexia como uma enguia nos meus braços.

— Eu acredito em você — disse simplesmente e a beijei com toda a sofreguidão que minha alma amargurada poderia exprimir.

Embora a tenha pegado desprevenida, logo em seguida, passado o choque, Marina correspondeu prontamente à paixão com que eu a beijava.

Era fácil assim. Poderiam até mesmo me chamar de tolo apaixonado, mas eu conseguia confiar plenamente naquela garota ou nos sentimentos que ela me demonstrava.

Ficamos o dia inteiro juntos, apenas deixando o tempo passar, curtindo a companhia um do outro, rindo de besteiras ou simplesmente abraçados assistindo a algum filme. Eu passava o dedo de tempos em tempos sobre o pingente de coração que ela usava no pescoço. O tempo passou sem que sequer percebêssemos. Porém, já era tarde e Marina estava se preparando para voltar ao seu quarto.

Segurei sua mão e fiz um apelo mudo com meus olhos. Embora tenha deixado muito claro logo em seguida que eu queria ela ali comigo.

— Fique aqui comigo esta noite, Nina. Passe a noite ao meu lado.

Eu sabia que Marina curtia sua privacidade mais do que tudo, ou ao menos parecia ter um problema com intimidade demais. Eu compreendi que tudo o que ela estava vivendo era absolutamente novo. Por mais que Marina tenha tido um relacionamento de mais de dois anos com o tal cara brasileiro, ela não tinha esse nível de intimidade que somente eu havia conquistado.

Ela mexeu-se inquieta entre meus braços e virou-se para me olhar intensamente.

— Você não acha que é melhor irmos devagar, James? — perguntou, receosa.

— Não, Nina. Eu quero você. Não estou falando fisicamente, apenas. Não sei explicar, mas sinto a necessidade de tê-la perto de mim.

— Dado a confusão e o mal-entendido que nos enfiamos, e a mágoa que cada um acabou despertando no outro, mesmo sem querer, não seria melhor cada um ter um tempo em seu respectivo quarto? — ela insistiu no argumento.

— É o que você quer? — perguntei com seriedade. Sentia no fundo do meu coração, que se pressionasse muito, ela acabaria cedendo. Mas não era o que queria. Eu queria que as decisões dela fossem embasadas em sua própria vontade, em seu próprio querer.

Eu a respeitaria. Seja qual fosse sua decisão.

Marina sacudiu a cabeça negativamente e recostou-se ao meu peito. Como tínhamos passado o dia inteiro reclusos naquele quarto, acabamos vencidos pelo cansaço, sendo abatidos pela saudade e uma nova confiança que agora nos unia.

Voei de volta para Los Angeles, lidando com os próprios conflitos que me assolavam, com a necessidade latente de estar ao lado dela, como o ar que eu respirava.

Mas um sorriso satisfeito figurava em meu rosto e, como há muito tempo eu não fazia, dormi placidamente, sentindo o peso do corpo quente ao meu lado.

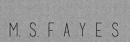

Cena 22

Dias depois da nossa pequena desavença, eu poderia dizer que calamos a boca dos falatórios à medida que aparecíamos em diversos eventos por toda Los Angeles. Realmente, fiz Marina se jogar no tapete vermelho comigo. Acredito que aceitei quase todas as ofertas de convites somente para provar às bocas maldosas que o evento do Natal não abalara em nada nosso relacionamento. Eu sequer entendia o porquê da necessidade de provar aos outros que nós estávamos bem e felizes.

Não sei. Talvez tenha sido pela força do hábito de sempre me ver alvo de notícias maldosas e já ter tido que enfrentar diversas fofocas, que quis calar a boca maldita da mídia sensacionalista.

Acabamos indo a um show de uma cantora que ela curtia e aproveitei o momento em que ela se entregava realmente à música, para me aconchegar às suas costas e ficar ali, apenas aspirando seu cheiro, seu perfume, sua essência. Marina era toda mulher. Uma mulher na pele de uma menina. E era minha mulher. Eu sempre me sentia um pouco ogro possessivo quando este fato se ajustava ao meu cérebro.

Eu podia perceber os flashes disparando loucamente em nossa direção, podia sentir o alvoroço que aquilo causaria, podia prever a tempestade de assédio que ela sofreria, mas o que caberia a mim era fornecer proteção constante a ela. Acabei impedindo de forma sutil que ela fosse à praia como costumava. Aleguei que o frio da costa poderia lhe fazer mal. Pura besteira, mas caiu bem.

O final do ano se aproximava e as festividades da virada estavam todas agendadas. Como eu não conseguiria arrastar Marina comigo, resolvi poupar o problema e ainda ganhar o perdão da minha mãe por ter voltado mais cedo do que o previsto no Natal.

Senti que ela havia ficado um pouco tensa e receosa, mas numa ligação secreta, consegui que as coisas ao menos seguissem numa rota tranquila.

— Mãe?

— Jimmy, já estou arrumando as malas — disse e pude perceber que estava sorrindo. — Está com tantas saudades assim que fez questão de averiguar se eu estava pronta?

— Sim e não. — Rimos da resposta. — Preciso que você faça todo o possível para colocar a Marina em uma posição mais confortável por estar conhecendo vocês.

— Ela está com medo? — Minha mãe estava chocada.

— Acho que sim. Não sei. — Passei as mãos nervosamente pelo cabelo. — Acho que ela pode estar assustada com a velocidade que estou imprimindo em nossa relação.

— James, você sempre foi um garotinho muito precoce e intenso. Se esta garota está com você, e se você faz tanta questão assim de proteger os sentimentos dela, é porque é uma boa garota que te conquistou.

Minha mãe chegou numa tarde ensolarada, juntamente com meu irmão, Hayden, trazendo uma pilha de coisas e milhares de presentes para agradar sua futura "nora". Claro que não deixei que Marina soubesse essa pequena piada entre nós.

Carreguei a família na minha *via crucis* de compromissos e em nenhum momento os ouvi reclamando. Eu podia ver que Marina estava à vontade entre minha mãe e irmão. Queria que Fiona tivesse podido viajar junto, para tirar toda e qualquer má impressão que a situação no Natal pudesse ter deixado, mas algum compromisso inadiável impediu sua vinda.

Quando, por fim, meus parentes foram embora, depois da entrada do Ano Novo, pude aproveitar os dias de folga de alguns compromissos e curtir uns instantes a sós com minha garota.

Estava realmente empolgado em propor alguma atividade ilícita a ela quando entrei em seu quarto e a vi completamente pálida sentada na cama.

Vi que ela segurava seu celular com tanta força que os nódulos de seus dedos estavam brancos. Arranquei da mão dela e questionei o interlocutor. O clique de alguém desligando foi imediato.

— Quem está falando? — Ao desligarem, apenas me virei para Marina, que permanecia estática e sem emitir som algum. — O que foi, Nina? Me diga o que aconteceu... — implorei, já que ela estava me assustando pra caralho.

— Alguém disse que tem fotos minhas comprometedoras e queria algo em troca, mas não faço ideia do que é! Meu cérebro congelou e não entendi nada...

Fiquei aliviado ao ver que ela ao menos conseguiu falar antes de explodir em lágrimas.

Eu a abracei firmemente enquanto beijava suas lágrimas salgadas que teimavam em descer pelo seu rosto.

— Meu amorzinho, chantagem faz parte do nosso dia a dia. É uma forma de jogar sujo para conseguir informações valiosas. Eu só não imaginava que eles pudessem conseguir o seu número de telefone, então não me preocupei com este detalhe...— expliquei, usando meu tom de voz mais suave, embora estivesse fervendo de ódio por dentro. — Eu vou resolver isso num instante... — Me virei para sair, levando seu telefone. — Ah, você tem ido a *night clubs* sozinha de novo, sei lá, escondida, depois de eu colocar você pra dormir? — perguntei e dei-lhe uma piscada. Consegui que ela sorrisse e jogasse uma almofada em minha direção. Ótimo! O torpor havia ido embora.

Cena 23

Conforme o mês de janeiro avançava, eu percebia que Marina estava ficando cada vez mais retraída e calada. Por várias vezes, flagrei-a apenas observando o ambiente pela janela de nosso quarto no hotel.

Seus olhos me contavam pensamentos tristes que assolavam sua mente. Eu só poderia supor a razão, mas precisava que ela se abrisse comigo de livre e espontânea vontade.

Eu a abracei e apenas deixei que soubesse que estava ali se quisesse me dizer o que a estava perturbando.

— Daqui a algumas semanas, eu vou embora, James, e tem sido difícil me desapegar de você... — falou e começou a chorar.

Meu Deus, uma mulher chorando já me deixava desconfortável, com Marina chorando a sensação era muito pior, porque me sentia completamente impotente.

— Você não tem que ir embora — disse enquanto afagava suas costas suavemente.

— Tenho, sim, meu prazo se encerra na primeira semana de fevereiro e tenho que deixar o país, esqueceu? — fungou.

Eu estava tentando não pensar que ela teria que partir, até mesmo porque em meus planos Marina era parte do meu futuro, logo era apenas uma questão de arranjos que deviam ser feitos.

— Você pode ficar aqui comigo, se quiser... — insisti. Porra... eu não queria que ela detectasse meu desespero.

— James Bradley, se eu não sair, vou ser considerada uma criatura ilegal neste país! Já imaginou as manchetes? Seria um estouro. Posso até ver: "Namorada de James Bradley é extraditada do país porque não queria largar o amado".

Não a corrigi quanto à questão do meu país, que não era aquele altamente burocrático que estávamos falando, mas deixei passar por conta de seu estado emocional.

— Não é isso que estou dizendo. Sei que seu visto de estudante tem um prazo, mas podemos mudar a natureza do visto — disse de forma enigmática, sem querer revelar abertamente o que estava planejando.

— Ah, tá. Então vamos colocar que minhas intenções de permanecer no país são meramente por turismo pessoal? — disse, rindo.

O choro havia cessado. Porém, podia sentir os batimentos do meu coração acelerado em meus próprios ouvidos.

— Você quer mesmo ir embora, Nina? Ou você mudaria seus planos e continuaria aqui de alguma forma? — perguntei, tentando esconder minha ansiedade.

— Não sei, James. É claro que eu queria continuar aqui com você, mas minha vida toda é lá. Minha família está esperando, meus amigos, minha faculdade. Tudo.

Eu podia sentir que seu tom era de derrota.

— Eu sei. Mas você teria razões para ficar aqui? — insisti na pergunta. Eu precisava que ela falasse com todas as letras para que eu não desse um passo em falso.

— Claro! Você! Mas não posso ter um namoro de verão pro resto da vida.

— Nós não estamos no verão — tentei brincar até mesmo para quebrar o clima.

— Não no seu país. Lá é pleno verão. As praias devem estar bombando.

— Mas você ficaria por mim... — sondei.

— Talvez. Mas são tantas coisas para considerar que não sei se eu seria capaz.

Opa! Uma brecha aberta para que eu pudesse dar início à campanha *Minha para Sempre*.

— Considerar o quê? — perguntei ansioso.

— Por exemplo, morar com você aqui: não sei se meus pais iam curtir muito essa minha decisão. Largar tudo para o alto para viver um grande amor? Hum-hum. — Suspirei. — Não sei se conseguiria virar as costas para eles assim. Virar as costas pra tudo. Sei lá, estou superconfusa. De um lado tenho essas considerações a fazer e de outro tenho o desejo de ficar aqui até quando você me quiser.

Aquela revelação me pegou de surpresa. Eu estava acompanhando todo o relato, quando por fim ela soltou aquela bomba.

— Como assim, até quando eu quiser? Você ainda duvida dos meus sentimentos por você? É tão difícil pra você acreditar que eu amo você? — perguntei até um pouco brusco.

— Não é isso, James. É que resolvi me contentar com o que você tem me dado, sem esperar nada em troca. Estou feliz assim, mas não criei expectativas em relação a nada mais que isso... — respondeu.

Okay. Aquilo foi a gota d'água.

— Marina Fernandes, você é absurdamente ridícula — disse sem rodeios.

Ela se empertigou entre meus braços, mas não a deixei escapar.

— Ah, muito obrigada.

Pelo tom de voz, pude perceber que ela havia ficado aborrecida.

Era hora de ir mostrando as cartas do meu baralho. Eu precisava mostrar meu *Full House* naquele momento.

— Deixa eu explicar melhor. EU AMO VOCÊ. Quero ficar com você em qualquer situação ou circunstância. Você acredita mesmo que eu simplesmente deixaria você pegar um avião e sumir da minha vida, como se nada tivesse acontecido? — perguntei. — Por que é tão difícil assim acreditar que você conquistou meu coração de um jeito irremediável?

Pude perceber que ela havia prendido a respiração.

— Como assim, James?

— Ora, eu já estava procurando uma casa pra gente. Eu não esperava ter que me casar tão cedo, mas pra não perder você, vale tudo e muito mais — Sorri.

— Hã? Acho... ac-cho... que... n-não entendi direito...

Ela ficava uma gracinha gaguejando.

— Estou pedindo você em casamento. Aceita se tornar minha esposa? Lutar comigo contra todos esses absurdos do mundo glamoroso que habito? — perguntei de maneira solene.

Eu nunca imaginaria que aquele momento chegaria algum dia na minha vida. Não me ajoelhei como um cavaleiro galante, mas ela estar em meus braços já valia todo o momento perfeito.

— James, você está brincando, não é? — ela perguntou e começou a chorar. — Por que, se for isso, não tem graça nenhuma.

— Eu te amo, quero ficar com você. Não consigo imaginar minha vida sem você. Sei que vai ser difícil viver distante dos seus, mas eu posso ajudar. Juntos, a gente consegue — Eu esperei ansioso que ela digerisse a ideia.

— James, Jim... nós pertencemos a galáxias diferentes, realidades diferentes, hemisférios diferentes... Essas coisas não acontecem assim.

por TRÁS *da* FAMA

Não. Não! Eu não poderia deixar que ela se menosprezasse diante de mim apenas por não pertencer à mesma esfera de trabalho que eu.

— Nós passamos a pertencer um ao outro a partir daquele dia no aeroporto. E ficamos mais unidos ainda quando você se entregou pra mim, lembra? Você se deu de presente de Natal... — brinquei. Embora fosse verdade.

— Ah, falando assim parece tão vulgar... — falou ressabiada.

— Não, meu amor, por favor, não menospreze o que pra mim foi mágico. Eu poderia ter qualquer mulher que quisesse. — Sei que essa fala foi bem pretensiosa, mas era verdade. — Mas a única que eu quero é você. Você é a única que se apoderou do meu coração. — Eu estava quase me colocando de joelhos diante dela. Era meio patético, porém precisava que ela entendesse o que significava para mim.

Marina me olhou com os olhos entrecerrados, ainda em descrença, mas eu podia sentir uma fissura em sua armadura.

— Você está falando sério mesmo, James? Eu não poderia imaginar que você se sente na obrigação porque eu me entr...

Cobri sua boca gentilmente com minha mão.

— Não! Não diga isso. Eu nunca pensaria isso. Eu te quero na minha vida pra sempre. É mesmo tão difícil assim acreditar?

— É. É bem difícil. Sou uma garota simples. Você é um astro. O objeto de desejo e adoração de cada mulher entre 13 e 40 anos, sei lá... Você é o homem mais lindo do momento, rico, famoso, poderoso e tudo mais "oso" que você quiser. Eu não sou nada! Quer dizer, sou alguém, mas nada que se compare ao universo em que você vive. É difícil de acreditar. Além disso, não seríamos jovens demais pra casar?

Lá vinha de novo aquele papo de universos diferentes. Porra! Nessas horas, o fato de ser uma celebridade sem um pingo de privacidade me deixava puto.

— Você não quer se amarrar a alguém como eu, é isso? — perguntei tentando demonstrar que não estava irritado.

— Não é isso, James. Eu também te amo, mais do que eu mesma poderia imaginar, mas tenho medo... e se você se arrepender depois? O coração partido vai ser o meu, porque você vai continuar habitando sua galáxia, enquanto eu despencaria dela. A queda poderia ser fatal.

Era naquele momento que eu simplesmente desejava ser apenas um cara qualquer mesmo. Com um trabalho das 9h às 17 horas, de segunda à sexta. Com uma van na garagem.

— Marina, eu nunca estive tão convicto de uma coisa. Você quer que eu abandone a minha carreira? — perguntei e queria realmente dizer aquilo. Por ela, eu abandonaria a merda toda.

O pensamento nem sequer me aterrorizou. Eu largaria tudo por ela. Simples assim.

Eu já tinha capitalizado mais dinheiro do que poderia gastar em séculos. Passar necessidades não era uma preocupação.

— Não! De jeito nenhum! Você é supertalentoso no que faz, eu nunca exigiria uma coisa dessas, nunca! — exclamou veementemente e assustada.

— Mas tenho medo de não conseguir me habituar à sua vida, de não conseguir pertencer ao seu mundo... — disse e lágrimas saltavam de seus olhos.

— Você é o meu mundo! Vou perguntar mais uma vez, e quantas mais forem necessárias: você aceita se casar comigo? Nos seus termos: como, quando, onde você quiser... Só me diga que, sim, por favor — insisti.

Acredito que devo ter feito o famoso ar de cachorrinho sem dono, porque senti quando seus olhos deixaram de estar tormentosos migrando para ternura pura.

— Sendo assim, é claro que eu aceito me casar com você, James Bradley. Meu James Bradley.

Agarrei Marina naquele momento, sem deixar sequer um espaço entre nossos corpos, e a beijei com todo o ardor que poderia sentir. Até mesmo nossas respirações eram intensas, intercaladas com beijos ora ásperos, ora sedutores, ora ternos. Eu precisava trocar carícias e demonstrar fisicamente o que meu coração gritava em suas palpitações. Eu devotaria meu corpo a ela, a amaria com toda a força do meu ser. Aquela era uma doce promessa.

Quando por fim deixamos que nossos corpos apenas assumissem o comando totalmente, desligados de nossos cérebros, não havia espaço para dúvidas ou preocupações.

Marina era minha. Eu era dela. Aquele era um pacto que fidelizava um futuro todo à nossa frente.

Chegamos juntos ao ápice do prazer, ela ofegante, eu tentando não desmoronar meu corpo sobre o dela.

Adormecemos um nos braços do outro. E aquilo apenas parecia certo.

Na manhã seguinte, despertei cedo, mas permaneci quieto, tentando não perturbar seu sono. Eu apenas a observava dormir e em dado momento suas sobrancelhas enrugaram como se ela estivesse pensando em algo desagradável.

Espreguicei meu corpo, puxando o dela para junto de mim. Afaguei suas curvas sinuosas e levantei a cabeça surpreso quando ela começou a rir.

— Bom dia, noiva — disse e esperei sua reação.

Percebi que ela havia ficado rubra de vergonha e apenas beijei a ponta de seu nariz arrebitado.

— Bom dia...

Eu encapsulei seu corpo entre meus braços e me ergui sobre ela.

— A primeira coisa que vamos fazer hoje é dar um pulo na Tiffany's e providenciar uma aliança de noivado digna da sua beleza... — Dei-lhe um beijo estalado.

— James, na verdade não é necessário. Quer dizer, agora você tem certeza de que não quer pensar melhor e com mais calma? A gente não precisa fazer nada com pressa.

Aquilo fez com que me sentasse bruscamente na cama.

— Você está pensando em desistir, Nina? — perguntei e provavelmente não consegui ocultar minha raiva.

Ela sentou na cama e puxou os lençóis para se cobrir. Procurei não observar aquele pedaço de pele suculento, pois poderia me tirar o foco.

— Não — disse agitada. — Não, de jeito nenhum. É porque, na verdade, eu não sei se realmente estou acordada ou sonhando. Desculpa...

Fiz com que ela se deitasse novamente e enchi aquela boca desejável de beijos.

— Você não existe mesmo! Outra no seu lugar já teria me obrigado a assinar algum documento garantindo que eu não desistisse, mas você tenta me fazer desistir de propósito... — Eu ri.

— Não é isso. Só me pergunto se não é repentino demais. Não tenho dúvidas sobre os meus sentimentos: eu acompanharia você para qualquer lugar do mundo neste exato momento. Mas você tem uma série de coisas a considerar, você tem uma supervida pública, então as coisas têm que ser bem pensadas por causa da sua imagem...

Eu podia sentir sua angústia latente.

— Nós vamos fazer assim, meu amor: eu vou comprar uma aliança espetacular pra você...

— Espetacular não, James, simples — interrompeu.

— Espetacularmente simples — corrigi —, e vamos sair para um evento à noite. É uma entrega de prêmios, superconcorrida e cheia de holofotes, a mídia do mundo inteiro vai estar lá. Vamos chegar tranquilos e numa boa, sem qualquer alarde, e, se alguém perguntar, eu falo que você é minha noiva. O que você acha?

Observei sua reação diante do meu plano. Não fiz alarde de que o evento era um dos mais importantes no mundo artístico, perdendo basicamente só para o Oscar, já que o *Golden Globes* era uma espécie de prévia.

— Até a parte da aliança eu concordei, mas um evento hoje? E superrevento? Como eu vou conseguir me preparar? E será que não poderíamos continuar o jogo de esconde-esconde? — sussurrou no meu ouvido. Meu corpo respondeu imediatamente.

— Hum, assim você tira minha concentração... Não precisa se preocupar, a Jenny vai estar aqui na hora exata para uma superprodução: cabeleireiros, maquiadores, estilistas, essas coisas... Vamos sair direto daqui. Quanto ao jogo de esconde-esconde, a assessoria acha que se eu abrir o jogo, cessa um pouco a perseguição por fofocas descabidas, então a gente assume logo e pronto. Eles vão ficar estupefatos e o rumo das perguntas muda um pouco: começa a especulação do porquê. Prepare-se, porque vão dizer que você talvez esteja grávida. Depois começam as buscas pela data mais provável, o local de cerimônia, onde vamos morar, e nesse quesito a gente despista numa boa...

— Nossa, como você já tinha pensado em tudo isso? — ela perguntou com uma sobrancelha arqueada em sinal de dúvida.

— Anos de prática, meu amor. E muitas notas mentirosas espalhadas por aí... — respondi simplesmente. — Mas por que não selamos nosso compromisso de uma forma mais apropriada?

Dizendo aquilo eu a beijei intensamente. Minhas mãos ganharam vida, buscando os recônditos secretos daquele corpo.

— Uh, ai, achei que já tínhamos selado ontem à noite — disse entre uma respiração e outra.

— Ah, aquele foi o ensaio geral...

Nem sequer preciso dizer que só saímos daquela cama muito mais tarde naquele dia. Ignorei todos os meus compromissos, apenas deixando que aquele momento assentasse em nossos corações e, por que não, nossos corpos também, não é mesmo?

Marina ligou para seus pais e pude detectar seu tom de voz preocupa-

por TRÁS *da* FAMA

do e ansioso. Afugentei toda aquela angústia que se refletia em seu semblante lindo com beijos estalados.

Acionei Carl para que nos levasse à Tiffany's e depois de uma hora consegui que ela finalmente aceitasse a aliança que eu fazia questão que ostentasse.

— Essa aliança não deixa seu dedo por nada no mundo, entendeu? — disse e beijei seu dedo anelar esquerdo. — Quando nos casarmos, vou passar a usar uma aliança de ouro simples, par da sua, que será fundida a esta aqui. É um símbolo máximo do nosso compromisso.

— Minha nossa, James. Nem mesmo pra lavar louça?

Comecei a rir. De todas as preocupações, aquela era a que assombrava sua mente.

— Nem mesmo para isso. Vá se acostumando.

Eu a puxei em direção ao carro e mandei que Carl seguisse rumo ao hotel novamente. *Okay*. Eu estava em um estado excitadamente eufórico, logo precisava colocar toda aquela energia para fora.

Quando chegamos ao nosso quarto, puxei-a em direção à cama, sem esconder quais eram as minhas intenções indecentes.

— Agora sim é oficial mesmo. Você é minha oficialmente, então vamos celebrar! Mandei trazer um champanhe e...

Marina retesou o corpo.

— Espera, espera. A gente não precisa beber, quer dizer, você necessariamente tem que beber? — perguntou e estranhei o tom.

Marina era cheia de atitudes reprimidas, mas que a tornavam única.

— Por que isso agora?

— Eu tenho trauma de bebida, pânico mesmo. Desculpa, tenho horror a ver alguém perder a razão por conta de bebida alcoólica — disse enquanto retorcia a barra de sua camiseta.

— Explique-se melhor. Não vou encher a cara, sou acostumado e é só champanhe, Nina.

— Ah, digamos que uma vez fui surpreendida por alguém que saiu fora de si depois de uns copos de cerveja... — disse e seu olhar vagou para longe de mim.

— Como assim? — perguntei temendo a resposta.

— Digamos que meu ex-namorado ficou alegre demais, tentou avançar o sinal e quando não conseguiu ultrapassagem, aah, ele... hum...

Ela engasgou no que ia dizer. Eu sentia que deveria ser algo grande.

— Ele o quê, Nina? — perguntei exasperado.

— Ele me bateu. Pronto. Foi isso — falou envergonhada.

Parei o que estava fazendo e fiquei estático. Será que eu tinha ouvido direito?

— Como é que é?

Segurei um pouco meu tom de voz que deveria estar meio enfurecido.

— Não foi nada grave, mas foi chocante. Foi por isso que eu terminei o namoro. E depois daquilo ele meio que me perseguiu, e isso também foi assustador.

Okay. Eu sabia que Marina teve um término brusco e traumático. Sabia que ela não havia cedido seu corpo para o cara e tal, mas... bater nela?

— O cara bateu em você? Eu poderia esfolar esse cara! Que filho da puta! Porra, estou nervoso...

Comecei a andar sem rumo pelo quarto.

Se eu já achava o ex-namorado dela um cretino de marca maior, agora ele passava a ser integrante da minha lista negra de pessoas que deveriam ser exterminadas.

— Jim, isso foi há muito tempo, meses... Só comentei porque sei que ele fez aquilo porque estava meio "alto"... — Ela tentou me acalmar, gesticulando para que eu parasse minha caminhada insana.

— Isso é desculpa pra caras covardes, Nina. Tudo bem que às vezes a gente comete uns excessos quando está "alto", mas esse cara, esse cara... Ele bateu em você porque é um cretino, porque você não tinha dado o que ele queria! — Bufei. — Eu poderia ensinar uma lição a ele.

— James Bradley, esqueça esta história, tá?! Tome as taças e esqueça que eu contei isso. Nem meus pais sabem da história real. Eles acham que eu bati com o rosto no painel do carro... — Ela começou a rir.

Totalmente fora de lógica. Marina desmereceu o que eu estava considerando como algo primordial para que não deixasse que ela saísse do meu lado.

— Não vou deixar você voltar ao Brasil sozinha! Não quero você perto desse cretino nem a milhas de distância.

Eu podia sentir que minhas pernas estavam mais nervosas e tensas ainda. Meu cérebro borbulhava com milhares de cenas ou situações que poderiam acontecer no caso de Marina esbarrar no cara novamente.

— James, James, James! — ela gritou e tentou me conter.

— O quê?

— Você quer se acalmar, por favor! Eu não devia ter dito nada... — sussurrou amedrontada.

— Devia, sim! Se nós vamos nos casar, é bom não ter segredos, e é bom saber porque você se incomoda com isso! Vou me comportar, prome-

por TRÁS *da* FAMA

145

to que não vou beber mais do que você permitir.

Era aquilo. Eu era realmente um pau mandado. Se Marina quisesse que eu virasse abstêmio, eu viraria.

— Tudo bem, desculpa, eu não quis estragar o clima... Mas como assim você não vai me deixar voltar ao Brasil? Você vai me manter refém aqui, é? — brincou. — E o que falei sobre não gostar de sentir que estão mandando em mim?

Ela estava conseguindo me acalmar com as suaves carícias que fazia em meu rosto.

— *Okay*, eu mudo o verbo. Eu me expressei mal. Eu não posso deixá-la, em sã consciência, voltar sozinha... ou vou eu, ou o Rudd vai — esclareci.

— Hum, não preciso de um leão de chácara na minha cola, meu amor. Estou voltando para o meu ninho, esqueceu?

— Então eu vou.

— Você está maluco? O champanhe nem chegou e você já está alto? O que você vai fazer no Brasil, sendo que nem foi para a divulgação do seu filme lá?

A decisão estava tomada.

— Eu vou com você, não pra fazer um trabalho desgastante. Além do mais, aproveito e conheço sua família. Será que vão me aprovar? — perguntei, sorrindo.

— Basta você dar esse sorriso que eles vão derreter feito manteiga no sol. — Por fim, ela me puxou para o local onde eu queria estar desde o início.

Deixei que aquele corpo quente acalmasse meus medos mais entranhados.

Cena 24

Eu estava apenas curtindo um dia de vagabundagem, particularmente naquele dia. Marina foi levada aos cuidados de Jenny para se preparar para o evento daquela noite. Enquanto isso, apenas fiz as ligações que precisava, agendei compromissos e cancelei outros, cuidei de uns assuntos importantes referentes aos meus planos futuros e fui descansar.

Acredito que cheguei a dormir na tentativa de assistir a alguma coisa decente na TV.

Eu olhava no relógio toda hora, apenas esperando que Marina chegasse de sua tarde de embelezamento.

Quando ela entrou no quarto, fingi descaradamente que estava num sono profundo, apenas para ver o que ela faria a seguir.

Senti quando seu doce perfume se aproximou e percebi que ela estava próxima. Muito próxima. Quando me cansei de tentar enganá-la, abri meus olhos e deparei com uma visão gloriosa diante de mim.

Meu Deus! Essa mulher era linda. E era totalmente minha.

Ergui meu corpo rapidamente e encapsulei aquele rosto lindo entre minhas mãos, com todo o cuidado para não estragar sua maquiagem. Marina era linda com e sem maquiagem. Era perfeita em todas as suas maneiras. Mas era inegável que ela ficava simplesmente deslumbrante quando estava produzida para uma festa. Ela estava digna de uma foto.

— Você é mesmo real, garota? Estou sonhando ou acordado? — disse de maneira galante e beijei suas mãos, até chegar à aliança que havia colocado ali naquele dedo em particular. — Você tem certeza de que é realmente minha?

Ela corou lindamente e piscou suavemente aqueles belos olhos de chocolate derretido.

— Até que se prove o contrário, sou sua de corpo e alma.

Eu a abracei fortemente e aspirei seu perfume, com meu rosto enfiado no vão delicioso de seu pescoço. Senti a reação de seu corpo em contato ao meu, que não deixava margens de dúvidas sobre o que eu gostaria de fazer naquele exato instante.

Senti os arrepios percorrerem sua pele suave e tentei ao máximo não arrancar aquela roupa e deitá-la ali mesmo no chão e simplesmente mergulhar em seu calor.

— A gente vai se atrasar e não quero estragar minha produção. Você não tem noção como foi difícil entrar neste espartilho... — brincou.

Uau! Se aquilo não era uma promessa...

— Espero que sair seja mais fácil, pois vou contar os minutos pra voltarmos logo — Eu pisquei.

Carl nos levou diretamente ao Kodak Theatre, na reta do tapete vermelho. Naquela altura do campeonato eu já esperava que Marina estivesse habituada aos trâmites daquele tipo de evento. Eu podia ver que ela estava menos nervosa. Aparentemente. Eu percebia que ela rodava a aliança suavemente em seu dedo.

Quando passamos por toda a multidão que aguardava o desfile de constelações, levei Marina diretamente para a área onde os jornalistas nos esperavam para saber detalhes e mais detalhes sobre nossos acessórios e vida particular.

— James! — gritou uma entrevistadora de um canal de entretenimento. — Nos dê uma luz! Diga-nos com quem andas!

As risadas foram ensurdecedoras.

— Com minha noiva, ninguém mais, ninguém menos. Será minha futura esposa em pouquíssimo tempo — disse e pisquei para Marina.

— Uau!!! — disse e outros repórteres se prontificaram a anotar a informação. — Você deixará de ser solteiro?

— Desculpe, garotas. Estou totalmente fora do mercado.

Todos riram e os flashes pipocaram em direção a Marina, que tentava a todo custo se fundir ao próprio vestido, já que estava corada, quase da cor do mesmo. Percebi que, logo em seguida, ela ficou pálida e resolvi sair em seu socorro.

Puxei-a em meus braços e levei-a para a área reservada aos artistas. Cruzei com alguns amigos, cumprimentei outros e evitei parar para uma conversa mais intensa.

Quando chegamos a um canto isolado do salão, virei Marina diante de mim e falei:

— Você está linda, não deixe que te intimidem. Mas se quiser posso quebrar uns queixos por aí se te encararem demais. As manchetes seriam sensacionais, não acha?

Percebi que ela estava tensa e nem sequer sorriu diante da minha brincadeira.

— Hum, o que foi aquilo? O que aconteceu com o "se perguntarem, a gente confirma"? Você praticamente fez um anúncio... — perguntou baixinho.

Suspirei audivelmente e resolvi assumir logo de vez:

— Fiz mesmo. Quero que todos saibam que vou me casar com a brasileira mais linda do pedaço...

Ela sorriu suavemente.

— Hum, duvido que não tenha visto algumas das Angels por aí... Tem muitas brasileiras por lá, sabia?

Eu já havia cruzado com uma ou duas em festas, mas nenhuma se comparava à minha garota.

— E se te convidarem, por favor, negue. Não quero compartilhar a visão com ninguém mais...

Eu não conseguiria conter meus ciúmes. Isso era um fato.

— James...

— Hum? — respondi sem prestar atenção, já que apenas a olhava embevecido.

— Você bebeu aquela garrafa toda de champanhe?

Comecei a rir porque Marina era assim. Um elogio que eu desse, ela encarava como se não fosse verdade ou que estivesse sob efeito de entorpecentes. Como se eu precisasse. Eu apenas estava feliz. Feliz em mostrar ao mundo que sim, eu estava domado.

Marina passou o restante da premiação toda me perguntando sobre os artistas que recebiam os prêmios, sobre as mulheres que ostentavam seus luxos.

Na festa de encerramento, percebi que ela havia encontrado uma brasileira casada com um ator australiano, que eu não conhecia, diga-se de passagem, e resolvi circular a fim de encontrar algo para que bebêssemos.

Fiz questão de ir em busca de um Ginger Ale, que desse uma ideia divertida de que poderia ser champanhe. Provocar Marina era interessante.

Ela fez exatamente o que previ. Ergueu sua linda sobrancelha em questionamento.

Sussurrei em seu ouvido, em um tom completamente inaudível para as pessoas que estavam ao lado:

— É refrigerante, prove aí...

Ela olhou desconfiada.

por TRÁS *da* FAMA

— Até o meu é, olha... Nada de borbulhas sexy de Chandon, tudo em homenagem a você — respondi dando-lhe uma piscadela.

— Um suco seria legal...

— Mas suco não pareceria champanhe, e, para todos os efeitos, estamos brindando nosso compromisso. Vem aqui... — Puxei-a para meus braços.

— Você não acha que já deu pão e circo demais, não? — brincou.

— Não. Estou tão satisfeito que poderia fazer um número da Broadway imitando Fred Astaire e Ginger Rogers com você aqui no salão.

— Deus me livre, você acabaria com a minha reputação e a sua. É capaz que nunca te chamassem para um musical.

— Mas dançar comigo você vai, não é? Está tocando uma música bem ao estilo night club do Natal — relembrei ironicamente. Inclusive sacudi minhas sobrancelhas sugestivamente.

— Ah, mas você não é o mesmo acompanhante tarado da ocasião. — A engraçadinha entrou na brincadeira.

— Mas posso ser, inclusive pra matar o cara de inveja. Quando ele vir as fotos nas revistas, vai pensar que era daquele jeito que ele queria estar.

Consegui que Marina deixasse de lado as preocupações sobre a minha revelação a respeito do nosso compromisso iminente.

Dancei com minha garota a noite inteira. Sempre fazendo questão de mostrar a qualquer um que quisesse ver, que aquela garota tinha dono. Era minha. E que flashes espocassem. Eu estava me lixando para isso.

Quando fomos para o hotel, estava um pouco custoso segurar a onda e não agarrar ela ali, no carro mesmo. Bem, Carl estava presente, esse foi um fator preponderante para que eu segurasse minha libido.

Nem bem entramos no quarto direito quando ela me agarrou e eu apenas correspondi. Acredito piamente que ela arrancou alguns botões da minha camisa, enquanto eu simplesmente destruía o vestido lindo que ela estava usando.

— Eu gostava do vestido, você não precisava ter agredido tanto o pobrezinho — disse enquanto eu ofegava tentando me livrar do resto das minhas roupas.

Minhas mãos ficaram livres, por fim, para vasculhar aquele corpo quente e sexy, totalmente à minha mercê.

— Hum, eu compro um milhão deles só pra poder rasgar toda vez! Isso é um fetiche e tanto. Agora fica quietinha porque tenho que me concentrar...

— Em quê? Em me fazer desmaiar? — ela perguntou entre ofegos e suspiros a cada investida que eu fazia em seu corpo.

— Exatamente.

Entregamo-nos novamente àquela onda vertiginosa de paixão que nunca diminuía. Sempre era melhor e melhor a cada vez.

Quando por fim adormecemos, fiz questão de deixá-la saber que seu lugar era ali, com seu corpo encaixado junto ao meu, como duas peças de quebra-cabeças quando se encontravam.

Na manhã seguinte, senti quando ela se remexeu entre meus braços. Uau! Eu podia sentir que estavam dormentes. Acho que nossa noite de sexo ensandecido realmente havia sido tão intensa que apagamos naquela posição e sequer nos mexemos durante o sono.

— James?

— Hum...

— Você está acordado?

Segurei o riso porque percebi o tom de voz chocado dela na pergunta.

— Hum... você percebeu? — Agarrei seu corpo mais firmemente, mostrando que o meu estava pronto para uma entrada triunfal.

— Eu amo você — ela disse.

Eu remexia meus quadris junto aos dela, ainda em estado sonolento, mas parei quando ouvi as palavras saídas de sua boca.

— O quê?

— Eu disse "eu amo você" em português, seu bobo... — ela esclareceu e seu riso cristalino encheu o quarto.

— Ah, que lindo... Você tem que me ensinar algumas coisas, eu só sei falar "obrigado"... — Eu tenho certeza de que disse a palavra certa, mas mesmo assim a descarada começou a rir.

Não resisti e fiz cócegas tentando fazer com que ela se rendesse.

— Eu te amo — disse depois que passamos alguns minutos de treino intenso.

Nada como demonstrar de maneira física o que meus lábios haviam proferido de maneira real e intensa.

por TRÁS *da* FAMA

Cena 25

Nos dias seguintes tive uma agenda atribulada. Deixei Marina dormindo pela manhã e encontrei-a dormindo tarde da noite. Eu apenas tomava um banho e me deitava. Longas horas exaustivas de filmagens externas e sessões de fotos.

Naquele meio tempo, Madson me mostrou uma proposta que havia recebido de uma revista luxuosa, que queria fazer uma matéria com as companheiras dos grandes astros da atualidade. Ali havia uma solicitação para que Marina Fernandes, noiva declarada de James Bradley, aceitasse o convite.

Posso dizer que imediatamente não curti muito. Madson me convenceu que seria ideal para apaziguar a perseguição pelas revistas sensacionalistas.

— James, é uma oportunidade maravilhosa. É uma revista séria, de renome e alcance internacional. Os fãs ficarão loucos para saber a história de um fundo verdadeiro e mais profissional.

— Mas qual o cunho dessas fotografias? — perguntei. — Quero saber se vão ser fotos publicitárias decentes, nada de nudez desnecessária. Marina não é do meio e eu muito menos iria querer que ela fosse exposta como carne de açougue no mercado.

— As fotos serão todas sérias. O editorial está lindo, a proposta também. Mais nove companheiras já estão com seus convites aceitos. Marina vai integrar um time fantástico.

— *Okay*. Vamos ver o que ela acha, não é?

Honestamente, eu queria que ela recusasse. Mas sabia que se queria ela na minha vida, Marina realmente precisava se acostumar com certos fatos que aconteciam vez ou outra.

Percebi que ela aceitou um pouco constrangida, mas enfrentou a proposta de maneira sensacional. O dia da sessão de fotos foi exaustivo para ela. Foram mais de dez horas de ensaio, e quando fui buscá-la ao final, a equipe estava impressionada com o fato de que ela era doce e simples.

Aparentemente algumas companheiras foram um pouco complicadas com seus pedidos absurdos.

A equipe disse que Marina simplesmente ficou calma e sem reclamar em hora alguma. Perguntei se haviam cuidado da alimentação dela durante o ensaio e me disseram que ela era tão simpática que chegava a corroer a alma. Aparentemente, eles ficaram impressionados que Marina tenha se contentado com o que estava à disposição, sem fazer pedidos absurdos como as outras fizeram, e que foram prontamente negados.

Nem preciso dizer que o sucesso de Marina foi arrebatador.

Na semana seguinte, Madson surgiu com uma série de convites de outras revistas, convidando nós dois para fotos publicitárias.

Quando a revista saiu, Jenny entrou correndo na sala, comemorando efusivamente o sucesso de sua protegida. Quando ela por fim deixou que eu visse a revista por mim mesmo, quase senti meu peito estourar.

Marina não devia para ninguém em quesito de beleza e elegância. Seu glamour nas fotos era palpável. Sua beleza exótica era quase uma afronta diante das outras companheiras que pareciam apagadas ao seu lado. Todas eram bonitas às suas maneiras, mas ela era... radiante. Minha garota atrairia o olhar de quem estivesse lendo a revista, imediatamente.

Jenny estava eufórica.

— Vamos mostrar pra ela, Jim! — ela gritou parecendo uma criança surtada de tanto açúcar.

— Calma, Jenny. Assim você pode ter um colapso — brinquei.

— Meu Deus, Jim! Essa garota é uma estrela em ascensão!

— Opa! Espera aí, Jenny. Não crie caraminholas na sua cabecinha, tentando enfiar Marina em algo que talvez ela não queira — disse preocupado.

Ela me puxou pela mão e entramos no quarto de Marina, que estava calmamente mexendo em seu celular.

Parei à sua frente, com as mãos em meus quadris, enquanto Jenny pulava como a Fada Sininho ao meu lado.

— O que foi? Temos outro evento? — ela perguntou se ajeitando.

— Você não mostrou pra ela, Jim? — Jenny perguntou chocada. Até então, ela achava que Marina já estivesse ciente das fotos.

— Não. Estou com ciúmes... — assumi.

— Não mostrou o quê?

Jenny entregou o exemplar da revista nas mãos dela e percebi que estavam trêmulas. Ela folheou a revista até chegar às páginas da matéria.

Seus olhos ficaram esbugalhados tamanho seu espanto. Sua boca abriu em choque. Marina parecia petrificada.

— Uau! — Foi só o que ela conseguiu dizer.

— Uau mesmo! Você simplesmente arrasou! É como se você tivesse nascido pra isso! — Jenny disse empolgadíssima. — Você agora está nas minhas mãos porque sua agenda de compromissos está cheinha!!!

Lancei um olhar de puro ódio a Jenny. Essa informação não precisava ser passada assim, de supetão.

— Como assim? Não estou entendendo...

— Você recebeu dezenas de convites de outros editoriais pra fotografar, eles simplesmente amaram você! Nunca esperavam encontrar algo tão exótico! As modelos brasileiras têm uma beleza diferente de qualquer outra.

Olhei para Marina e percebi que ela estava desconfortável.

— Opa, Jenny. Eu não sou modelo e nunca tive pretensão de me tornar uma. Além do mais, nem tenho mais idade pra isso...— disse embaraçada.

Eu apenas observava as reações dela.

— O que foi, James? — perguntou.

Remexi os pertences que estavam em meus bolsos da calça.

— Eu disse que estava com ciúmes! Era só uma questão de tempo para estes oportunistas descobrirem meu tesouro e quererem compartilhar dele, mas não estou muito disposto a cooperar! Acho que vou trancafiar você no meu castelo inglês...

— Você tem um castelo? — perguntou chocada.

— Não, minha família tem — respondi simplesmente.

Jenny tagarelava no celular loucamente andando pelo quarto.

— Muito bem, vocês dois: a *Harper's Bazaar* quer uma matéria luxuosa com vocês, de moda mesmo, sem entrevistas demoradas nem detalhes. É só um lance de casal de contos de fadas, algo desse tipo. Amanhã ao meio--dia, já está confirmado. Passo aqui pra trazer suas roupas, lindinha! — disse a louca, soprou um beijinho e saiu em disparada do quarto.

Marina cruzou as pernas, sentada na cama e apenas me olhou ressabiada.

— Você tem um castelo? E nunca me contou?

Eu estava achando engraçado que ela tivesse focado naquela informação, ao invés das propostas que havia recebido.

— Já falei que é minha família que tem. E você nunca perguntou. Mas o que tem isso a ver? — perguntei curioso.

Ela suspirou asperamente e sentou-se de maneira brusca na cama.

por TRÁS *da* FAMA

— James, isso me distancia mais ainda...

Entendi na hora onde ela queria chegar. Marina e a mania irritante de pensar em nossas diferenças, ao invés das similaridades.

— Não, não e não! Pare com isso agora. Quando você vai perceber que não dou a mínima para esses detalhes? Mas confesso que é reconfortante você ficar tão constrangida, já tive muitas garotas interessadas só no meu dinheiro — falei aquilo tentando aliviar um pouco a tensão que ela deixava transparecer em seu rosto.

— Só no dinheiro? Estavam loucas ou drogadas? Com quem você esteve metido antes da minha chegada, James Bradley? — ela disse e piscou o olho.

Respirei aliviado.

— Nem eu sei, só sei que agora estou completo. Você é tudo pra mim, e é minha, e vou te trancar em algum lugar onde só eu tenha acesso.

Cheguei perto dela e dei-lhe um beijo intenso. Era aquilo que eu queria mesmo. Enfiar-me em algum lugar apenas com ela ao meu lado.

— Interessante. Poderia ser numa ilha deserta?

— Onde você quiser, meu anjo — disse e caímos na risada. — As fotos ficaram o máximo, meu amor, as outras devem estar loucas de inveja. Se fosse um concurso, elas estariam agora acusando você de trapacear, já que era profissional — brinquei enquanto acariciava uma mecha do seu cabelo.

Marina folheava a revista e parecia abismada.

— Obrigada. Só coloquei meu potencial para fora pra não fazer feio, sabe? Deixar você embaraçado.

— Embaraçado com o quê? — perguntei distraído. Ela tinha essa habilidade. Distrair minha mente sempre.

— Comigo, ué. Perto dessas deusas da beleza.

— Você é minha deusa da beleza! Nem acredito que esteja tão fascinado assim, mas simplesmente não consigo me imaginar longe de você — disse e beijei-a novamente. — Tenho gravação dentro de algumas semanas e já estou ficando louco...

Realmente estava preocupado com o tempo que levaria aquela etapa de gravações. Conhecendo minha garota, ela ficaria arredia a me acompanhar.

— Hum, vai coincidir com minha ida ao Brasil — disse calmamente.

Na mesma calma que ela respondeu, eu apenas sondei:

— Mas estou sentindo que você não quer ir...

Marina retesou o corpo e virou-se para me olhar de frente.

— Ah, mas eu vou, sim. Já disse que não posso ficar aqui ilegalmente!

— Casamos logo e você ganha direito de permanecer aqui...

— Nossa, por que não pensei nisso antes? Podia ter me casado com o Peter desde o começo se meu objetivo fosse ficar aqui, não é? — Senti seu tom de ironia.

— RáRáRá. Que engraçadinha. Estou rolando de rir neste momento. Não estou falando do *Green Card*, porque esse não posso te oferecer, mas se tivermos residência aqui, você pode solicitar a mudança do visto.

Só em lembrar o surfista tarado eu já sentia repulsa.

— Podemos definir isso depois, o que você acha? Eu tenho que voltar, estou com saudades da minha família e tenho que programar as coisas. Além do mais, eu teria que pegar minhas roupas, não dá pra viver essa vida de mochileira eternamente.

— Tá. Combinamos depois. Agora quero beijar esta modelo maravilhosa que tenho aqui na minha cama. Hum, entrou no rol das minhas companhias constantes, hein? — brinquei e desviei da revista que ela tentou acertar na minha cabeça.

por TRÁS *da* FAMA

Cena 26

Aquele era o dia em que estaríamos juntos na sessão de fotos, como um casal feliz e sorridente. Porra! Eu queria mostrar ao mundo que aquela garota era minha, mas tinha que confessar que sentia certo pavor em expor Marina demais na mídia. Era como jogá-la aos lobos. Porque críticas viriam, ofensas cibernéticas, fofocas. As fãs eram um pouco exageradas quando o assunto era minha namorada. Algumas a amavam de paixão, outras a odiavam ao extremo. Eu tinha medo que Marina acabasse ficando esgotada daquela vida antes mesmo de entrar comigo de cabeça.

Quando entramos no estúdio, tentei ao máximo deixar que ela se ambientasse e percebesse que tiraria aquilo ali de letra. Deixei que ficasse na área de maquiagem e fui avaliar a proposta do fotógrafo.

— Então, Phil — atraí a atenção do cara que apenas focava em suas lentes —, gostaria de saber qual o teor das fotos, a proposta publicitária...

— Como assim?

Okay. O cara era burro. Eu teria que ser mais direto.

— Quero saber o figurino e tudo o que você pretende que nós projetemos nas fotos.

Tentei conter minha irritação. O idiota ajeitou os óculos no nariz e me mostrou a papelada e as fotos das roupas que estavam embutidas em todo o marketing da campanha.

Sim. Claro. Como se eu fosse deixar que ela usasse aqueles trajes sumários para fotos. Eu não era o dono dela, claro, mas não havia a necessidade da exposição desnecessária do corpo dela.

— Não quero este, nem este, e muito menos este — disse e fui descartando as páginas.

— Mas... mas... James... Sr. Bradley.

— Esta era a condição primordial para que eu aceitasse esta sessão. — Cruzei os braços. — Não quero parecer irascível, mas não há acordo aqui.

Marina não vai usar essas roupas de forma alguma.

O fotógrafo pigarreou e atraiu a atenção da diretora de arte.

— James. O que houve?

— Estou apenas informando para o Phil que a Marina não vai expor mais o corpo do que o estritamente necessário, Laine — disse e olhei seriamente para a mulher ruiva. — Foi o que acordei com Madson.

— Sim, sim. Claro... — ela apressou-se em dizer. — Você teria todo o poder de decisão. Se você não quer isto, assim será feito. Phil, nós temos que ser maleáveis em nossa proposta, porque James define os termos, compreendeu? — Acenou enfaticamente, suas sobrancelhas tingidas de vermelho.

Como se eu não soubesse como girava aquele mercado.

Quando Marina chegou com um vestido vaporoso e lindo, suspirei de admiração. Quando ela sentou na banqueta destinada, revirei os olhos porque a porra do vestido tinha uma fenda tão escancarada que quase chegava às suas axilas. *Okay*. Aquilo era exagero, eu sei.

Quando cheguei junto ao seu corpo, minhas mãos ganharam vida própria e tentaram unir as partes que faziam daquele vestido indecente.

— James, para! — Marina riu.

— Não. É muita perna aparecendo. Não dá.

Depois de algumas horas, a equipe ajeitou uma refeição leve para nós dois. Marina estava cansada, mas não demonstrava em hipótese alguma. Eu podia sentir que ela estava louca para encerrar tudo, mas resistiu às ordens e ajustes da equipe de produção. Pedi que descansasse um pouco no camarim, mas ela queria terminar logo o que havia começado.

Nas sessões individuais, fiz questão de estar junto. Até mesmo para lhe dar um incentivo e fazer aquele joinha característico de quem quer passar energia positiva. E também, por que não, mostrar ao fotógrafo que aquela garota era minha, e que suas mãos deveriam permanecer muito bem-comportadas. Podia até ser impressão do meu lado ciumento, mas eu achava que ele gostava de posicionar Marina demais para meu gosto. Por que não apenas orientá-la? De longe?

Acho que fiquei emburrado o resto da sessão até que Laine me disse que havia acabado.

— As fotos vão ficar maravilhosas, James — disse. — Sua garota é extremamente fotogênica.

Apenas acenei e observei Marina ir para o camarim trocar sua roupa. Olhei com cara de poucos amigos para o tal fotógrafo Phil.

Quando já estávamos no carro, bem acomodados para nosso retorno para o hotel, apenas falei:

— Abusado, o fotógrafo, não? Pode ser o melhor da área, mas não teve um pingo de medo de ficar com o olho roxo!

— Por quê? — Marina perguntou inocente. — O que o coitado do rapaz fez para merecer este seu comentário tão agressivo?

— Não se faça de desentendida! Ele encostou bem mais do que o necessário em você. Orientando as poses! *Humpf...* Sei bem que poses — bufei com raiva.

— James, deixa de ser ridículo! Assim você me mata de rir! — Marina riu. A descarada simplesmente começou a gargalhar.

Sua risada era tão contagiante que acabei me deixando levar e abracei-a longamente. Ela encaixou seu rosto na dobra do meu pescoço e passou o nariz delicado suavemente por ali. Custei a conter o frisson que me acometia sempre que ela fazia aquilo.

— Hum, acho que poderia ficar aqui o dia todo... Esse perfume foi o que senti no dia que te conheci, tão gostoso... — disse enquanto aspirava o perfume que eu havia colocado naquela manhã.

— Eu sou gostoso? — Ignorei o beliscão que ganhei. — Você deu uma fungada no meu pescoço aquele dia e eu não senti nada? — perguntei incrédulo. — Como assim? Eu teria percebido um movimento mais ousado seu, teria até aproveitado a oportunidade — admiti ainda chocado.

Eu estava tentando me lembrar claramente daquele primeiro dia.

— Foi quando chegamos ao hotel, na hora em que saímos do carro: você me abraçou com tanta força que achei que ia entrar dentro do seu casaco. Aí eu aproveitei a oportunidade.

Ah, sim. Aquele momento em que a puxei em um abraço caloroso e protetor, mas não sem sentir todas as curvas daquele corpo.

— Nossa, você percebeu minha tentativa de te agarrar? — admiti, rindo.

— James, você me agarrou de propósito? — Ela riu sem acreditar.

Marina simplesmente agarrou o cabelo da minha nuca e encostou sua testa à minha. Apenas suspiramos juntos, enquanto nossos olhares se conectavam.

— Você... definitivamente... é... um... sedutor... sem... escrúpulos... nenhum — disse pausadamente e simplesmente me beijou de uma maneira completamente distinta das usuais. Ela comandava o beijo, não deixando que a guiasse em hipótese alguma. Se eu tentava mudar o ângulo, ela mudava a direção. Se eu tentava avançar, ela recuava. Eu estava sem fôlego.

por TRÁS *da* FAMA

Quando menos esperava, ela me soltou como se nada tivesse acontecido, virou-se no banco e começou a folhear a revista que estava por ali.

Descarada.

— Como você ousa me beijar desse jeito e simplesmente parar? Você quer me matar? — perguntei, assombrado com minha própria fragilidade diante do pouco autocontrole que sentia naquele momento.

— Hum? Eu? — ela apenas fingiu-se de inocente. — De forma alguma, meu amor.

Senti um ciúme absurdo assumir o comando dos meus pensamentos.

— Nina, me diga que você nunca beijou alguém assim, por favor.

Ah, não... Esse beijo estava escondido no fundo do meu ser, despertou junto com o monstro que você libertou... — disse maliciosamente.

— Uau! Vamos logo pro hotel, porque esse monstro precisa ser alimentado corretamente.

Eu disse aquilo e creio que devo ter dado um chute no banco do motorista. Esperava que Carl entendesse claramente o sinal para que acelerasse o passo.

Quando chegamos ao hotel, apenas peguei minha garota e me permiti adorar seu corpo da maneira correta. Nossos olhares se mantiveram conectados durante todo o nosso ato de amor. Não um momento tórrido, ou selvagem. Um momento idílico, único, onde nossos corpos faziam uma conexão exclusiva. Declaramos nosso amor sem que palavras fossem necessárias. Marina era minha. Eu era dela. Simples assim.

Cena 27

Eu precisava confessar que estava uma pilha de nervos. Não tinha conseguido demover Marina da ideia de voltar ao Brasil e o dia de sua partida chegara como a merda de um piscar de olhos. Mesmo sabendo que ela estaria de volta em duas semanas, eu já estava agilizando a compra de um lugar só nosso.

Os papéis que eu precisava para legalizar nossa união já estavam sendo devidamente organizados. Por mim, Marina não iria de forma alguma. Mas eu também não poderia simplesmente tolher seus planos em prol dos meus. Enquanto ela estivesse lá, eu agitaria as gravações externas que o diretor queria.

Aquele dia em particular, eu estava irritadiço. Tive um compromisso no estúdio e precisei sair pela manhã. Eu olhava meu celular a toda hora, acompanhando o horário que deveria sair para me encontrar com Marina antes que ela embarcasse.

Nossa despedida matinal foi regada a muito silêncio enquanto estávamos um nos braços do outro. Marina havia derramado algumas lágrimas, mas fiz questão que não tivéssemos um clima de despedida. Pareceria pior assim.

As horas se arrastavam, mas quando Carl me informou que já aguardava fora do estúdio, apenas saí sem me despedir.

— Rudd acabou de informar que estão saindo do hotel nesse exato instante — Carl disse seriamente quando entrei no carro.

— Certo. — Eu não estava muito para conversa. — Quanto tempo até chegarmos ao aeroporto?

— Uns vinte minutos talvez. Se o trânsito estiver tranquilo, posso fazer em menos tempo.

— Não. Tudo bem. Apenas vá — disse e olhei para a vista belíssima do lado externo do veículo.

Aquela sensação de despedida era um saco. Eu não queria sentir aquilo. Não queria me sentir tão indefeso na ausência de Marina durante aquelas semanas.

Apenas me coloquei em um estado contemplativo e nem percebi que já estávamos no local do encontro na área do aeroporto.

Depois de uns quinze minutos de espera, eu estava ficando impaciente. Sabia que a distância que Rudd deveria percorrer do hotel até o aeroporto era menor que a nossa.

Tentei ligar para o celular de Marina, mas só caía na caixa postal. Mandei uma mensagem.

> **"Onde vocês estão?"**

Não houve resposta.

— Cheque com Rudd onde ele está, Carl — pedi e não sei por que senti um arrepio subir pela extensão das minhas costas.

Depois de uns segundos, Carl apenas disse:

— Não consigo sinal.

— E Paul? — insisti para que ele averiguasse o outro guarda-costas que intercalava com Rudd.

— Nada — Carl respondeu tenso.

Estranhei. Nem sequer cheguei a pensar na hipótese de que a bateria dele poderia ter acabado. Eu simplesmente tive um pressentimento de que algo havia acontecido.

— Carl, faça o percurso de volta pelo caminho que ele deveria vir — pedi.

— James...

— Apenas faça.

Carl colocou o carro em marcha e saímos com toda a pressa do aeroporto. O caminho que Rudd deveria fazer estava absurdamente engarrafado. De maneira até mesmo incomum para o horário. Talvez aquilo explicasse o atraso, mas não a total falta de comunicação, tanto com Marina quanto com Rudd e Paul.

Mais adiante, pude ver as sirenes e luzes piscantes da polícia. Eu não poderia explicar o que senti naquele instante. Parecia que garras afiadas haviam sido fincadas em meu coração. Quando nosso carro chegou próximo, reconheci imediatamente o Range Rover capotado.

Meu coração pareceu parar por um instante.

— Pare, Carl.

— Calma, James. — Carl tentava contornar a área para chegar em um acesso.

— Pare a porra do carro! — gritei enquanto saltava do veículo.

Quando desci correndo dali, fui barrado por um policial.

— Senhor, não é permitido passagem. — Ele tentava me conter.

— Aquele carro é da minha noiva! — gritei.

O policial precisou de outro para evitar que eu passasse a todo vapor por ali.

— É o carro da minha noiva, porra!

Naquele momento aterrador, pude ainda ouvir o burburinho causado por algumas pessoas que haviam me reconhecido.

"Aquele ali não é o James Bradley?". Gritos vinham acompanhados: "Jaaames!!!".

— Calma, senhor. Os ocupantes já foram encaminhados para o hospital.

— Qual? Qual hospital? — perguntei quase agarrando a camisa do policial. Aquilo não seria bom. Eu poderia ser preso e nem mesmo meu status me salvaria de responder a um processo por agressão.

— Hospital Bom Samaritano.

Corri de volta e Carl já colocava o carro em marcha.

Saquei meu celular imediatamente.

— Madson! — gritei quando ele atendeu.

— James? O que houve?

— Faça contato no Bom Samaritano e tente localizar se Marina foi levada para lá. Eu a quero no Cedars Sinai, não ali! — Eu estava nervoso, podia sentir que meu tom de voz estava alterado.

— Calma. Fale com calma.

— Não posso ter calma, porra! — gritei. — Marina acabou de sofrer um acidente na Imperial Highway!

Só me faltava saltar do carro, tamanha minha tensão.

— *Okay*. Você está com Carl, certo?

— Estou e estamos indo para o Bom Samaritano, mas preciso que você agilize alguma espécie de trâmite necessário para transferi-la de lá.

— James, primeiro vá com calma. Você tem que saber o estado dela primeiro antes de pensarmos em movê-la.

Eu não queria pensar naquilo. Nem sequer perguntei para o policial o estado em que ela havia sido encaminhada. Por Deus! Eu acho que ficaria maluco. Não podia pensar naquilo. Não podia pensar na hipótese de algo pior ter acontecido com Marina.

Quando Carl estacionou, pulei para fora do carro. Dane-se ser famoso

por TRÁS *da* FAMA

e ser reconhecido. Eu apenas queria entrar ali e achar minha garota. Era bom que ele ficasse na minha cola porque eu não acho que teria paciência para ser atencioso se fosse abordado.

Cheguei à área de recepção onde várias enfermeiras faziam suas coisas.

— Marina Fernandes — disse eu e tamborilei os dedos nervosamente no tampo. — Onde ela está?

— Senh... — A enfermeira olhou para mim e aquela fagulha de reconhecimento apareceu nos seus olhos. — James Bradley...

Percebi que o tom dela atingiu aquela nota que me mostraria que haveria um grito logo depois.

— Moça, por favor, pelo que há de mais sagrado, me diga onde está Marina Fernandes — tentei falar com calma, mas podia sentir meus dentes rangerem. As outras enfermeiras também me encaravam.

— Ah, claro. Acidente de carro na Highway. — Ela procurava no computador. — Ela está sendo atendida pelo Dr. Monterrey.

— Certo. Onde?

— Mas o senhor não pode ir lá. — Ela tentou me impedir. — Somente parentes.

— Moça, ela é minha noiva. Quero ver quem vai me impedir de chegar onde ela está.

Saí em disparada pelo corredor. Carl estava em meu encalço. Escutei gritos ensurdecedores. Aparentemente as enfermeiras enlouqueceram. Quando cheguei à sala, senti minhas pernas falharem. O médico e uma equipe avaliavam a minha garota.

— Oh, meu Deus!

O médico virou-se quando me ouviu.

— O senhor é parente?

— Sou o noivo dela. E ela não tem parentes próximos aqui em Los Angeles — respondi enquanto via que minha Marina estava desmaiada e machucada.

— Ela está bem, com sinais vitais estáveis. Estancamos o sangramento e aplicamos uma medicação para que ela durma e tenha as dores aliviadas. — O médico me informou e pegou a prancheta, vindo em minha direção. Até então, a barreira de enfermeiras não havia me permitido passar.

— Posso chegar até aí?

— No seu tempo. A equipe está apenas finalizando os procedimentos e você poderá vê-la e conferir que ela está bem. O motorista também está bem. Apenas algumas fraturas. O outro homem teve apenas escoriações.

Porra! Eu nem sequer havia pensado em Rudd ou Paul. Olhei para o Carl, que entendeu imediatamente o que eu queria.

O médico colocou a mão no meu ombro e me olhou com pesar.

— Não conseguimos salvar o bebê. Sinto muito.

Meus ouvidos zumbiram naquele instante. Acho que o médico percebeu e me encaminhou para uma cadeira próxima.

— O... o... quê? — perguntei com medo de não ter ouvido direito.

— Infelizmente nos estágios iniciais de gestação, qualquer trauma mais contundente pode colocar o feto em risco. Ou a mulher pode estar simplesmente no grupo de abortos espontâneos — respondeu e pareceu compreender meu choque. — O senhor não sabia que ela estava grávida?

Sacudi a cabeça, negando. Um homem poderia chorar? Era machismo demais afirmar que não poderíamos verter lágrimas em momentos de pura dor como aquele. As minhas saltaram livremente descendo pelo meu rosto.

Ainda sentado, dobrei meu corpo e apoiei os cotovelos nos joelhos, escondendo o rosto entre as mãos. Deixei que um pranto sentido tomasse conta enquanto pensamentos perturbados agitavam minha mente.

Não entendia a dimensão da dor de uma perda até que senti na pele. E o mais estranho de tudo? Eu não conseguia compreender a intensidade dos meus sentimentos, já que sequer sabia da existência de uma vida sendo gerada.

Mas a compreensão de que a perda resvalaria em sofrimento para Marina trazia uma angústia estranha ao meu peito.

Porque eu podia entender que para a mulher, um aborto tinha um significado muito mais amplo e complexo do que para o homem. Era como algo que houvesse sido arrancado à força de seu corpo.

Olhar para minha garota deitada naquele leito hospitalar e pensar em como ela receberia a notícia trouxe uma onda de remorso no meu coração.

Eu deveria ter cuidado melhor dela.

por TRÁS *da* FAMA

168 M.S.FAYES

Cena 28

Depois de muita insistência, consegui que o médico aceitasse fazer a transferência de Marina para o Cedars Sinai. Eu expliquei e acredito que ele mesmo entendeu que lá teríamos a privacidade que necessitávamos. O pobre homem percebeu aquilo quando o burburinho dos fotógrafos e repórteres do lado de fora ficou ensurdecedor. Eram como abutres tentando chegar de alguma forma à primeira informação privilegiada sobre o acidente.

Uma ambulância fez o transporte com Marina ainda completamente apagada, o que era melhor. Eu precisava me preparar para contar a notícia.

Já estávamos no quarto, instalados, e Marina permanecia em seu sono profundo. Eu estava sentado ao lado de sua cama e segurava sua mão fria, beijava seus dedos tentando passar calor e mostrar que eu estava ali.

De vez em quando, eu observava as escoriações espalhadas pela sua pele. Meus olhos vagavam para o ventre onde nosso bebê esteve abrigado.

Senti um leve aperto em minha mão e, quando ergui o rosto, ela me encarava com aqueles olhos castanhos enevoados.

— O que aconteceu? — perguntou quase em um sussurro.

Acariciei seu rosto e suspirei procurando forças.

— O carro capotou, houve uma colisão lateral que jogou vocês contra o meio-fio. Ainda não se sabe o que ocasionou... — respondi, mas omiti qualquer sinal de que o acidente seria investigado.

A polícia já havia passado por ali e informado que testemunhas afirmavam ter visto o carro sendo seguido por outro veículo e que dois fotógrafos estavam com suas máquinas apontadas para o Range. *Paparazzi* filhos da puta.

— Não me lembro de nada, só do teto me beijando — disse em uma tentativa de brincar.

Encostei minha testa à dela e apenas deixei que meus sentimentos vazassem sem filtro.

— Ah, Nina, você não sabe o quanto eu sofri, o quanto me desesperei quando vocês não chegaram ao local marcado...

— Nossa! O voo! Eu perdi o voo? — Quando percebeu aquele detalhe, Marina tentou sentar-se na cama, o que impedi prontamente.

— Sim — respondi. — Mas você não deve ficar nervosa e preocupada com isso agora.

Eu poderia deixar para contar aquele detalhe depois, não poderia?

— O que foi, James? Aconteceu algo pior? O Rudd está bem? E o Paul? — ela perguntou aflita.

— Eles estão bem. Só você se machucou porque estava sem o cinto de segurança. Mas, bem...

Eu queria brigar com ela por conta daquele detalhe somente para evitar o que teria que dizer a seguir.

— Fala logo, James — disse nervosa e começou a olhar para seu próprio corpo em busca de feridas ou algo pior. Passou as mãos pelo rosto na tentativa de saber se havia um machucado evidente ali.

Preferi falar sem rodeios.

— Você perdeu nosso bebê, Nina — disse engolindo em seco.

Marina ficou mortalmente pálida e pareceu desfalecer um pouco. Acariciei seu rosto, na tentativa de mostrar que eu estava ali. Ela ofegou alguns momentos, respirou profundamente e vi quando as lágrimas começaram a descer. Segurei as minhas. Muitas já haviam sido derramadas.

— Bebê? Que bebê? Mas... mas eu nem... sabia que estava... grávida...— disse enquanto soluçava.

Era nítido que Marina em toda a sua inocência nem sequer tenha se atido ao detalhe de medicamento contraceptivo. E eu fui mais estúpido ainda, porque mesmo com experiência, percebi que nem mesmo eu havia me tocado para este detalhe. Ou outros, como o uso de preservativos. Inconsequência total.

— Eu sei, nenhum de nós programou nada, acho que esquecemos a prevenção em algum momento... — Acariciei sua face.

— Eu não sei o que dizer... — Ela chorou copiosamente por alguns minutos.

Apenas fiquei ali ao seu lado, dando-lhe meu calor e meu suporte.

— Meus pais sabem? — ela perguntou aflita.

— Não. Só do acidente. Achei que, se alguém tinha que contar alguma coisa, esse alguém era você. Sua irmã está vindo pra cá, trazendo muitas de suas coisas, já que adiantei todos os planos. Além disso, são recomendações médicas de que você fique em repouso, e uma longa viagem está fora de cogitação.

Meu Deus! Eu não queria que ela fosse embora, mas não precisava ser daquela maneira brusca.

— Que planos, James? — ela perguntou e pude sentir o cansaço abater seu ânimo. Vi quando ela passou a mão sobre o ventre liso.

— Os médicos falaram que não aconteceu nada de mais, Nina, e que você vai poder engravidar de novo tão logo queira. Falaram que tanto poderia ter sido do trauma quanto de uma forma espontânea. — Tentei tranquilizá-la.

— Ah...

— Desculpe, meu amor. Não devia ter deixado você sozinha no hotel...

— James, o que isso poderia ter impedido? Nada. Talvez você estivesse dentro do carro comigo, e aí? Tudo bem. Quero que me desculpe também...

Eu estava tão passado quanto ela, e nem mesmo consegui entender o motivo de ela me pedir desculpas.

— Pelo quê, Nina?

— Eu espero que não tenha pensado que planejei um golpe da barriga, pelo amor de Deus... — disse baixinho. — Nem sei por que não pensei antes em tomar um contraceptivo, sei lá.

Percebi o rumo de seus pensamentos.

— Nina, o que você está dizendo? Eu nunca pensaria isso de você! Pelo amor de Deus digo eu.

Tentei conter minha raiva súbita. De todas as coisas, Marina estava preocupada com um detalhe que nunca sequer havia passado pela minha mente.

— Ah, eu só sei pedir desculpas, eu não consigo falar nada. — Quando ela disse aquilo, Marina simplesmente apagou. Perdeu a consciência, quase fazendo com que meu coração parasse de bater mais uma vez naquele único dia.

Acionei imediatamente a campainha chamando a enfermeira. Enquanto isso, eu apenas contemplava o rosto extremamente pálido de Marina. Mas observava seu ritmo respiratório.

— Sim? — a enfermeira idosa perguntou ao entrar no quarto.

— Ela desmaiou. Assim, do nada. Estava acordada e... desmaiou — respondi tentando conter a verborragia.

A enfermeira chegou perto da cama de Marina e checou seus sinais vitais.

— Vou chamar o Dr. Klaus para que você fique mais tranquilo, *okay*? — Saiu em disparada.

Passei minha mão pela testa de Marina. Enquanto o doutor não chegava, eu andava de um lado ao outro.

— Sr. Bradley — o médico chamou meu nome assim que entrou.

por TRÁS *da* FAMA

— Ela apagou, doutor. Estávamos conversando e ela simplesmente desmaiou — disse tentando conter minha ansiedade.

O médico fez um exame rápido em Marina e acabou me tranquilizando.

— Ela esteve em choque. Provavelmente por todo o evento e as situações em que viveu. A própria notícia da perda de seu bebê associada ao trauma. — Ele bateu em meu ombro. — Recuperando os sentidos, ela se fortalecerá e estará pronta, dentro de alguns meses, para uma nova tentativa de gestação, se este for o plano de vocês. Seus órgãos estão preservados e não haverá sequelas. Amanhã mesmo creio que ela poderá ter alta, se tudo correr bem.

— Mas e o desmaio?

Eu estava insistindo naquele ponto porque foi aterrador.

— Como disse, associamos ao choque. Ela vai ficar bem, Sr. Bradley.

Acreditei naquilo e apenas esperei que minha garota acordasse.

Quando seus olhos lindos se abriram de novo, estavam enevoados, por conta do medicamento e de um calmante que o médico havia injetado em sua veia.

— Oi, amorzinho.

Expliquei tudo o que ele havia me dito. Fiz com que ela se sentisse tranquila e dormisse bem. Eu estaria ali ao seu lado a noite inteira.

Marina estava realmente tão cansada que mal esperou que eu falasse aquilo e caiu num sono profundo.

Passei a noite praticamente em claro, apenas pensando em todos os acontecimentos do dia.

Se o Range Rover tivesse realmente capotado por conta de *paparazzi* acossando em uma franca perseguição, haveria ações que eu não podia deixar de tomar. Marina esteve em risco por conta da porra de vida sem privacidade alguma que eu levava. Ela sofreu aquele acidente e perdeu o bebê, e eu estava impotente.

Eu teria que tomar alguma medida contra os *paparazzi* carniceiros assim que as investigações fossem concluídas. E mais. Eu teria que tomar medidas para prevenir uma nova abordagem que colocasse a vida dela em risco novamente.

Naquele redemoinho de pensamentos, veio o momento em que apenas pude engolir o luto por algo que eu sequer havia cogitado. Nunca antes eu pensara em ser pai. A pequena brecha da possibilidade e a retirada brusca daquilo fez com que eu repensasse muita coisa em minha vida. De uma coisa eu tinha certeza: Marina e eu nos refaríamos daquela tragédia e construiríamos um lar para nossos futuros bebês.

Cena 29

Carl entrou no quarto no exato instante em que eu terminava uma ligação para a imprensa. Marina já estava acordada e arrumando suas coisas para que deixássemos o hospital.

Coloquei os óculos tentando camuflar minha identidade e fiz com que ela colocasse os dela também. Até mesmo para proteger os olhares curiosos quanto às suas contusões leves. Organizei um esquema muito maior de seguranças que pudessem substituir Rudd e Paul, e que garantisse nossa saída do hospital em total segurança. Burlamos o esquema dos *paparazzi*, graças à política do Cedars Sinai, na total preservação da privacidade de seus clientes.

Durante todo o trajeto até o hotel, não trocamos nenhuma palavra. Eu estava pensativo a respeito do que faria a seguir, enquanto Marina estava abatida, tentando manter-se forte.

Chegamos ao hotel e coloquei Marina na cama, ordenando que ela ficasse quieta.

— Não se mova daí — pedi, apontando o dedo em sua direção. — Carl buscará sua irmã na hora certa e você não vai. Portanto, desista.

Coloquei a bandeja de comida em seu colo e me sentei ao seu lado, pronto para dar-lhe de comer na boca.

— Eu não sou criança, James, posso comer sozinha, sabia? — Ela sorriu docemente. — Não estou impossibilitada, está vendo?! — disse e agarrou um pãozinho quase o colocando inteiro na boca.

— Mas ainda está convalescente. Minha mãe queria que eu te levasse para a casa para ela cuidar de você.

Eu queria muito afastar Marina de todo o circo que se armaria por conta do acidente.

— Que gentil da parte dela. Mas imagine minha mãe tendo um ataque de ciúmes porque não fui pra lá, ao invés disso — ela contra-argumentou.

— Eu não tinha pensado nisso.

Porra! Eu só queria que ela estivesse completamente protegida.

Madson bateu na porta do quarto e autorizei que ele entrasse.

— James, preciso saber o que você vai querer reportar em nota para a imprensa — disse e cumprimentou Marina com um aceno suave de cabeça.

Dei um beijo em Marina e pedi que Madson me acompanhasse até a sala.

— Eu não quero que nenhuma nota sobre o aborto que ela sofreu por conta do acidente vaze, de forma alguma, entendeu? — pedi enquanto Madson anotava algo em seu tablet. — Esclareça que houve realmente um acidente de carro, mas não deixe transparecer que o mesmo está sob investigação e que pode ter sido causado pela perseguição daqueles imbecis. Isso só vai fazer com que o circo armado incendeie e perca o controle — disse enquanto caminhava de um lado para o outro. — Eu sei que já vai ser uma merda e preciso que ela descanse e não fique mais estressada. Quero que você organize uma nota simples e que tente a todo custo afastar qualquer balbúrdia aqui por perto.

— Certo. Algumas revistas estão realmente insistentes em ter uma entrevista com você, assim como a BBC de Londres e a CNN.

— Eu não vou dar nenhuma entrevista ou fornecer matéria para isto, Madson. Eu preciso apenas que uma nota seja passada e pronto. Feche o acesso a qualquer pessoa que esteja tentando cavar mais informações. Não quero expor a Marina, já que alguns detalhes vão ficar ocultos, inclusive de sua família no Brasil.

— Claro, James! — disse contrito. — Ela está bem?

Respirei fundo e passei as mãos nervosamente pelo meu cabelo já bagunçado.

— Vai ficar. Ela é forte e vai se recuperar disso.

— E quanto a você?

Naquele instante, eu apenas dei as costas ao meu assessor, amigo de tantos anos, enquanto eu contemplava a janela do hotel.

— Eu vou me recuperar também, pelo bem dela e o meu. — Virei para olhar diretamente em seus olhos. — Você entende que é crucial que nada vaze, não é?

— Sim e já fiz os procedimentos com as equipes médicas que a atenderam. Todos assinaram o termo de confidencialidade e sigilo.

— Ótimo.

Houve uma batida suave na porta e Carl entrou seguido por outros funcionários do hotel, abarrotado de flores e mimos endereçados a mim e à Marina. Atores, atrizes, diretores amigos meus. O próprio pessoal da revista Harper's, que ficaram encantados com Marina, chegaram a enviar diversos presentes.

Era um gesto lindo e comovente, mas que não mudaria em nada aquela passagem trágica em nossas vidas. Marina ficou tocada pela gentileza, porém não se pronunciou sobre o assunto. Ela estava calada e abatida e eu deixaria que levasse o tempo que fosse necessário para superar a dor da perda.

A decisão de manter seus pais completamente alheios à extensão do acidente foi totalmente dela, mas concordei. Ela definitivamente não queria que sua família soubesse absolutamente nada do que considerava um deslize e um fim trágico para o mesmo.

Quando Carl entrou no quarto novamente, pedi que ele fosse ao encontro da irmã dela no aeroporto.

— Carl, leve Alice junto. Eu não sei bem se a irmã dela se comunica fluentemente em inglês e talvez a presença de uma mulher a deixe mais confortável.

— Claro, James — disse em seu tom de voz inabalável. — A senhorita Marina... Ela está bem?

Era a segunda pessoa que me perguntava aquilo em menos de 15 minutos. Era sinal de que minha garota era aceita e querida por toda a equipe que trabalhava ao meu redor.

— Sim, Carl. Ela vai ficar bem. Eu prometo.

Com um aceno suave de cabeça, ele deixou o quarto.

Voltei para o quarto dela e vi que dormia placidamente. Sentei-me na lateral da cama e passei as mãos suavemente pelos seus cabelos ainda emaranhados da internação. Ela insistiu que precisava lavá-los, mas proibi. Não que eu fosse um monstro sem coração ou apenas quisesse mandar no que deveria ou não fazer. Eu só queria respirar aliviado sabendo que ela estava se recuperando.

Beijei sua testa e simplesmente me permiti ficar ali, com meu rosto colado ao dela, agradecendo a Deus por ter guardado sua vida sem danos piores. Até mesmo me senti mal por ver que o acidente a impediu de sair do país. Era egoísmo da minha parte, mas eu me sentia muito mais seguro com ela ali ao meu alcance.

— Oi...

Vi que me observava com seus olhos ainda enevoados pelo sono.

— Oi — respondi e dei-lhe um beijo leve em seus lábios.

por TRÁS *da* FAMA

— Você está aqui.

— E você está aqui — disse com um sorriso simples.

— Incrível como eu acabei tendo que permanecer no país, não é?

Sorri suavemente. Ela havia lido meus pensamentos mais secretos.

— Eu não queria que tivesse sido dessa forma, meu amor.

— Eu sei.

— Mas estou feliz que você está "obrigada" a permanecer.

Ela riu do meu desatino.

— James, você achou que eu não voltaria para você? — perguntou e passou a mão pelo meu rosto com uma barba que precisava ser feita. Esfreguei meu rosto na palma da sua mão.

Segurei seu pulso e beijei as marcas onde os acessos venosos estiveram.

— A ideia passou pela minha mente, não posso negar — admiti. — Mas eu a buscaria com a cavalaria se necessário fosse. De repente, pensei que teria que arrancar você dos braços dos seus pais, chorando em prantos por tamanha saudade do seu país.

— Eu te amo, James.

— E eu te amo mais, Nina.

Vi quando seus olhos ficaram nublados.

— Não pense mais em nada que vá te deixar deprimida, *okay*? — disse temeroso que ela desatasse a chorar incontrolavelmente como fizera no hospital. — Vamos superar e passar por cima disso.

— Eu sei — respondeu baixinho.

Eu a beijei. Porque precisava que ela estivesse mais do que segura do meu amor por ela. De que, da mesma forma que fizemos aquela pequena vida com tanto amor, nós teríamos a oportunidade de criar mais um bebê, fruto daquele amor. Na hora certa. Quando estivéssemos preparados.

Um burburinho na sala ao lado entregou que muito provavelmente a irmã dela havia chegado.

A mesma entrou no quarto como um tornado ambulante e se jogou nos braços da irmã. Tive que me conter para não dizer que ela deveria ter cuidado com Marina, já que havia sofrido um acidente.

— Mariana, este é James, meu noivo. — Sorri com a forma sutil com que ela acalmou meu coração.

Sua irmã me olhou de cima a baixo e apenas suspirou. Falou algo em português que não compreendi, por razões óbvias.

— Muito prazer — disse em um inglês bonitinho.

Cumprimentei-a à maneira que os brasileiros estavam habituados, dando-lhe um beijinho no rosto. Pensei por um instante que a irmã de Marina fosse desmaiar.

Acenei um breve adeus e deixei que as duas matassem as saudades e colocassem o papo em dia.

Em um determinado momento, enquanto eu passava pela porta entreaberta, ouvi um nome indesejável. Alexandre. Eu sabia que aquele era o nome do ex-namorado de Marina. Foi instintivo que eu entrasse e perguntasse à Marina sobre o que elas estavam falando.

— Ouvi o nome do seu ex-namorado. Você pode me dizer a razão? — Eu tentava segurar meu temperamento. Claro. Eu tinha que assumir que meus ciúmes eram em nível alto, porém não infundados.

— James, minha irmã está apenas contando que ele foi informado do casamento, que as revistas brasileiras reportaram tudo. Só isso.

Eu sabia que ela estava tentando pormenorizar.

— E depois você não entende a razão de eu não querer que você vá sozinha.

Eu disse aquilo e saí com raiva do quarto. Resolvi que deveria esfriar a cabeça. Embora o plano estivesse traçado na minha cabeça, não consegui executá-lo. Eu havia pensado em subir à cobertura e nadar um pouco. Liberar um pouco da adrenalina acumulada.

É óbvio que as risadas no quarto me tiraram o foco. Eu estava feliz porque Marina estava sorrindo novamente. Abertamente, com aquela risada simplesmente fascinante que ela tinha o hábito de dar.

A todo o momento, eu passava pela porta do cômodo, rodeando e me sentindo um perseguidor total.

Até que minha curiosidade foi mais forte que minha discrição. Entrei e sentei-me ao lado de Marina na cama onde ela permanecia em repouso.

Segurei sua mão, olhei profundamente em seus olhos e disse em um tom confidencial:

— Você poderia falar um dialeto compreensível pelo meu cérebro, meu amor?

Captei o sorriso que ela me deu e lançou para sua irmã.

— Quero reportar a sua irmã quais são meus planos atuais — esclareci.

— Ah, mas sem esquecer daquele detalhe, tá? — O desespero em sua voz era evidente. Beijei suas mãos e a acalmei.

— Sim, senhora.

— Então, o que estamos esperando? O que devo levar de volta ao Bra-

por TRÁS *da* FAMA

177

sil? — a irmã de Marina disse e esta traduziu a questão para mim.

Comecei a explicar calmamente o que já tinha planejado.

— Bem, já providenciei a licença para que nos casemos aqui, bem como a mudança da qualidade do visto de Nina. — Marina ia traduzindo para sua irmã. — Já comprei uma casa em Beverly Hills, bem como escolhi o grande dia. — Quando eu disse aquilo, pude notar que as sobrancelhas de Marina quase alcançaram o topo de seu couro cabeludo. Peguei minha garota de surpresa. — Calma, meu amor. Deixei uma margem de dois meses para que seus pais e sua família se ajeitem e consigam vir, com todas as despesas pagas.

Marina tentou interromper meu discurso, mas eu a impedi.

— Eu realmente só não sei se a sua família fará questão de uma cerimônia em sua cidade. Se for o caso, eu vou providenciar para que tudo seja da maneira como você quer.

— James, você está sugerindo que eu não devo voltar à minha cidade e rever minha família e amigos? Por quê? Eu já te disse que isso é importante pra mim, é como uma passagem de uma fase para a outra, sabia? Eu não posso simplesmente apagar meu país, minha história, meu quarto... Você espera que eu nunca mais ponha os pés lá? — Percebi que ela estava irritada.

— Não. Só não quero que você vá sozinha. E quando digo "sozinha" quero dizer sem a minha pessoa ao seu lado. Quero estar junto. Posso querer conhecer seu país, não posso?

— Pode. É claro que pode. Mas você não tem planos de fazer isso agora e também não quer que eu vá. Estamos em um impasse aqui.

Eu podia ver que ela estava ficando mais nervosa ainda e sua irmã acabou interferindo antes que nossa discussão se tornasse acalorada.

— Tive uma ideia maravilhosa. Por que vocês não se casam no civil lá? Vocês estariam dando uma satisfação para a nossa família, você mataria saudades de casa e faria a tal passagem e tudo resolvido. Daí, numa outra oportunidade, vocês poderiam ir para fazer turismo mesmo. Podemos até programar uma viagem em família para algum *Resort* e pronto!

Marina traduziu a ideia de sua irmã e honestamente? Achei ótima. Vinha totalmente a calhar com meus planos. Eu teria que fazer alguns arranjos, mas nada que fosse alterar nenhum compromisso importante com o estúdio e as filmagens.

— Hum, seria como uma ida relâmpago? — Marina perguntou para sua irmã e, em seguida, me deixou saber sobre o que estavam falando.

— Exatamente. Eu volto, ajeito tudo com nossos pais. Organizo os documentos necessários e, quando estiver tudo maravilhosamente planejado, vocês vão, ficam um dia ou dois e pronto!

— Você acha que pode se ausentar um dia ou dois, James? — Marina me perguntou e pude ver que estava ansiosa, já que torcia e retorcia o pobre pedaço de tecido do edredom.

— Claro, meu amor. Eu dou um jeito. E nem precisamos fazer alarde de nossa saída.

— Ah, é mesmo! Você precisa ver, Mari, as mulheres ficam loucas quando veem James chegando em um aeroporto — disse aquilo para sua irmã, porém olhando diretamente para mim. Logo em seguida traduziu a gracinha que ela mesma havia proferido.

— Faço ideia.

— Não, você não faz ideia mesmo! É uma coisa assustadora.

Pronto. As duas começaram a tagarelar em português novamente, me deixando totalmente ignorante do assunto. Mas deviam estar falando algo divertido, porque riam abertamente e sempre com olhares direcionados para a minha pessoa.

Quando a irmã de Nina resolveu se recolher horas mais tarde, eu já havia tomado meu banho e estava preparado para me deitar ao lado de Marina. Nem mesmo a presença de sua irmã me impediria de estar no lugar que eu achava que me pertencia.

Quando me deitei ao seu lado, ela virou seu corpo e ficou de frente para o meu. Apenas nos encaramos por alguns instantes antes que qualquer um falasse algo.

— Podemos ir em umas duas semanas, meu amor.

— Mas não é muito em cima da hora, Jim? — Eu adorava quando ela me chamava pelo apelido carinhoso. Era sinal que ela estava dócil e maleável.

— Você vai ter a oportunidade de rever seus familiares, matar as saudades, resolver o que precisa ser resolvido e voltar sã e salva para os meus braços — disse e a beijei. — Na verdade, voltar entre os meus braços, já que pretendo estar ao seu lado a todo instante.

Ela riu.

— Você vai virar o quê? Minha sombra? — brincou.

— Meu amor, se pudesse, viraria sua sombra, seu escudo e tudo o mais que você precisasse. — Passei a mão delicadamente pela lateral de seu corpo.

por TRÁS *da* FAMA

179

Marina se achegou mais ao meu corpo. É óbvio que não estávamos aptos para executar nenhuma espécie de estripulia romântica entre os lençóis dado o acidente recente. Mas nada nos impedia de ficarmos agarrados durante a noite.

Passei as mãos por toda a extensão de suas costas em um afago e aninhei sua cabeça na curva do meu ombro.

— Nos casaremos em uma cerimônia grandiosa em Los Angeles.

— Não! — interrompeu. — Eu não quero nada grandioso ou suntuoso e tudo isso. Quero algo simples, Jim.

— *Okay*, meu amor. Acalme-se. Vai ser tudo do jeito que você sonhou.

Eu disse aquilo e a abracei apertado até que ela caísse em seu sono reparador. Agradeci mais uma vez por ela estar segura em meus braços, com feridas leves e que cicatrizariam. A ferida interna maior, que nos pegou de surpresa? Aquela seria superada e viveríamos um dia de cada vez.

Cena 30

No dia seguinte, telefonei para o Dr. Klaus, do Cedars e ele me informou que Marina poderia sim sair de seu enclausuramento, porém de maneira comedida. Decidi que já que ela queria levar a irmã para conhecer ao menos alguma coisa de LA, então eu poderia muito bem estar junto.

Adiei todos os compromissos do dia, embora, por conta do acidente, Madson tenha realmente aliviado em minha agenda.

Marina teve a indecência de me perguntar se estava temeroso que ela fugisse com a irmã. Aparentemente meu medo estava exposto para ser zombado.

Durante todo o trajeto dos passeios propostos, as duas conversavam entre si, em seu próprio idioma completamente desconhecido para mim. Era interessante, as variações e a musicalidade, porém era igualmente irritante o fato de estar me sentindo completamente deixado de lado.

— O que foi, James? Por que esse mau humor?

Eu percebi que ela estava irritada. E eu devia admitir que estava agindo como uma criança emburrada de dois anos de idade.

— Nada.

— Como, nada? Você está nitidamente zangado com alguma coisa... — argumentou.

— Não é nada, é puramente impressão sua. — Peguei meu celular e fui passar o tempo averiguando meu e-mail. Se eu estava sendo ignorado, também poderia ser deselegante e ignorá-las completamente.

— O que foi, Marina? — a irmã de Marina perguntou.

— Acho que ele está meio aborrecido com alguma coisa... Poderia jurar que é porque estamos falando em português.

— Acho que é compreensível, né?! Ele deve estar se sentindo meio por fora dos papos. Mas é tão bom voltar a fofocar com você... Se fosse em inglês, como poderíamos? Eu iria levar um século para falar uma frase!

Eu resolvi abstrair que as duas conversavam e disparavam em risadas.

Depois acabei me sentindo um idiota completo. Marina precisava daquele aconchego com sua irmã. Eu queria que ela estivesse rindo e não deprimida e completamente debilitada por tudo o que aconteceu.

Resolvi fazer um agrado para redimir minha atitude mal-humorada. Levei-as aos estúdios de Hollywood. Marina já conhecia, mas sua irmã não. Seria um mimo.

Mesmo que eu já tivesse levado minha garota várias vezes, ainda assim, ela parecia uma criança perdida em uma loja de doces. O sorriso em seu rosto era enternecedor.

Em um dado momento percebi que se afastou um pouco e se recostou na parede. Não conseguiu disfarçar o gemido de dor que emitiu. Abaixo de seus olhos, os círculos escuros persistiam, mostrando que ela ainda não estava bem.

— Vamos embora agora — disse e a puxei gentilmente pelo braço, mesmo que meu tom tenha sido autoritário ao extremo.

— Por quê? — Mesmo tentando disfarçar, Marina não me enganava.

— Porque você não pode fazer extravagâncias, e já está na hora do seu descanso. — Antes que ela pudesse sequer pensar em algo, carreguei-a em meus braços, diretamente para o Range, onde Carl nos aguardava.

— Obrigada — disse suavemente enquanto suspirava em meu pescoço.

— Não há de quê. Mas você bem que poderia ter me avisado antes que estava indisposta, assim a gente não teria exagerado no passeio. Tenho certeza de que sua irmã entenderia numa boa.

Olhei para trás e percebi que Mariana nos seguia preocupada.

— Eu sei, mas mesmo assim foi muito legal o dia de hoje. E muito obrigada por me carregar no colo, é tão gostoso... Me sinto até uma mocinha indefesa... — Ela começou a rir.

— Você é uma mocinha indefesa, sua boba... Não viu o que aconteceu com você? — disse amargurado.

— Ah, James, poderia ser com qualquer um. Quantas pessoas sofrem acidentes de carro todos os dias?

— É, mas nem todas têm o carro capotado porque o motorista estava fugindo dos *paparazzi*... — disse e aguardei sua reação.

Senti quando ela retesou seu corpo junto ao meu.

— Então foi isso o que aconteceu? Poxa, tudo bem, então ainda bem que você não estava no carro comigo.

— Você não entende, Nina... Esses caras não têm limites. Eles deveriam me perseguir e deixar você em paz!

Aquela era uma realidade que estava aderida à minha vida. Quando atingia alguém que eu amava, mas que não tinha absolutamente nada a ver com a loucura que era ser famoso, e que poderia fazer com que ela resolvesse que não estava pronta para enfrentar aquele tormento, mexia comigo de uma forma inimaginável.

— James, a gente dá um jeito nisso depois, não é?

Eu concordei apenas com um aceno de cabeça, enquanto observava sua irmã freneticamente preocupada. Era nítido que Marina era amada e zelada por sua família. Daí eu entendi a extensão da saudade que ela sentiria.

Quando chegamos ao hotel, eu disse que solicitaria o jantar servido no quarto, já que dessa forma ela não teria que sair e muito menos se cansar como no passeio da tarde.

Ela foi terminantemente contra. Queria que a irmã fosse levada a algum restaurante seleto onde pudesse ver um pouco da nata de Hollywood.

— Marina, não acho que seja uma boa você sair tão cedo depois de hoje — disse e ela se jogou nos meus braços, enlaçando meu pescoço e fazendo aquele olhar doce e sexy ao mesmo tempo.

— Por favor, Jim.

Eu nem consegui segurar o sorriso que disparou de meus lábios quando ela fez um beicinho delicado.

A garota sabia usar a sedução quando queria alguma coisa. E eu era totalmente cativo. Isso era um fato.

Ela pediu que as levasse ao restaurante que a levei quando começamos a namorar. Ou talvez na nossa primeira saída, mesmo que não tivesse sido um encontro oficial. Eu provavelmente caí enamorado dela naquele instante, portanto considerava o local como o marco de nosso relacionamento.

Chegamos ao local e pedi que nossa mesa estivesse reservada e isolada. Eu ainda estava querendo afastar Marina dos olhares curiosos e possíveis perguntas sobre o acidente.

Estávamos todos nos divertindo no jantar quando Samantha Pintek, uma atriz com quem eu já havia trabalhado, chegou à nossa mesa e fez o inimaginável. A louca simplesmente não somente ignorou minhas companhias como sentou-se descaradamente no meu colo, beijando-me como se não houvesse amanhã. Eu fiquei completamente sem reação diante do ataque.

Nem ao menos tive que reagir. Marina ergueu-se de onde estava e sem um pingo de hesitação pegou seu copo de suco, bem como o de sua

por TRÁS *da* FAMA

irmã e despejou na cabeça de Samantha. Obviamente o susto fez com que ela soltasse suas garras de mim, já que eu ainda não havia conseguido me libertar dela.

A criatura ficou completamente encharcada, da cabeça aos pés, abismada, enquanto eu me levantei rapidamente, tentando limpar o suco que também sobrou para mim.

— Ensaios de beijos técnicos não deveriam ser feitos em público e na presença dos respectivos acompanhantes, entendeu, queridinha? Sai de cima do meu noivo a-go-ra! — disse calmamente, mas podia ver que estava fervilhando por dentro.

— Samantha! Vá embora, porra! Você está louca? — disse tentando amenizar o clima tenso que se estabeleceu ali.

Antes que pudesse sequer me preparar para acalmar Marina, ela agarrou o braço de sua irmã e disparou para fora do restaurante. Pooorra! Carl havia saído de sua área e veio me ver e mandei que fosse atrás das duas, enquanto eu apenas acertava a conta e o estrago que estava feito ali. Mesmo que os outros clientes estivessem cientes da confusão, todos faziam questão de disfarçar e fingir que nada havia acontecido. Celebridades eram estranhas. Até mesmo porque sabiam que podiam estar sujeitas a ser o centro das atenções a qualquer momento e em situações dramáticas como esta.

Carl voltou com o olhar que dizia tudo. Ele não havia conseguido alcançá-las a tempo.

— Elas pegaram o primeiro táxi do outro lado da rua.

— Porra! — Eu saí do restaurante e respirei fundo. Aquilo era para ser uma noite festiva, não a merda que Samantha havia iniciado.

Naquele momento, a vadia saiu do restaurante, com os cabelos enrolados e com um casaco cobrindo o estrago em sua roupa.

Não consegui me conter e marchei em direção a ela.

— Que porra você pensou que estava fazendo, sua puta?! — Meus modos galantes foram embora. Eu estava com ódio.

— James, eu... eu estava apenas brincando. — Ela teve a audácia de fingir inocência. Pena que era uma péssima atriz e não passou despercebida por mim.

— Você sabia muito bem que iria criar confusão, Samantha. Qual era o intuito? Gerar fofoca? Criar uma discussão entre mim e minha noiva? Porque se você ainda não sabe, ela é minha noiva, sua idiota! — gritei. — E acho baixo que você queira atenção da mídia através de uma atitude infantil como essa. O que eu puder fazer, farei para acabar com qualquer oportunidade que você possa vir a ter, Samantha. Especialmente se, Deus me livre, você estiver escalada em alguma produção comigo.

— James, você não pode fazer isso. Era só uma brincadeira.

— Brincadeira o caralho! — gritei e senti Carl tentando me afastar. Eu estava tão puto que poderia esganar a desgraçada ali naquele momento.

— James.

— Não ouse falar comigo, chegar perto de mim ou da minha noiva novamente. Entendeu?

Deixei a criatura chorando na calçada enquanto eu mandava que Carl nos levasse de volta ao hotel. Eu teria uma tormenta para resolver. Só esperava que Marina pudesse compreender que aquele tipo de situação poderia ser um determinante para um conflito se ela deixasse. No mundo em que eu estava imerso, como ela mesma fazia questão de alardear, as pessoas pensavam muito apenas em si mesmas. Muitas coisas eram tramadas para gerar fofocas, boatos, fotos comprometedoras. Era aquilo que movimentava a porra da mídia. Da imprensa marrom. Era um mundo sujo.

Carl conseguiu descobrir que o táxi que elas haviam apanhado estava rodando pelas ruas a esmo. Com um segurança como o meu, qualquer filme de espiões ficava a dever. Ele localizou o carro e seguimos a uma distância razoável.

Quando chegamos ao hotel, vi que o saguão estava tomado por repórteres. Eles fizeram campana ali desde o acidente. Pedi que Carl desviasse para a garagem, mas esperasse para ver se o táxi que Marina estava já havia se afastado. Ela também pedira ao motorista para entrar no piso subterrâneo.

Cheguei ao quarto e percebi que ela estava no banho. Próximo à porta, escutei seu choro suave. Merda! Encostei minha testa na porta, tentando decidir o que fazer. Dar o tempo que ela precisava ou simplesmente invadir o banheiro e pegá-la em meus braços?

Saí dali e fui me refugiar na sala. Andei de um lado ao outro, apenas pensando no que falar. Ouvi a batida suave na porta e, quando abri, me deparei com o olhar furioso de sua irmã.

— Você tem que ter uma explicação muito boa para dar a ela, James Bradley — disse em um inglês arrastado. — Sabe que minha irmã foi muito controlada? Ela poderia ter dado uma surra em você e naquela perua loira — continuou esbravejando com as mãos no quadril. Eu havia fechado a porta para que Marina não ouvisse.

por TRÁS *da* FAMA

— Acredito em você.

— Ela é graduada em Taekwondo, se você não sabe.

Meus olhos se arregalaram porque Marina nunca deixava de me surpreender. Como uma garota tão doce e suave como aquela poderia ser graduada em uma arte marcial?

— Uau!

— Cuide dela, ou eu mesma posso te dar uma surra. E nem preciso ser faixa marrom como ela ou o escambau para isso, entendeu? — disse e voltou para o seu quarto, do outro lado do corredor.

Oookaaay... agora sei o nível da graduação da minha garota.

Quando abri a porta do nosso quarto, Marina estava deitada, na penumbra, com os olhos fechados.

Do jeito que eu estava, apenas descalcei os sapatos, arranquei minha roupa encharcada e nem sequer me atentei para o fato de que precisava de um banho, já que eu cheirava a suco de laranja. Afastei as cobertas e me deitei ao seu lado. Esperei para ver se ela reagiria com a minha proximidade.

— Eu sei que você não está dormindo, Nina — disse suavemente.

— Mas queria muito dormir se você não se importa. — Sua voz estava rouca.

— Não. Não vou deixar você fugir de mim de novo...

Eu falei e a puxei para os meus braços. Isso fez com que ela abrisse os olhos em uma pergunta silenciosa.

— De novo?

— É, você fugiu de mim na saída do restaurante, não foi? De toda forma, seguimos seu carro por todo o percurso e vi que você não estava indo para o aeroporto. — Era ridículo admitir aquilo.

— James, você seguiu o táxi? Que absurdo! Por que eu fugiria assim dessa forma? Poderia simplesmente virar e falar que estou indo embora!

Silêncio total. Meu e dela. Acho que meu coração estava martelando alto. Eu mesmo podia ouvir as batidas.

— É isso que você vai fazer, Nina? Ao primeiro sinal de irritação você vai virar e ir embora? — perguntei com um tom incerto.

— Não, James, mas confesso que queria ir embora.

— Nina, não faça isso comigo, por favor. — Meu tom suplicante foi ridículo até mesmo para mim, mas era mais forte que eu.

— Eu não vou embora, James. Só disse que tive vontade. E não é para ficar longe de você. Não tenho dúvidas dos meus sentimentos, estou com medo de mim mesma.

— Como assim?

— Estou com medo de não aguentar a pressão da sua fama e fazer você passar vergonha sempre, como hoje. — Eu a apertei mais em meus braços. — Sou ciumenta, tenho sangue quente, não sei se consigo simplesmente fingir que não vi nada. E você provavelmente quer uma mulher pacífica. Não sou assim! Só não dei uns tapas na moça porque ainda estou meio convalescente — admitiu e percebi que estava constrangida.

Eu beijei sua testa, seus cabelos, seu rosto.

— Nina, foi o seu sangue quente que me conquistou. Você. Sua essência. Eu não poderia esperar outra coisa. Além do mais, você não me envergonhou. Samantha fez por merecer, ela tentou te provocar deliberadamente. — Eu precisava esclarecer aquele fato para ela.

— James, você não acha melhor eu ir embora por um tempo? — perguntou e começou a chorar com o rosto afundado em meu peito.

Eu a abracei mais apertado. Tinha medo de estar esmagando minha garota no processo, mas era mais forte que eu. Passei as mãos suavemente por suas costas, tentando lhe trazer conforto para que se acalmasse. Não gostava de vê-la agitada daquela forma.

— Do que você tem medo, meu amor? — perguntei mesmo que temesse a resposta.

— De tudo, James. De tudo. De estar vivendo um sonho impossível e simplesmente acordar. De estar numa plataforma extraterrestre e de repente despencar. De estar desejando o impossível, de você me trair com uma megaultra power modelo. Sei lá, de você não me aguentar mais, de se cansar da minha simplicidade.

Ela despejou seus sentimentos de maneira agitada.

— Nina, eu te amo. São esses os meus sentimentos por você. Quanto ao futuro, o máximo que posso prometer é que não há mulher no mundo com quem eu queira ficar a não ser você. Neste exato momento, não consigo imaginar minha vida sem você. Por favor, sei que haverá momentos tumultuados, mas estou pedindo, de forma egoísta, que enfrente comigo as agruras do preço da fama. Por favor, não me deixe, seja minha companheira, minha mulher, minha amiga, minha amante.

— James...

— Por favor, sei que outros casos piores que o de hoje vão acontecer, sei que estou pedindo muito a você, mas não me abandone... Você nem imagina

por TRÁS *da* FAMA

a diferença que fez e faz na minha vida. — Era difícil mostrar que eu também estava inseguro quanto aos sentimentos dela, mas precisava ser honesto.

— Depois de um pedido desses, o que você quer que eu faça? Estou me sentindo mal por ter dado a impressão errada de uma fuga alucinada — disse, suspirando.

— Tenho medo que você desapareça da minha vida, que se canse de enfrentar um milhão de pessoas diariamente... Sei que você não se liga em riqueza e poder, mas eu já pensei em te comprar um milhão de coisas só pra você não querer abrir mão de tudo.

— James, ainda bem que você sabe que eu não sou supérflua, né?! Eu não abriria mão só de você. Mesmo que não fosse um ator famoso, fosse simplesmente um americano, trabalhador, mas lindo de morrer, eu não abriria mão de você — brincou.

— Nina...

— Hum?

— Eu não sou americano, esqueceu? — perguntei, rindo. Estávamos num momento mais confortável.

— Ah, é mesmo, desculpe... Mas eu vim para os Estados Unidos da América e imaginava que fosse me envolver romanticamente com um americano. — Riu.

— Então, você me ama só porque sou bonito? — insisti naquele tópico.

— Não, porque você é lindo de morrer! — a descarada respondeu, rindo.

— Eu te amo.

— Não. Eu te amo. Você é meu futuro agora.

Quando ela disse aquilo pude sentir meu coração se acalmando ao ponto de quase relaxar. Ficamos em um silêncio confortável por uns minutos. Ela nos meus braços. Era ali o lugar ao qual ela pertencia.

Eu a beijei suavemente. E quando sentia que as coisas poderiam sair do controle, eu parava e freava meus impulsos. Eu sabia que Marina precisava de tempo para se recuperar, antes que voltássemos a estar juntos novamente. O médico havia dito um mínimo de três semanas. Seria árdua a espera, mas preferia que ela estivesse em total segurança antes de ceder aos impulsos da minha libido e da dela também.

— James.

— Hum...

— Por que a perua loira te atacou daquele jeito?

Eu sabia que a pergunta viria a qualquer momento.

— Hum, ela queria provocar você... Já disse...

— James, tem mais coisa aí. Você já teve alguma coisa com ela? Ela é colega de elenco?

Suspirei fundo e vi que teria que dizer os fatos mais esmiuçados ou ela não se contentaria.

— Já fizemos um filme juntos, gravamos uma cena ou duas e nunca tive nada com ela. Respondi às suas perguntas?

— E por que ela te agarrou? Ainda mais comigo lá?

— Porque, meu amor, a mídia precisa plantar informações e notícias. Quando tudo está bem ou mal eles sacodem as notícias assim, entendeu? — Era cruel admitir que as coisas funcionassem assim.

— Então, eu correspondi às expectativas deles, não é?!

Senti sua voz triste ao me fazer a pergunta.

— Não. Você fez um ótimo serviço. Notícia quente mesmo seria se vocês duas fossem parar na delegacia... — Segurei meu riso.

— Eu poderia ter batido nela.

— Sua irmã me disse que você é faixa marrom em artes marciais?

— Taekwondo.

— Nossa, então não posso te provocar, né? Você pode querer me bater também — brinquei.

— Pena que não é igual jiu-jitsu, nós poderíamos rolar no chão atracados — brincou maliciosamente.

A cena foi o suficiente para me excitar. Dois corpos suados, agarrados, onde a meta era quem dominava o outro. Acho que estaria apto a praticar com ela quando quisesse.

— Hum, seria muito bom!

Percebi que ela ria suavemente. Em seguida, mais um momento de silêncio.

— James, você não acha que está cedo demais pra gente casar? Quero dizer, ninguém te perturbou por sermos jovens, você no auge da fama? Seus pais, o que acharam?

— Minha mãe simplesmente adorou você, minha linda. Meu irmão sentiu um pouco de inveja, já que você é mais linda do que qualquer mulher que já tenhamos visto. — Claro que aquela informação foi adquirida longe de Fiona, sua esposa. — O que quero dizer é que você é minha flor brasileira, e eu te quero só pra mim. Só isso que quero, nada mais. E se para isso a gente tem que casar, então é o que vamos fazer. O que quero é ficar com você, entendeu?

por TRÁS *da* FAMA

Eu achava que éramos jovens para casar? Sim. Ela ainda mais do que eu. Mas eu estaria disposto a fazer qualquer coisa para ficar com ela. Embora Marina nunca tenha imposto isso como regra, sabia que era aquilo que mandava meu coração.

— Uau, entendi. Fico até constrangida, e acho que você é um exagerado, mas estamos com a motivação certa?

Percebi a dúvida em sua voz.

— Eu estou. Eu te amo e não quero viver sem você.

— Eu também te amo e não quero viver sem você.

— Então estamos resolvidos, meu amor.

— Tá bom...

Depois daquele breve embate amoroso caímos em um sono mais do que merecido depois das emoções do dia.

Cena 31

Quando despertei na manhã seguinte, Marina não estava ao meu lado. O local ainda estava quente de seu corpo, então ela não poderia estar muito longe.

Quando me arrumei, Carl me informou que as duas haviam descido para o café da manhã. Marina era teimosa. Mesmo que eu falasse que seria muito mais seguro que ela solicitasse a refeição no quarto, por conta do assédio da mídia, ainda assim ela fazia o que tinha vontade.

Arrumei alguns pertences e vasculhei na internet sobre as notícias que estavam sendo veiculadas por conta do acidente. Aparentemente, a versão era a mesma nos mais diversos meios de comunicação. O que era ótimo, já que não dava margens a dúvidas e perguntas indiscretas.

Algumas revistas iam mais a fundo e procuravam os hospitais onde ela esteve, mas graças ao poder do dinheiro e das poderosas cláusulas de contrato, as informações que estavam sendo passadas eram as combinadas.

Meu celular tocou naquele instante.

— James?

— Hey, Bruce. — Era o assistente do diretor do meu filme mais recente.

— Você já está liberado para gravar algumas cenas? — ele perguntou e notei seu tom reticente. — Digo, eu sei que você esfriou sua agenda por conta do que aconteceu com sua noiva.

— Está tudo bem. As cenas são de estúdio e mais rápidas, não é? — perguntei e peguei meus papéis que estavam largados na mesa. Conferi o que deveria seguir. — Cena 54 e 76, certo?

— Isso. A equipe estará lá, às 18h, já preparada para fazer correr de maneira mais ágil.

— Certo. Estarei lá — confirmei e conferi se haveria mais alguma coisa naquele dia. Eu sabia que a irmã de Marina iria embora naquela noite. Só não me lembrava do horário do voo. — Sem problemas se Marina me esperar por lá, certo? Não estou querendo deixá-la sozinha por conta dos abutres da imprensa.

— Sem problemas. Vamos deixar seu camarim o mais confortável possível.

— Valeu, Bruce.

— Até mais, Jimmy.

Quando Marina subiu com sua irmã ela teve a delicadeza de trazer algo para que eu comesse. Seus hematomas ainda eram bem visíveis no rosto, assim como o claro sinal de cansaço, mas resolvi não implicar por ela ter saído da cama e ido se aventurar fora do quarto.

— Obrigado, meu amor. Mas não precisava ter se preocupado. — Agradeci enquanto lhe dava um beijo acompanhado do suspiro audível que sua irmã deu ali perto.

— Você nunca se lembra de se alimentar — ela disse simplesmente.

— Hoje vou ter gravação mais tarde. Como vai ser seu dia? — perguntei enquanto comia um croissant.

— Mariana pega o voo às 20h, então temos que deixá-la lá às 17 horas.

— Certo. Vou pedir que Carl a leve ao estúdio onde estarei gravando, vai ter problema? Ou você prefere voltar ao hotel para descansar?

— Tudo bem. Eu adoro visitar o estúdio com você.

— Ah, é? Hoje eu vou gravar, isso possivelmente seja inédito para você, certo? — Pisquei meu olho e ri quando vi sua cara de choque.

— Jura? Ahhh, por que você não gravou ontem para que a Mariana visse também?

Ela era assim. Sempre pensava em agradar a todos ao redor. Mariana deu-lhe um abraço apertado.

— Eu vou arrumar a mala que Mari vai levar para casa, *okay*? Estaremos enfurnadas no quarto. Qualquer coisa você nos chama?

— Vou me despedir de sua irmã então, com antecedência, já que possivelmente, eu vá sair mais cedo para o estúdio, para que Carl a busque a tempo, *okay*? — Eu ainda não havia tido tempo de substituir o outro carro com o qual Rudd levava Marina para todo canto quando eu não estava por perto. — Mariana — disse e simplesmente abracei sua irmã. Acho que ela ficou um pouco chocada com minha demonstração de afeto. — Foi um prazer recebê-la aqui, Mariana. Mesmo que em um momento não tão festivo por conta do acidente. — Dei-lhe um beijo delicado na bochecha. Pude ver quando seu rosto adquiriu um tom de vermelho.

Marina riu e saiu com sua irmã a reboque para seu quarto.

Acabei saindo do hotel sem ter tempo de me despedir novamente, já que surgiu um novo compromisso antes da filmagem. Passei uma mensagem para Marina e segui meu destino.

Eu estava em busca da casa perfeita onde moraríamos. Achei uma ideal e simplesmente havia chegado o momento de fechar com a decoradora. Acredito que fiquei mais de duas horas com a especialista. Eu queria que tudo fosse ideal para Marina.

Segui para o estúdio com Carl e realmente chegaria mais cedo do que o combinado, mas isso me daria mais tempo para um ensaio rápido da cena.

Quando entrei no estúdio, cumprimentei todos à vista e me refugiei em meu camarim.

Eu aproveitei para ler alguns roteiros que havia recebido de Madson dias antes. Olhei no relógio e vi que as horas passavam devagar demais. Peguei minhas cenas e fiz uma rápida passagem das falas. Quando bateram à porta até cheguei a pensar que fosse Marina, mas uma olhada novamente no relógio me mostrou que não poderia ser. Era a maquiadora. Certo. Eu precisava me caracterizar. Com ela veio a equipe de figurinistas.

Meu filme era de época, o que requeria todos aqueles trajes rebuscados. O processo de me arrumar para a cena era demorado, mas a pior parte era a maquiagem. Por mais que muita gente imaginasse que os atores não precisassem, salvo à exceção quando era necessária uma maquiagem artística, na verdade, por conta das câmeras e sua potência em captação de imagens, nós, atores, precisávamos realmente de uma leve massa corrida na cara. Para cobrir imperfeições, brilhos indevidos e não atrapalhar o processo de filmagem.

— Vamos, Jimmy — Claire disse enfática. — Deixe de enrolar e sente-se aqui logo.

Quando estava no processo árduo de ver meu rosto todo besuntado com todos aqueles produtos, Marina entrou no camarim. Ela parou à minha frente e abriu a boca, chocada. Em seus olhos, eu podia ver admiração. E isso era maravilhoso para meu ego.

Ela me deu um beijinho singelo, às escondidas de Claire.

Segurei sua mão para nos dirigirmos para a área de filmagem. Pedi ao diretor que reservasse um assento para ela ali, mas Marina preferiu ficar mais atrás.

Eu estava me posicionando na marca exata, quando Jeremy entrou no estúdio. A grua já estava pronta para ser usada e o cara ainda estava completamente alheio ao processo.

por TRÁS *da* FAMA

— E aí, Jim? — ele me cumprimentou e apenas acenei.

Eu não tinha muita simpatia pelo cara. Éramos colegas de elenco, trabalhamos juntos várias vezes, mas Jeremy sempre fez questão de ser irritantemente insuportável.

Especialmente quando ele chegava atrasado às filmagens ou entorpecido com algo que escolhera no momento. O cheiro de bebida era notável.

Depois de quase uma hora e meia, seguíamos na mesma linha. Por fim, a cena que eu precisava gravar com ele foi finalizada e o cara se afastou dali. Eu ainda precisava gravar mais uma ou duas falas e resolvi me empenhar em terminar logo o processo. Eu queria ir embora e levar Marina para casa.

Em um determinado momento procurei por Marina, onde a havia deixado mais cedo e vi que seu lugar estava vago. Imaginei que ela poderia ter ido se refugiar no camarim.

Eu estava já me preparando para retirar o figurino quando percebi o diretor me chamando. Allan, o outro assistente, estava falando alguma coisa ao seu ouvido e vi quando seus olhos vieram diretamente para mim.

— Parece estar havendo um tumulto na área do refeitório.

— Sim?

— Com sua noiva.

Saí dali nervoso porque não conseguia entender em que tipo de tumulto Marina poderia estar envolvida. Muito provavelmente ela deveria estar no camarim.

Quando cheguei próximo às gôndolas de comida, eu vi vermelho. Marina estava realmente irritada. Mas o que mais me deixou puto foi o fato de Jeremy Hunttington estar segurando o pulso dela e a puxando em sua direção.

— O que você pensa que está fazendo, Jerry? — perguntei, tentando conter meu instinto assassino.

— Ora, Jim, só estava conversando amigavelmente com sua... companhia — ele respondeu cinicamente.

Arranquei as mãos dele de Marina e quase cuspi em sua cara.

— Minha noiva, Jerry. Ela é minha noiva — corrigi secamente.

O idiota desculpou-se de qualquer maneira e saiu apressadamente.

Quando abracei Marina, que se mostrava visivelmente agitada, percebi que ela massageava suavemente a área em que Jeremy havia segurado.

— Ele te machucou, Nina? O que aconteceu? — Eu queria entender o que havia acontecido.

— Nada. Depois te explico, pode voltar ao trabalho. Estou legal. — Eu podia dizer que ela estava mentindo. Seus olhos não encontraram os meus.

— O diretor já me liberou, estava indo retirar o figurino quando Allan me chamou dizendo que achava que você estava com problemas. Você vai me explicar direitinho, viu? Não gostei do jeito que você estava, parecia aflita.

Eu a levei ao camarim, com meu braço pousado possessivamente em seus ombros.

— Tá bom, explico depois, então. Podemos ir? — perguntou ansiosa.

O tempo todo que levei para retirar a roupa pesada com que estava caracterizado, pude notar Marina mexendo nervosamente suas mãos. Não falei nada. Coloquei minha roupa usual e a puxei pela mão, dando um beijo suave em sua boca. Ela nem sequer correspondeu. Parecia nervosa e ansiosa para sair dali.

Levei-a ao carro e quando estávamos quase chegando, ouvi Jeremy gritar ao longe:

— Jim!

Senti que Marina imediatamente ficou nervosa e disparou para dentro do carro como se o prédio estivesse em chamas.

— Será que você poderia me dar uma carona, Jim? — Jeremy pediu. O que eu estranhei plenamente. Não éramos dados a este tipo de amizade. — Meu segurança ficou de voltar aqui mais tarde e, como as filmagens já estão encerradas por hoje, achei que você poderia me deixar em Beverly Hills, se não for incômodo.

Olhei para dentro do Range Rover e respondi sem ter o que fazer.

— Tudo bem...

Quando o carro se pôs em movimento, percebi que Marina estava quieta e calada, olhando para todos os lugares, menos para as pessoas presentes no carro. Isso falando de mim e Jeremy.

Havia acontecido alguma coisa ali. Eu podia ver Jeremy olhando atentamente para Nina.

— Nina, você sabia que as cenas que serão rodadas na França serão praticamente todas com Jerry? — falei e esperei sua reação. Um leve retesar e mais nada.

— Hum...

— James, você está planejando viajar pra lá antes, para se adaptar e fazer o treinamento? — perguntou Jerry.

— Não. Estou planejando me casar e só depois ir pra lá. Daí, posso levar a Nina para curtir uma lua de mel às avessas pelo interior da França — respondi e fiz questão de deixar claro que eu era muito sério sobre meus planos.

por TRÁS *da* FAMA   195

Percebi que Marina ficou meio chocada com o que falei.

— É isso mesmo, meu amor. Só vou pra lá com você, não quero deixá-la aqui por conta própria e, muito menos me sinto confortável em vê-la voltar ao Brasil, sozinha, então vamos unir o útil ao agradável. Mas era para ser surpresa.

— Meus parabéns pelo casamento iminente — disse Jerry desconcertado.

Quando Carl parou às portas da mansão que Jerry morava, ele nos convidou a entrar, mas declinei.

Marina pareceu completamente aliviada.

Seguimos em silêncio no carro até nossa chegada ao hotel.

Entrei em nosso quarto e me deitei na cama, espreguiçando o corpo cansado.

Marina pareceu me enviar uma pergunta silenciosa com seus olhos abertos como pratos.

— Na verdade, nós já somos praticamente casados, não é mesmo, meu amor? Eu não consigo mais dormir sozinho. Quando deito lá no meu quarto, fico imaginando você aqui sozinha, tão solitária, sentindo minha falta como sinto a sua — disse, tentando arrancar um sorriso de seu rosto.

— Jim... você é uma gracinha, sabia? Eu vou tomar uma ducha e já venho, tá?!

— Estarei te esperando, minha flor. — Eu esperaria e arrancaria dela o que havia acontecido mais cedo com Jeremy sendo o centro do conflito. Eu tinha certeza de que ele era o protagonista.

Algo me dizia que eu não gostaria nada do que seria revelado.

Quando ela veio completamente perfumada de seu banho reconfortante, abri meus braços para que se alojasse ali.

— Agora você pode começar a me contar o que aconteceu no refeitório? E por que você não lanchou no meu trailer? — perguntei de pronto.

— São duas perguntas, e estou tão cansada...

Ela tentou disfarçar bocejando, mas não cairia naquele truque.

— Nem pensar! Você não me escapa hoje.

— Bem, eu lanchei no refeitório porque queria me enturmar com o resto da equipe. E o que aconteceu não foi nada. Absolutamente nada — disse como se pudesse engolir aquilo.

— Nina, se eu não souber por você, vou descobrir de qualquer jeito amanhã. Ou ainda hoje, se me der na telha de ligar para alguém. — Era baixo ameaçar, mas mesmo assim eu fiz.

— James, olha só, eu conto, mas só se você prometer que não vai fazer nada.

— Não prometo nada.

— Então não te conto.

— Prometo ouvir e ponderar — cedi polidamente.

Ela suspirou audivelmente.

— Melhor que nada. Pois bem, Seu amigo Jeremy, hum... acho que meio que me confundiu com alguém, sei lá.

Eu podia sentir que ela estava hesitante.

— Te confundiu com quem? Quero saber o teor da conversa.

— Hum, acho que ele pensou que eu era uma acompanhante, digamos... hum... ai, meu Deus, como posso dizer? Uma companhia paga, sei lá.

— Companhia paga? — Não entendi muito bem porque quando ela estava nervosa, começava a gaguejar.

— É, James, garota de programa, entendeu? Dessas que fazem companhia por um tempo, que são contratadas por temporadas. Sei lá como funciona esse negócio, eu não sou do ramo — disse tentando parecer divertida.

Levantei meu corpo da cama de uma maneira brusca até demais. Como ela estava em meus braços, Marina acabou largada entre os travesseiros.

— O quê?! — perguntei nervoso.

— Ele achou que você tinha adquirido um produto exótico no mercado e queria entrar na lista de espera. Chique eu, né?! Com James Bradley, Jeremy Hunttington na fila — tentou suavizar o clima.

Obviamente que não surtiu o efeito desejado.

— O quê?! — eu acho que gritei e estava me sentindo meio repetitivo, mas isso era normal para alguém completamente incrédulo com o descaramento de Jeremy.

Acho que comecei a andar como um animal enjaulado pelo quarto. Não me lembro muito bem porque minha vista estava turva com cenas de assassinatos.

— James, acalme-se, eu coloquei o mané no seu devido lugar...— Marina tentou me acalmar.

— Ele te fez uma proposta indecorosa na maior cara dura? — Eu ainda estava chocado com a audácia do idiota.

— É, por aí. Mas expliquei pra ele que o produto brasileiro nem sempre está à venda no mercado. Poxa, ele me pediu para sambar! Acho que ele ficaria desapontado, tenho esse defeito de fábrica.

Eu podia ver que ela estava tentando aliviar o ocorrido, no intuito, claro, de me impedir de sair dali e dar a surra que Jeremy merecia.

por TRÁS *da* FAMA

— Nina, não tem graça nenhuma! O cara foi um boçal de maior grandeza! Quem ele estava achando que era?

— James, um mega-ator de cinema bonitão, que faz todas as mulheres arrancarem as roupas e pedirem para serem possuídas por ele, James — respondeu simplesmente.

— É isso o que ele causa nas mulheres? Inclusive em você? —Minha ironia suplantou a ira que estava sentindo.

— Claro. Ele estava segurando meu pulso para que eu não arrancasse minha roupa ali mesmo.

Eu tinha que dar o crédito à minha garota. Ela respondia minhas ironias à altura.

— Poxa, eu causo isso também? — perguntei e me encaminhei diretamente para ela.

— Nossa, com você eu tenho que me segurar para não arrancar as suas roupas primeiro...

Deitei na cama novamente e abracei-a. Em instantes, ela estava embaixo de mim. Eu apoiei meu corpo em meus antebraços, para que não a esmagasse contra o colchão.

Marina conseguia fazer com que me esquecesse do que estava falando com o simples som de sua risada e a beleza de seu sorriso.

— Que canalha! Será que realmente somos assim? Ou parecemos ser assim?

Eu ainda estava pasmo com a imbecilidade do cara.

— Não, meu amor, você é lindo e um cavalheiro. Ele é um babaca. Talvez seja por isso que o cara está sozinho até hoje: nenhuma mulher aguenta tanta prepotência. Poxa, eu achava ele tão... tão... maravilhoso! Claro que antes de eu te conhecer — corrigiu ao final.

— Ainda estou puto. Que cretino! Vou ter uma conversa séria com ele.

— Uma conversa com meus punhos, óbvio. Mas ela não precisava saber daquele detalhe.

— Não, James. Você prometeu.

— Eu prometi ponderar sobre o assunto, mas isso é demais.

— Demais, nada! Você já deixou claro pra ele que eu sou muito mais que um pacote de carne macia *made in Brazil*.

Ela disse aquilo e beijou meu pescoço. Aquele era um ponto fraco que Marina descobriu que poderia me desarmar.

— Uhh... e que pacote! — Apalpei todas as curvas possíveis que estavam ao meu alcance. Que significavam todas, já que ela estava imprensada pelo meu corpo.

— James! Seu engraçadinho...

— Mas esse pacote tem dono. Só um dono! — eu disse de maneira possessiva.

Marina revirou os olhos.

— Por acaso está se esquecendo de que odeio me sentir uma propriedade?

— É verdade. Mas é jeito de falar. Não vejo nada demais em dizer aos quatro cantos do país que você é minha, Nina. Assim como eu sou seu. Relação de posse não precisa ser sinônimo de prisão. O que torna isso ruim é a forma como cada um lida com o sentimento. — Acariciei seu rosto, fazendo questão que ela entendesse que eu podia parecer um maníaco possessivo de merda, mas era movido por um amor profundo muitas vezes assustador até para mim. — Eu sempre vou te respeitar acima de tudo. Sempre. Mas se quiser, posso parar com esse instinto Neandertal — corrigi da melhor forma possível.

— Contanto que você entenda que não sou um objeto e tenho vontade própria, Jim, estou bem. Ainda mais sabendo que o instinto primitivo de mulher Neandertal também foi despertado em mim — ela retrucou antes de rir e mergulhar o rosto no vão do meu pescoço.

— Então vou poder continuar afirmando a todo palhaço que se engraçar que você é minha?

— Pode sim, meu amor. Agora será que podemos dormir? Estou tão cansada...

— Claro, meu anjo. Durma enquanto arquiteto o assassinato de Jeremy Hunttington, mas que fique parecendo acidental — brinquei.

— Sem graça! Amo você... — disse fechando os olhos.

— Eu também amo você, minha flor...

— Jim... — Marina me chamou sonolenta — Ele me chamou de flor de lótus.

— Filho da puta! Ainda poluiu meu apelido.

Quando percebi que ela estava dormindo, pude dar vazão à minha raiva. Acredito que xinguei todas as gerações de antepassados e futuros descendentes do cretino. Na verdade, se lhe desse uma surra, faria questão de aleijar sua anatomia e impedir que minicretinos nascessem dali. Era cruel, mas eu estava puto.

Deixei Marina dormindo e fui tomar um banho frio com o intuito de esfriar minha cabeça.

por TRÁS *da* FAMA

Cena 32

Carl bateu à minha porta logo cedo, entregando um buquê gigantesco de rosas. Fiquei sem entender, pensando que poderia até mesmo ser obra de algum diretor ou colega de elenco, ainda no embalo das condolências pelo acidente. Qual não foi minha surpresa e choque imediato ao perceber que na verdade, as rosas eram de ninguém mais, ninguém menos que Jeremy Hunttington.

Com um bilhete meloso, cheio de pedidos de desculpas, ele tentava amenizar sua grosseria com palavras adocicadas que seriam capazes de fazer uma pessoa diabética entrar em coma imediato.

— O que o cara está querendo agora? — perguntei irritado. Claro que para mim era meio óbvio, afinal, ele não gostaria de ficar sujo diante da minha pessoa, devido à forte influência que eu poderia ter sobre alguns diretores ou produtores de cinema. Embora Jeremy fosse mais velho que eu e tivesse mais anos de prática como ator, eu era muito mais requisitado e valioso que ele na indústria cinematográfica.

— Sei lá, garantir o nome na lista — Marina respondeu, rindo.

— Já disse que não tem graça. — E realmente não achei porra de graça nenhuma.

— Sei lá, Jim, vai ver não quer se indispor com você, não quer perder uma fã, sei lá... Ficou com medo de fofocas... Será que podemos esquecer o assunto? Garanto pra você que quem ficou mais chateada nessa história toda fui eu.

Eu tinha que aprender a compreender isso. Marina era a pessoa que havia sido ofendida e que deveria estar com a confiança abalada. Não eu. Mas o amor fazia isso com você. Ele te coloca de joelhos e fazendo birra como uma criança, quando o objeto do seu amor era aviltado, como Marina fora.

— Eu sei, meu amor, e ainda estou revoltado. Você nem se parece esse tipo de moça — falei mais para mim do que para ela. Infelizmente, seus ouvidos eram biônicos.

— E "esse tipo" precisa ter estereótipo, James? O que mais me deixou puta foi ele achar que, por ser brasileira, sou fácil. Será que fui tão fácil assim? Pra você, quero dizer...

Eu podia sentir que agora ela estava completamente revoltada.

— De jeito nenhum! Você foi é bem difícil! Achei que não ia conseguir nada com você — respondi tentando aliviar minha gafe. — Ainda bem que não desisti... Meu poder de sedução surtiu efeito, demorou, mas surtiu. — Fiquei satisfeito quando ela riu comigo.

— Seu bobo. Mesmo assim, coitado do Alexandre. Tentou dois anos ininterruptamente e não conseguiu nada. E você em pouco mais de um mês, já tinha tudo nas mãos, literalmente — ela disse ainda rindo.

Eu a abracei e beijei o topo de sua cabeça, passando minhas mãos em suaves círculos pelas suas costas.

— Significa que você nasceu para ser só minha, de ninguém mais.

— E você, James? Vai ser só meu, daqui em diante? — Ela ergueu a cabeça e olhou diretamente nos meus olhos.

Puta merda! Eu poderia jurar que se um olhar pudesse ter o poder de esmagar minhas bolas, eu diria que era aquele. Os olhos de Marina abriam sua alma de uma maneira única. Era um misto de descrença, confiança, amor, ternura, medo, tantas emoções nitidamente claras naquelas íris castanhas.

— Só seu, meu amor, de corpo e alma. As fãs terão só os meus personagens, você vai me ter por inteiro — respondi e realmente quis dizer isso. Marina era a única que poderia me ter em sua mão. O que lhe dava um poder gigante. Eu a abracei mais apertado ainda.

Marina retribuiu meu abraço e ficamos naquele ajuste por... sei lá... minutos.

— James, eu não quero encontrar tão cedo o seu adorável colega de elenco — disse com sua voz abafada, mas pude perceber o leve tremor. Por mais que ela estivesse levando o assunto numa boa, eu sabia que havia ficado mexida com a situação.

— Tudo bem, meu amor. Para você esquecer este incidente, eu tenho uma surpresa.

— Surpresa? Oba, que tipo de surpresa? — Ela soltou-se do meu abraço e bateu palmas euforicamente. Parecia uma criança em uma loja de doces.

— Vamos ver se você gosta de uma coisa... — disse enigmático.

Consegui que ela não se atrasasse para se arrumar e nos dirigimos ao carro. Carl já havia dito que um novo motorista estava à disposição, para ser observado em sua conduta e talvez poder ser contratado mais à frente.

Orientei o endereço para o qual ele deveria seguir e saquei meu truque infalível do bolso.

— Quero que você confie em mim, *okay*? — perguntei e Marina acenou em concordância.

— Ótimo. Vire-se e fique bem quietinha.

Coloquei uma venda nos olhos de Marina, não sem antes deixar de registrar a surpresa estampada. Dei-lhe um beijinho suave apenas para lhe dar segurança.

Era difícil me conter, quando poderia observá-la livremente sem que ela sequer se desse conta do fato. Embora, tenha começado a ficar inquieta. Provavelmente ser observado acintosamente causasse isso.

Olhei para o seu perfil lindo e percebi que ela remexia suas mãos nervosamente.

Dei-lhe um beijo casto, mas que não durou muito em suas intenções, já que quando afastei meus lábios dos seus, percebi que ela se entregaria para muito mais.

Aproveitei a oportunidade e sempre que queria, a beijava em momentos completamente alheios à sua consciência. Quando ela menos esperava, eu tascava-lhe um beijo ardente. Quando ela pensava que aprofundaria um beijo, eu a deixava na espera e apenas acariciava seus lábios com os meus.

— James, acabou? — Marina perguntou depois de alguns segundos em silêncio.

— O quê? — perguntei fingindo inocência.

— Os beijinhos... estava tão bom, tão gostoso.

Não consegui segurar meu riso e nem mesmo minha libido, aparentemente, já que a puxei para o meu colo e comecei a atacá-la como um homem faminto diante de um manjar.

Como ela estava com os olhos vendados, sua expectativa era intensa. Eu trilhava seu pescoço e colo com beijos, enquanto afagava com meu nariz, fazendo-lhe cócegas. Quando ela virava o rosto em busca da minha boca, eu apenas a deixava na espera. Era uma tortura doce e suave. Tanto para ela quanto para mim.

Chegamos ao endereço desejado e parei minhas gracinhas, ajeitando as roupas de Marina, para que quando o motorista abrisse a porta, não tivesse nenhuma visão privilegiada do que era só meu.

por TRÁS *da* FAMA

Ajudei minha garota a sair do carro e fui guiando-a pelo caminho, sempre perto o suficiente para que ela não sentisse medo por estar completamente cega.

— Agora, quero que você seja uma boa garota e feche seus olhos, mesmo depois que eu retirar a venda, entendeu? Você só poderá abrir os olhos quando eu falar, combinado?

Com a concordância de Marina, retirei o tecido e dei-lhe um beijo na nuca, ajustando-me ali para que ela se preparasse para a surpresa.

— Pronto, meu amor, abra os olhos e me diga o que você está vendo.

Por alguns segundos, tudo o que poderia ser ouvido era o silêncio e o crepitar de um ou mais sons ao redor.

— O que é isso? — ela perguntou sem entender.

Eu estava ansioso. Sequei minhas mãos suadas, esfregando-as na calça.

— Nossa casa! — falei e fiquei à espera de uma reação sua. — Gostou? Quer dizer, se você não gostar dessa, podemos ver outra...

— Você comprou essa casa, James? Para nós? — Ela se virou repentinamente e pulou no meu colo. Como eu não estava nem um pouco preparado, acabamos os dois no chão de pedregulhos.

— Acho que você gostou... — disse feliz, enquanto tentava me recompor.

— James, é linda! Nunca imaginei que fosse esse tipo de surpresa! — vibrou eufórica e subitamente começou a chorar. Não! Não! Marina chorando não era algo que eu quisesse contemplar! Naqueles olhos belíssimos só poderia haver felicidade extrema.

Eu a abracei tentando fazer com que suas lágrimas desaparecessem. Levei-a até a porta da nossa nova casa, ansioso para que ela contemplasse o interior e afirmasse que minha escolha havia sido acertada. Toda a parte de decoração poderia ficar nas mãos dela, se assim fosse sua vontade. Mas precisava saber se o espaço, as acomodações e o estilo da casa seriam do agrado dela.

Alguns móveis já estavam dispostos de modo que poderíamos nos mudar imediatamente, o mais rápido possível. Embora eu achasse que Marina iria querer aguardar todos os trâmites do casamento.

Passeamos por todos os espaços e cômodos, e o olhar maravilhado de Marina me deixava emocionado porque eu tinha certeza de que ali seríamos felizes ao extremo. Mostrei que a casa era supersegura, com sistema único e exclusivo de segurança.

Para completar a surpresa, levei-a à garagem, onde poderia mostrar meus "bebês". Afinal, eu era um homem que curtia máquinas possantes, embora não pudesse usá-las quando bem queria.

Ali ao lado do meu bem precioso Bugatti Veyron, havia um mini Cooper prateado, que havia comprado exclusivamente para o uso pessoal dela, quando e sempre que ela pudesse, claro. Quanto a este quesito, estava um pouco receoso e quase voltei atrás na decisão de dar-lhe um carro de presente, porque depois do acidente tudo o que eu mais queria era sua segurança completa e absoluta. Se antes eu já era protetor ao extremo, agora eu estava um pouco além da conta. Até mesmo eu sentia isso.

— O Bugatti é meu, lógico. O outro seria seu, mas resolvi mudar de ideia... — disse, mas pedi que ela esperasse antes de falar qualquer coisa.

— Ah, por quê? Você não disse que eu poderia dirigir quando eu estivesse adaptada às leis de trânsito? Qual é, James, eu tenho carteira, sabia?

— Eu sei, mas mudei de ideia quanto ao modelo do carro. Vou deixar a Range com você para seu uso pessoal, ou outro carro robusto que você queira.

— Por quê? — perguntou sem compreender a extensão da minha preocupação.

— Porque a Range se mostrou muito eficaz e segura, se fosse outro carro qualquer não creio que você tivesse saído pouco machucada — respondi e as imagens do carro capotado vieram imediatamente à minha mente.

— Ah, entendi.

Deixamos a garagem para trás e segurei a mão de Marina, guiando-a pelos jardins dos fundos da mansão.

— Eu quis mostrar a casa primeiro a você, antes de qualquer pessoa. Depois acabei me tocando que sua irmã também participaria da sua felicidade, então eu deveria tê-la trazido junto, meu lado egoísta não raciocinou desta forma. Sinto muito. — Acabei me desculpando porque podia perceber que Marina estava extasiada e sempre falava que sua irmã iria pirar.

— Tudo bem, Jim — disse e deitou a cabeça no meu ombro.

Nem sei por quanto tempo ficamos ali abraçados, naquela tranquilidade e compreensão mútua.

Quando estávamos voltando para o hotel, resolvi expor meus planos mais ousados. Eu sabia que muitos seriam contestados, mas poderíamos entrar em um consenso. Era isso o que mais me encantava em minha Nina. Nós poderíamos arguir sobre vários assuntos, discordar, rebater, mas sempre um ou outro cedia em prol do relacionamento. Marina não usava arti-

por **TRÁS** *da* **FAMA**

manhas femininas para conseguir tudo do seu jeito.

— Amor...

— Hum?

— Nos mudaremos para a casa nova logo após o casamento, como eu bem sei que será seu desejo — disse e percebi que tinha captado toda a sua atenção. — Acredito que dentro de duas semanas, tudo já esteja arranjado e a casa pronta, desde que você defina se quer acrescentar algo mais na decoração, que não possa esperar para ser feito com calma.

— Hã? Como assim, duas semanas?

— Na verdade, meus prazos estão mais ou menos assim: eu gostaria muito que nos casássemos no dia 25 de fevereiro.

— O quê? — Marina quase pulou do assento. — Isso será em três semanas, James!

— Eu sei. Porém, a data é importante para mim. Não sou muito dado a comemorar aniversários e afins, mas gostaria muito de firmar nosso compromisso exatamente neste dia. Pensei em uma festa simples nos jardins da mansão, com alguns convidados, sua família, claro, além da minha e...

— Seu aniversário é dia 25? — perguntou chocada. Detalhe para o fato de que ela sequer se ligou nos planos e sim na data em si.

— Olha só, não há razão para que esperemos muito mais tempo — argumentei e segurei suas mãos quando vi que ela estava nervosa. — Iremos ao Brasil em duas semanas, ficaremos os poucos dias que combinamos, resolveremos toda a papelada e detalhes no seu país. Quando voltarmos, em uma semana acredito que consigamos deixar tudo equilibrado para que a festa aconteça. É um prazo razoável para sua família se mobilizar.

— James...

— Claro que todo o transporte e hospedagem ficam por minha conta.

— Não é isso — ela tentou articular algo para dizer. — Achei que você tivesse dito a Mariana que a cerimônia seria em a dois meses.

— Mudança de planos — informei sucinto.

Chegamos ao hotel e quando estávamos quase no quarto, Madson me ligou dizendo que a equipe da revista Vogue nos aguardava na sala de imprensa. Eu tinha me esquecido totalmente daquele compromisso.

Levei Marina até nosso quarto e a informei da entrevista.

— A revista vai fazer uma cobertura breve sobre o acidente, nosso casamento em poucos dias e mais alguns detalhes — disse enquanto trocava a camisa por outra. — Assim acredito que conseguiremos domar um pouco a curiosidade alheia sobre o evento.

— Hum...

Dei-lhe um beijo áspero e breve. Eu queria ficar enclausurado ali dentro com ela, mas o dever me chamava.

Consegui com que a entrevista da revista Vogue fosse rápida e sem enrolação. Dei os detalhes que queria que fossem divulgados tanto sobre o acidente quanto sobre nossos planos futuros.

Graças a Deus, a equipe já era conhecida e foi tranquilo cumprir aquele compromisso.

Creio que devo ter levado menos de cinquenta minutos entre deixar Marina no quarto e retornar.

Quando ela abriu a porta, estava deliciosamente vestida em um roupão confortável e acolchoado, revelando que não devia haver nada por baixo. Óbvio que meu corpo respondeu imediatamente e antes que pudesse partir para uma investida, meu celular vibrou com uma mensagem de texto.

— Droga! — Não consegui conter a irritação.

— O que houve?

— Jenny deve estar chegando em alguns instantes para ajudar você a organizar uma mala rapidamente.

— O quê?

— Amanhã tenho cobertura da imprensa em NY, sobre o novo filme, com divulgação e mais chatices relacionadas a isso. Quero que você vá comigo. Jenny está trazendo alguns itens de inverno, já que no norte é bem mais frio.

— Eita, e você me informa assim desse jeito? E se a coletiva for rápida, não seria melhor você ir sem mim? — perguntou nervosa.

Eu sabia que Marina ainda ficava extremamente constrangida em ser vista na minha companhia, ou seguir a série de compromissos comigo. Ela realmente ficava exposta aos olhos do público.

— De jeito nenhum. Vou aproveitar e te apresentar Nova York. Ou você já conhece? — perguntei incerto.

— Não, seu bobo, além desta viagem, eu só tinha ido para Orlando. Sabe como é, né?! Disney na adolescência, essas coisas... Costumes brasileiros. — Percebi que estava sem graça. — Mas vamos ficar quantos dias?

— Dois. Mas vai dar pra te levar em uns agitos bem legais. Não vamos ficar mais tempo porque senão atrasamos nossos planos de viagem e está meio frio por lá. Não quero que você adoeça às vésperas da nossa ida ao

por TRÁS *da* FAMA

Brasil. Falando nisso, você tem noção que nossa estadia por lá também deverá ser rápida mesmo, não é?! — perguntei e puxei-a de encontro ao meu corpo. Tudo bem que não poderia fazer nada naquele instante sob o risco de Jenny nos pegar no flagra, mas não conseguia manter minhas mãos longe dela.

— Eu sei, mas você bem que poderia me deixar por lá e eu voltaria com a minha família.

— Esqueceu que você tem prova de vestido e tudo mais? — perguntei. Era estranho, mas eu não queria deixar tão claro minha insegurança em deixá-la sozinha no Brasil para seguir viagem depois.

— Ah, é mesmo! Não tinha pensado nisso... a propósito, quem está organizando tudo, Jim? — perguntou e ergueu uma sobrancelha bem delineada.

— Minha equipe de assessoria. Eu sei que fica meio formal desse jeito, mas já que você optou por um lance discreto, então seria mais prático deixar a galera ralar um pouco, não é?! Mas alguns detalhes cruciais deverão ser criteriosamente analisados por você. Tudo bem assim?

Eu precisava que Marina não percebesse minha ânsia em concretizar logo todos os meus planos e ter a segurança de tê-la ao meu lado para sempre.

— Tudo. Diferente do que eu sequer imaginei algum dia na minha vida, mas tudo é tão surreal mesmo que uma dose a mais não fará mal algum — falou, rindo. — Jim, queria tanto que você pudesse ficar mais tempo lá... Poderíamos conhecer algumas praias...

Eu percebi que seu tom era esperançoso.

— Ah, seria maravilhoso, eu sempre soube que as praias da Bahia são lindíssimas.

— São mesmo, praticamente todas as praias do Nordeste brasileiro são lindas, paradisíacas!

Eu queria deixar minha garota feliz, com todas as forças do meu ser.

— Olha só o que podemos fazer: depois da cerimônia na nossa casa, nós embarcamos para a França. Lá a gente deve ficar um pouco mais de um mês. Nas pausas de gravação, eu levo você para conhecer a encantadora Inglaterra e, depois de encerradas as filmagens, a gente embarca para o Brasil e passa uns dias com sua família. Vamos para algum *Resort* que você indicar e voltamos para o nosso lar. O que você acha?

— Meu Deus! Que agenda lotada de eventos extraordinários! Será que vou dar conta de tudo isso? Se vamos ficar mais de um mês na França, eu poderia fazer algo de útil por lá, um curso, talvez... Seria bem legal. Eu não ficaria na ociosidade o tempo todo nem te atrapalharia nas filmagens, o que você acha? — Marina perguntou empolgada.

— Pode ser viável. Vou pedir para alguém checar cursos pela região. Quer aprender a falar francês, *Mon Amour*? — perguntei e a abracei mais intimamente.

— *Oui, Monsieur* — ela respondeu com um biquinho lindo. — Poderíamos praticar o famoso beijo francês. Que tal?

Quase engasguei com a sugestão. Pelo fato de Marina ser inexperiente eu não acreditava que ela soubesse que já praticávamos efetivamente o beijo francês e que ela estava ficando craque em tirar meu chão apenas com o toque de seus lábios nos meus e do contato da sua língua com a minha.

— *Maravileux! Très Jolie!*

— Hum...

Antes que nosso embate caloroso pudesse ser concretizado, Jenny gritou do lado de fora:

— Deixem de safadeza os dois e abram logo esta porta!

Merda de agenda cheia de compromissos inadiáveis.

por TRÁS *da* FAMA

Cena 33

Com o raiar do dia, levantei-me antes de Marina e desci para organizar algumas coisas, além de arranjar um café da manhã para ela.

Quando cheguei ao quarto, ela já estava de pé e com cara de poucos amigos. Eu sabia que minha garota não era do tipo diurno. Especialmente levantando tão cedo.

Solicitei que depois que ela tomasse seu café, vestisse o agasalho com capuz, necessário para que conseguíssemos chegar intactos ao aeroporto para nosso voo.

Obviamente, o tumulto já estava às portas, tanto do hotel quanto da sala de embarque. Mesmo assim, conseguimos passar rapidamente e embarcar rumo à Nova York.

Embora eu detestasse voar em jatinhos, naquele instante pensei que deveria ter feito esta opção. Aquele era o grande problema com voos comerciais. Por mais que a companhia fosse extremamente eficiente em evitar distúrbios durante o voo por conta da presença de celebridades, eu sabia que, muitas vezes, só para chegar ao portão de embarque já era uma aventura de grandes proporções.

Estávamos viajando de primeira classe, o que nos isolava um pouco da maioria dos passageiros, e Marina olhava encantada para todos os lados. Aquilo era tão habitual para mim que nem sequer notava absolutamente nada. Marina me devolveu a alegria de compartilhar as pequenas coisas.

Nosso voo foi tranquilo e chegamos ao La Guardia até mesmo com certa antecedência. Como já havia prevenido Marina, e Jenny também tinha feito um trabalho sensacional, nossas bagagens de mão continham todos os itens necessários para que enfrentássemos a temperatura brutal de NY.

Mesmo com todo o aparato necessário, como cachecóis e gorros, ainda assim Marina ficou surpresa ao ver que havia uma multidão de fãs no saguão, bem como os malditos fotógrafos.

Graças a Deus, ela estava se tornando especialista em desviar a atenção do foco dos carniceiros. Abaixamos nossas cabeças e seguimos rumo ao carro que nos levaria ao Waldorf-Astoria.

Quando chegamos por fim ao quarto, Marina suspirou aliviada e começou a desempacotar-se. Ela estava tão bonitinha. Parecia um boneco da neve. Embora eu achasse que se falasse isso abertamente para ela, não seria muito benquisto.

Mal terminou de jogar seus agasalhos no sofá mais próximo e Marina deitou-se embaixo dos edredons, suspirando deliciada.

Comecei a rir.

— Ei, você está legal?

— Não, congelei do cabelo para baixo, mas acho que vou sobreviver — respondeu ainda com os olhos fechados.

Realmente o frio estava intenso. Abaixo de zero, na verdade. E com prenúncios de uma tempestade de neve.

— Hum, você quer companhia aí embaixo? Sabia que dois corpos se esquentam melhor? Mas para isso têm de estar sem roupa alguma — brinquei maliciosamente. Meu corpo não entendeu que era brincadeira. Já queria partir para a ação. Eu já retirava minhas roupas.

— Hum, nem com a SWAT você conseguiria me fazer tirar minhas roupas quentinhas! Acho que estou anestesiada aqui embaixo e não vou sair nunca mais. Pode ir para a sua coletiva, eu te espero aqui, imóvel. Não vou sair nem para ir ao banheiro.

— A coletiva é daqui a três horas, dá para fazer um monte de coisas até lá... — retruquei e ela abriu apenas um olho, desconfiada das minhas intenções. Garota esperta. — Tenho uma ideia excelente para fazer seu sangue ferver de novo. Vai tirá-la desse torpor. — Ri e entrei embaixo das cobertas, encontrando o corpo quentinho dela logo ali.

Acredito piamente que Marina não reclamou da forma como aqueci seu corpo para o frio que ela sentiu. Depois de mostrar a ela como dois corpos nus se esquentavam rapidamente, deixei que ela dormisse um pouco, afinal, éramos humanos.

Uma hora mais tarde, comecei a beijar seu pescoço, tentando despertá-la.

— James, fiquei com medo que meu nariz caísse de tanto frio — disse, rindo.

— Você não viu nada! Na época das nevascas, fica mais frio ainda. — Vi quando ela arregalou os olhos.

— Cruzes! E o povo sai de casa? — Seu tom de voz era de total descrença.

— Algumas pessoas não. Seria bem legal se nós resolvêssemos ficar presos em casa em um caso como esse... Acho que eu teria umas ideias bem interessantes para passar o tempo. — Ri.

— Sei, e essas ideias exigiriam ficar o dia inteiro na cama?

— Exatamente. — Era simples assim.

— E como comeríamos? — questionou e aquela era uma boa pergunta.

— Sei lá... Comida enlatada enfiada embaixo do travesseiro.

— Uau! — Ela começou a rir. — Estou sem um pingo de coragem de ir tomar banho, acho que vou virar hippie.

— Ou uma europeia, ou esquimó — completei, rindo do seu disparate.

— Droga de costume ultratropical! Não consigo ficar sem tomar banho! Se eu morrer congelada no banheiro você tenta me reanimar? — ela gozou da situação.

— Claro, minha respiração boca a boca é infalível... — concordei e mostrei na prática. — Mas me avise se realmente estiver sentindo frio, Nina. Os quartos e banheiros devem estar devidamente aquecidos, então, você não tem que sentir nenhum desconforto ou mudança de temperatura. A parte interessante de ter um aquecedor nessa época do ano é exatamente te passar a impressão de que do lado de fora não está tão congelante.

— E aí, quando colocamos o pé do lado de fora do saguão, percebemos que aqui dentro era um verdadeiro paraíso?

Tive que rir de sua lógica.

— Algo assim.

Somente depois de mais algumas tentativas, foi que consegui me desvencilhar do corpo quente de Marina, mesmo que esta não fosse minha vontade, e comecei a me aprontar para a entrevista que seria dali a algumas horas.

Eu me arrumei e esperei, recostado na cabeceira da cama, que Marina saísse do banho.

— Juro que se continuar frio desse jeito, esse será meu único banho do dia, tá bom? — disse quando voltou algum tempo depois.

— Tá bom. Vamos? Quer comer alguma coisa antes de enfrentarmos a fúria no auditório?

— Hã... não, estou sem fome. Mas um chocolate quente desceria bem.

— Então vamos, pequeno cubo de gelo — falei enquanto a puxava pela mão para fora do quarto.

— Engraçadinho...

por TRÁS *da* FAMA

Saímos abraçados e rindo do quarto. Segui rumo à ala destinada à equipe do filme e levei Marina para tentarmos descolar o tal chocolate quente que ela tanto queria. Era bom ter uma equipe preparada. Quando chegamos ao saguão, antes de adentrarmos na sala de conferências, Anne já trazia dois copos da Starbucks. Ouvi Marina suspirar deliciada quando sentiu o primeiro gostinho do chocolate.

A equipe me mostrava os lugares específicos onde eu e o restante do elenco nos sentaríamos e acabei me distraindo e aceitando que Marina vagasse a ermo pelo imenso saguão.

Vi o nome de Jeremy e percebi que o idiota ficaria ao meu lado, o que estava me irritando profundamente, porque eu ainda não havia conseguido engolir a ofensa que ele fizera à Marina.

Olhei à minha volta em busca de Marina, mas não a encontrei em lugar nenhum. Em instantes, Jeremy apareceu do nada com cara de poucos amigos. E vinha exatamente da mesma direção que agora eu poderia achar minha garota. O que significava que o imbecil estivera trocando palavras com ela. E pela cara de poucos amigos, eu acreditava piamente que Marina havia colocado o cara no lugar dele.

— Olá, Jim — ele me cumprimentou a título de teste. Muito provavelmente estava tentando averiguar se Marina me contara a merda que ele propusera ou não.

Apenas acenei com a cabeça porque não estava com paciência nenhuma para ser educado. E acreditava que aquele não era o lugar para aquele tipo de exposição.

— Jimmy, Jeremy — uma das produtoras nos chamou —, a entrevista já vai iniciar, gostaria que vocês se preparassem para entrar no palco pela parte de trás.

— *Okay.* — Com aquela deixa, pude me afastar do idiota. Meus olhos ainda buscavam a posição exata onde Marina poderia estar. Resolvi que deveria acalmar meus ânimos. Ela era crescida e já havia provado mais de uma vez que conseguia se sair bem em qualquer situação adversa.

Quando a gritaria começou, soube que as fãs que eram permitidas participar da coletiva já estavam a postos. A equipe de jornalistas do mundo inteiro, de diversos segmentos da dramaturgia e dos espetáculos, espalhava-se como um formigueiro no amplo saguão. A sala estava lotada, tanto que algumas pessoas realmente nem assento tinham.

A bateria de perguntas começaria assim que nos sentássemos à mesa.

— Sally Hingwood! — o cerimonialista anunciou o nome da atriz principal. Sally dirigiu-se ao seu local indicado e acenou para o público.

Eu podia sentir que Jeremy estava tenso ao meu lado. Como um leão enjaulado.

— James Bradley! — Saí para o meu assento específico e acenei para o público que gritava e aplaudia.

Era estranho. Aquele era meu mundo há anos, mas Marina conseguiu fazer com que eu tivesse uma visão diferente da realidade que enfrentava. Para mim, já era banal ouvir a gritaria, os aplausos, o tumulto. Nada mais daquilo causava o frisson que deveria causar.

Através dos olhos de Nina, pude ver realmente como as pessoas vibravam pelo simples fato de estarmos num determinado lugar. Embora tenha muita certeza de que muitas fãs se apaixonavam pelos personagens que eu interpretava, e não pela minha pessoa em si.

— Jeremy Hunttington! — O idiota veio e sentou-se ao meu lado.

Com as perguntas jorrando como uma enxurrada, respondemos uma a uma e mais de uma hora havia se passado.

Essa rotina de entrevistas e coletivas, campanhas de divulgação e tudo mais, que estava atrelada a uma produção cinematográfica, era extremamente cansativa. Necessária, claro, porém exaustiva.

As pessoas tendiam a enxergar apenas o glamour no mundo de Hollywood, quando, na verdade, funcionava como um trabalho qualquer, que exigia empenho e horas e horas de trabalho.

Quando tudo acabou, levantei-me rapidamente e fui me desvencilhando das pessoas que tentavam me cercar. Eu poderia ser atencioso com cada uma delas, mas tudo o que eu queria era aquela sensação de normalidade que só Marina conseguia me trazer.

Ouvi quando Jeremy chamou meu nome e acelerei meu passo. Se eu estava impaciente com fãs dedicados e que mereciam meu carinho e consideração, o que dirá com um imbecil que conseguiu extrapolar todas as linhas da civilidade possíveis.

Consegui me afastar, mesmo que ele ainda continuasse me seguindo e peguei Marina pelo braço, assim que a encontrei no cantinho do salão. Meus olhos buscaram a figura de Carl imediatamente, o que indicava que eu queria fazer uma saída rápida do local.

Claro que como meus planos já haviam sido traçados com Carl, muito antes de eu sequer piscar os olhos, guiei Marina pela saída do saguão.

por TRÁS *da* FAMA

Eu sabia que seria um risco sair diretamente pelas portas dianteiras, mas não me importei.

Marina seguia meus passos acelerados, sem nem ao menos reclamar nada. Eu mais parecia um homem em fuga. Quando o vento gelado de NY atingiu nossos rostos, veio acompanhado com os gritos de alguns fãs que estavam de campana por ali.

Acenei educadamente e conduzi Marina para o carro, que já se encontrava com as portas abertas.

Somente quando estávamos dentro do carro foi que pude respirar normalmente.

— Pooorra. Achei que não ia conseguir sair de lá sem dar uma surra no Jerry — admiti finalmente.

— Jimmy, você ainda não se esqueceu desse assunto? Porque eu já — ela disse e cruzou os braços.

Eu tentava não demonstrar o tamanho da minha irritação, mas era difícil. Nem com meu talento em interpretar eu estava conseguindo.

— Eu sei. Tanto é que vi você conversando com ele. — Joguei o argumento.

— Na verdade, não estava conversando, eu o estava dispensando — respondeu simplesmente.

— Ele te importunou de novo? — perguntei irritado.

— Não. Ele queria se desculpar outra vez. Mas acho que tem mais a ver com o ego dele do que com qualquer outra coisa.

— Como assim?

— Acredita que ele disse que nunca tinha se sentido rejeitado? Estúpido... — respondeu e soprou uma mecha de cabelo para longe do rosto. — É tão acostumado a ter as mulheres se acotovelando por causa dele que minha recusa em ser sua amiga o deixou magoado.

Jeremy estava entrando na minha lista de personas mais que non gratas.

— Idiota. Eu devia tê-lo colocado em seu lugar — resmunguei e podia sentir que estava nervoso.

— Conheci uma amiga, se é que posso chamar de amiga... Mas eu me diverti bastante.

— Quem? — Eu adorava a facilidade com que Marina conseguia se virar no meu mundo, como ela mesma dizia.

— Lauren Sempler, a filha do diretor.

— A Lauren? Ela estava lá? Paul não gosta de trazê-la em coletivas porque ela fica frenética. — Sorri me lembrando da última à qual ela com-

216   M. S. F A Y E S

pareceu e quase desmaiou quando me foi apresentada.

— Ah, achei-a divertidíssima... Sabe que ela me contou umas coisas bem interessantes? — Marina falou com uma sobrancelha arqueada.

— É mesmo? O quê, por exemplo? — Olhei para ela, desconfiado.

— Que eu recebi um convite para fazer um filme, mas meu agente recusou — respondeu irônica.

— Que agente? Ah, eu! — Percebi que ela estava me zoando. — Não é que recusei... apenas disse que você teria que estudar tudo com muita cautela. Que as coisas não eram bagunçadas assim... — disse indignado.

— Hum... só isso o motivou? — perguntou com os braços cruzados.

— Vou ter que admitir que a ideia de ver minha mulher beijando outro cara, que não eu, também pode ter sido um pouco indigesta... — admiti a contragosto.

— James, você é muito cara de pau! Não terei que ver você beijando outras atrizes por aí? — Riu e fingiu-se de brava.

— É diferente, você me conheceu já ator... Eu te conheci pura e intocada — argumentei e a abracei fortemente.

— Mas, James, seria só beijo técnico! Você poderia até me ensinar...

A espertinha estava me provocando.

— Nem pensar! Em hipótese alguma! — Cruzei os braços e fui categórico. Eu não queria ser um cara tão possessivo, mas não poderia negar que era.

— Tá bom, vou me resignar a ficar em casa.

— Ótimo! — Dei-lhe um beijo no nariz.

— Mas ela disse que eu poderia ser modelo... Aquelas fotos deram certo, eu poderia investir na carreira, o que você acha? — Ela sacudiu as sobrancelhas para mim.

— Hum, as fotos ficaram maravilhosas mesmo, tenho que concordar. Mas não sei se quero você exposta mais do que já está sendo por aí... — Meu lado ciumento aflorava todas as vezes que me dava conta que Marina já chamava atenção por si só.

— Ah, James, só umas fotos de biquíni não farão mal algum! — Ela continuou me irritando.

— De jeito nenhum, já disse que esse aspecto da sua formosura só eu posso ver!

— Nossa, você está mais careta do que antes. — Ela riu.

— Estou mesmo! À medida que as pessoas vão te conhecendo, mais vão te querendo... Veja o Jerry, por exemplo: temo que sua dispensa tenha

por TRÁS *da* FAMA

atiçado o instinto de caça dele. — Esse era um temor real que me assolava.

— Olha quem fala. Por um acaso não sou eu que tenho que dividir você com um zilhão de mulheres espalhadas pelo planeta Terra?

— Dividir não, sua boba... Eu sou seu, lembra? Só seu! Você só divide minha imagem, meus personagens. Apenas isso — disse e a olhei com seriedade.

Puxei seu corpo firmemente contra o meu e contemplei os olhos que tanto amava.

— Sabe que houve uma época, logo depois do sucesso de *Maverly Island* que achei que ia ficar louco? Nessa época, sim, eu bebia um pouco além da conta... queria ser eu mesmo e na verdade as pessoas queriam o personagem. Elas me viam e achavam que estavam vendo o cara do filme. Isso quase surtou minha cabeça, mas daí fui fazer terapia e me ajustar à sociedade de novo. Comecei a aprender a lidar com o sucesso repentino, as fãs, a mídia, tudo. Se não tivermos a cabeça no lugar, dá pra pirar. Sucesso, dinheiro, fama, mulheres, balada, tudo à mão, disponível na hora que você quiser... Isso dá pra fundir uma cabeça mais fraca. Além do mais, ficamos completamente à mercê da fama. Conheço alguns artistas que surtaram quando não foram reconhecidos pelos fãs nas ruas. É até estranho, porque é uma contramão do que você vive ou suporta.

— Como assim?

— Quando somos famosos, não temos um pingo de privacidade, como você já deve ter percebido. A nossa liberdade fica restrita. É como se estivéssemos em um aquário e fôssemos observados o tempo todo, e a sensação de afogamento é bem real. Mas como você mesma me disse uma vez, é o preço que pagamos por termos escolhido essa carreira. Só que isso vicia, e quando você cai no esquecimento e consequente anonimato, isso mexe com o ego. Daí muitos atores terem se afundado mais ainda na decadência e se acabarem em drogas, bebida e outras coisas mais. Sabe que tem artista que cava algum tipo de escândalo só para poder estar na mídia de alguma forma?

— Sério? Já ouvi falar de coisas assim, mas achei que fosse exagero.

— Isso rola. Pode crer — falei e me lembrei de alguns casos de amigos. Preferi não falar nada por enquanto, porque Marina ainda estava aprendendo a lidar com a loucura da mídia, logo mais ela acabaria tendo que se deparar com toda a podridão que existia por trás da fama.

— Poxa, que triste! Ser refém de sua própria escolha. Poderia ser tudo tão mais simples, né?!

— É. Poderia. Mas ainda bem que encontrei você, e agora não preciso me internar numa clínica de reabilitação.

— Hum?

— Foi graças a essa onda de boatos que nos encontramos e estamos juntos agora, lembra? — Beijei suas bochechas e sua boca macia.

— Ah, sim! Você me usou — brincou —, seu abusado!

— Isso mesmo! E você caiu na minha rede direitinho... — Abracei-a, quase colocando-a no meu colo. — Nina?

— Hum?

— Se eu tivesse simplesmente te chamado para sair naquele dia, sem subterfúgio nenhum de ajuda sua, você teria aceitado? — Essa era uma pergunta que já havia me passado na cabeça.

— Hum, não sei. Acho que não. Acho que iria pensar que seria só mais uma na sua lista enorme de conquistas e que você pudesse ser algum tipo de tarado hollywoodiano — respondeu, rindo.

— Até faz sentido. Mas ainda bem que o subterfúgio aconteceu, não é mesmo?

— É mesmo. — Marina virou-se quase de frente para mim. Seus olhos estavam vibrantes. — Mas, mudando de assunto. — Ela piscou os olhos várias vezes e segurei o riso. — E então, vou poder fazer algum filme, lascando um beijaço em algum ator megagato, tipo, James Bradley?

— Só se for um filme em que você está vestida de noiva e se dirigindo para o altar para encontrar comigo — disse e puxei-a finalmente para o meu colo. — Aí, sim, você pode fazer parte de uma filmagem. — Encerrei o assunto dando-lhe o esperado e afamado beijo cinematográfico. Um beijo muito, muito real. Porque de técnico ele não tinha absolutamente nada.

por TRÁS *da* FAMA

M.S.FAYES

Cena 34

Depois de um passeio rápido por Manhattan, onde levei Marina para fazer umas compras essenciais a toda mulher que se preze, voltamos para o hotel, ainda abarrotado de fãs acampados, mesmo com o frio que fazia naquela hora do dia. Marina suspirava deliciada toda vez que entrávamos em um ambiente climatizado, reclamando apenas do percurso onde tinha que arrancar o cachecol e luvas, para logo em seguida recolocar, quando saíamos de alguma loja na Quinta Avenida.

— James, por que divulgação e lançamento se o filme ainda está sendo rodado? — perguntou enquanto se desfazia de seus quilos de roupas.

— Por quê? Para atiçar a curiosidade do grande público! Você tem que lhes dar o gostinho na boca. Por isso se lançam *teasers* dos filmes, para a galera ficar curiosa e começar a marcar no cronômetro a data do lançamento oficial, sacou?

— Saquei, muito bem pensado — respondeu enquanto arrancava as botas dos pés e os massageava. — Posso ficar aqui no hotel enquanto você vai lá?

— Por quê? Você não quer ir comigo? — perguntei e me sentei ao seu lado na cama.

— É que estou com tanto frio, estou sem coragem de sair daqui...

— Nem para ir a um show da Alicia Keys depois? — Joguei minha carta surpresa que estava escondida na minha manga.

— O quê? O que você está me escondendo? — perguntou e quase pulou no meu colo em pura excitação.

— Já consegui os ingressos e tudo mais — respondi e esperei sua resposta. — Você não gosta dela?

— Mas e a festa? — perguntou, empolgada com a ideia. O frio fora esquecido.

— Vamos dar uma passada lá, mostrar as caras, dar uns sorrisos e tirar umas fotos, daí saímos à francesa e nos dirigimos ao *Rock* Center. — Eu delineei meus planos. — Armei até para você conhecê-la pessoalmente.

— Sério? James, você é o máximo, sabia? Como eu posso recusar? — Ela me deu um beijo quente e delicioso, daqueles com sabor de quero mais e simplesmente levantou-se, como se nada houvesse acontecido. Quando estava chegando à porta do banheiro, e eu ainda me recuperava do efeito daquele beijo, ouvi-a perguntar: — James? Que roupa temos que usar?

— Pode ser casual. A festa de lançamento é bem light — respondi ainda anestesiado.

— Posso ir de tênis?

Comecei a rir porque Marina era única em suas escolhas.

— Claro, vai lançar moda! — falei e a olhei intensamente. — Você já não sabe que está fazendo isso?

— O quê? — perguntou e colocou a cabeça para fora da porta do banheiro.

— As adolescentes estão adorando imitar seu estilo casual. O estilo "não-estou-nem-aí-pra-nada-e-ainda-fisguei-James-Bradley" — falei, rindo.

— Sério? Que estranho! Isso é só porque me visto para mim mesma ao invés de me vestir para agradar outras pessoas?

— Exatamente. Elas adoram isso. Você passa um senso de liberdade — respondi e aquela era a pura verdade. — A maioria é tão escrava da moda, e você não.

— Hum...

Esperei que ela já estivesse debaixo do chuveiro para entrar junto e aproveitar o momento. Eu sempre achava engraçado como ela se assustava quando me juntava a ela no banho. E como Marina tomava vários banhos por dia, poderia dizer que estava adotando um novo hábito na minha vida.

Mesmo tentando a todo custo que ela cedesse aos meus encantos durante a ducha, Marina conseguiu se desvencilhar de mim e saiu rindo do banheiro. A alegação era que "de forma alguma em um clima frio como aquele ela se daria ao desfrute de um banho prolongado".

Quando saí do banho, momentos mais tarde, já que aproveitei para esfriar meus ânimos, Marina estava olhando contemplativamente pela janela do quarto do hotel.

Eu a abracei por trás e apoiei meu queixo em seu ombro.

— Pensando em desistir de sair? Posso pensar em algo melhor para fazermos no calor do nosso quarto... — falei preguiçosamente.

— Não, já que estou pronta, agora quero sair. Nesse frio me falta coragem para tirar a roupa... — Beijei seu pescoço e me deliciei com seu riso baixinho.

— Ui. Essa doeu.

— Por quê? — perguntou sem entender.

— Tirar a roupa estava nos planos da oferta anterior...

— Ah, seu maníaco. Não era desse tipo de tirar a roupa que estava fugindo! Além do mais, no outro tipo você pelo menos me deixa fervendo, dá até para derreter uma geleira... — disse e virou-se de frente para mim, enlaçando meu pescoço.

— Uau, melhorou um pouquinho meu ego ferido...

— Seu bobo. — Marina riu e me beijou. Ou nos beijamos. Não sei bem quem começou. Ou sequer posso dizer quanto tempo ficamos ali juntos.

Era em momentos como aquele que tudo o que queria era o conforto de um lar comum, onde não precisássemos sair de casa para absolutamente nada, a não ser comprar comida.

Quando consegui convencer a mim mesmo de realmente sair naquela noite, ao invés de atacar Marina no quarto, nos dirigimos ao *nightclub* super-badalado do momento.

A festa de divulgação contava com um grande público de artistas da cidade, atores e atrizes da Broadway, produtores cinematográficos, modelos e atletas. Era uma promoção, onde a meta era encher de pessoas que atraíssem um público específico para o marketing do filme.

Em um dado momento, acabei me perdendo de Marina, na hora que eu fui solicitado para umas fotos publicitárias. Quando a busquei com meus olhos através do local abarrotado, vi que Jeremy estava conversando com ela, e Marina não parecia nem um pouco feliz.

Caminhei a passos largos e apressados, desvencilhando-me das pessoas à minha frente. Eu podia sentir que meus olhos soltavam faíscas de ódio.

— Olá, Jerry. Já não tínhamos combinado que para prevalecer o bem-estar em nosso convívio, você não dirigiria a palavra à minha noiva? — disse buscando uma calma interior que não existia de forma alguma.

— Ah, sim, eu só quis ser gentil depois da maneira grosseira como me comportei — o idiota disse ironicamente.

— Pois bem, poupe-nos da gentileza. O que você tinha que fazer, já fez, pedi que você não a procurasse em hipótese alguma e fingíssemos que vocês não se conhecem. É pedir muito a você? — perguntei irritado. Eu puxava Marina para mais perto de mim. Até mesmo como uma forma de me acalmar.

por TRÁS *da* FAMA

— É, sim, é difícil ignorar uma belezura como ela...

Quando o imbecil disse aquilo, a fúria prevaleceu e foda-se se estávamos em uma festa de divulgação onde a imprensa poderia fazer a festa com algum escândalo fresquinho. Eu queria esmurrar aquela cara cínica.

Avancei alguns passos e Marina segurou meu braço, desesperada. Ela se aconchegou às minhas costas e falou ao meu ouvido:

— Jim, por favor, por favor, vamos embora agora? — Sim. Minha garota estava apavorada. Eu nunca havia visto antes aquele medo estampado em seus olhos. — Por favor, vamos, eu não quero estragar a noite.

— Tudo bem — cedi e me virei de frente para Jeremy novamente —, mas vou te avisando, Jerry: se você se aproximar novamente dela ou ela se sentir incomodada por sua causa, acabo contigo, entendeu? Não estou brincando!

Jeremy deu um sorrisinho enviesado e levantou o copo de uísque como se estivesse me brindando.

Seu olhar nunca abandonava Marina. Eu não sabia qual seria o desfecho daquela situação, mas se Jeremy não se contivesse, eu honestamente estava pouco me lixando para escândalos e problemas no set de filmagem.

Levei Marina dali e percebi o tanto que tremia de nervosismo. Eu a abracei e tentei que se acalmasse para que nossa noite não fosse estragada por conta do infeliz. Carl já nos esperava do lado de fora e quando entramos no carro, olhei para Marina, que ainda parecia estarrecida.

— Meu amor — chamei sua atenção, mas ela não olhava para mim. — Marina.

Quando seus olhos se encontraram com os meus, pude ver as lágrimas não derramadas.

— Por favor, não vamos permitir que o cara estrague o que você me prometeu, tá? — pediu e eu a abracei.

Ficamos em silêncio até a chegada ao Madison Square Garden, onde seria o show de Alicia Keys.

Assim que chegamos, Carl nos guiou pela entrada exclusiva para VIPs e nos acomodamos no camarote que havia reservado. Vários outros artistas dividiam o espaço, mas Marina sequer se dava conta das personalidades. Quando entramos no show, ela esqueceu totalmente o conflito anterior e resolveu realmente aproveitar a noite.

Em um determinado momento, ela se afastou e vi quando voltava do balcão de bebidas com dois copos.

Peguei o meu sem nem ao menos esclarecer que estava puto porque ela havia saído do meu lado.

Marina bebericava seu drinque, e eu temia que, sendo alcoólico, ela acabaria sentindo mais tarde, mas ainda assim não falei nada. Ela dançava todas as músicas, cantando e acompanhando as baladas com movimentos sensuais de seu corpo.

Em um determinado momento, me acheguei ao seu corpo e me satisfiz. Quando ela percebeu que era eu, deitou a cabeça no meu ombro e continuou balançando de acordo com a música.

— Sabe que você até que fica interessante bêbada? — sussurrei em seu ouvido.

— Bêbada? Quem está bêbada? — ela perguntou e sua voz já estava engrolada.

— Acho que você não percebeu que sua bebida era *Frozen*, não é mesmo? — Ri suavemente e beijei seu pescoço suado.

— Poxa, mas estava uma de-lí-cia! Vou querer outra daquela... — disse e tentou soltar-se do meu agarre.

— De jeito nenhum, nós vamos para casa. O show está quase no fim.

— Ah, agora você está falando comigo, não é?! Eu não quero ir embora de jeito nenhum. Você está mal-humorado, não gosto de você assim.

— Nina, não estou mal-humorado com você. Vamos, não dá para explicar com você desse jeito. — Eu estava tentando ser discreto, mas já estávamos atraindo atenções.

— Que jeito? Eu tô superLE-GAL... uhuuu! — gritou e tentou manter seu ritmo de dança frenética, mesmo que eu a estivesse quase carregando dali.

— Vamos embora. Sua cabeça vai explodir em poucos minutos...

— Por quê? Eu não estou sentindo nada. Minha cabeça tá legal! — resmungou e começou a rir. — CARACA, eu estou com calor! — Quanto mais ela ria, mais ela falava, só que em português.

Arrastei uma Marina completamente embriagada para o carro. Ela havia me dito que não bebia nunca, logo supus que realmente fosse fraca para bebidas alcoólicas, mas não imaginei que apenas uma taça de *Frozen* pudesse fazer aquele estrago.

Carl nos viu e imediatamente pedi que ele arranjasse uma garrafa de água com gás. Aliviaria um pouco a onda, até chegarmos ao hotel e eu poder colocá-la debaixo do chuveiro.

Ele voltou imediatamente com a garrafa.

— Espere um pouco aqui fora antes de eu dar o comando para partir-

por TRÁS *da* FAMA

mos, *okay?* — pedi e coloquei Marina dentro do carro.

— Nina, Nina... olha aqui pra mim e converse em inglês.

— Não, não quero, quero falar em português, assim ninguém vai me entender mesmo! — disse e começou a cantar.

Logo depois percebi que ela estava agoniada, suando e com os olhos arregalados. A onda de euforia havia passado.

— James, não estou legal — murmurou em português, mas fui capaz de compreender. Logo em seguida, começou a retirar as peças de roupas, arrancando casaco, blusa e praticamente o sutiã.

— Beba. — Foi minha única ordem enquanto eu embebia um lenço e passava em sua testa, pescoço e no colo de seus seios. Engoli em seco porque... porra... eu era homem. E ali na minha frente havia um banquete.

Depois que Marina conseguiu beber quase três goles de água, ela simplesmente apagou no meu colo. Olhei para minha garota e apenas sorri. Talvez aquele tenha sido seu primeiro porre. Eu poderia jurar que seria inesquecível.

Vesti o casaco em seu corpo e acenei com dois toques no vidro para que Carl entrasse e colocasse o carro em movimento.

Quando chegamos ao hotel, entramos pela ala reservada e pude descer do carro com uma Marina completamente desmaiada nos meus braços.

Enquanto eu decidia o que fazer depois, Marina alternava alguns episódios onde falava bastante.

— Jim, eu te amo de um tanto que dói — falava e eu podia entender a palavra "amor", mas o restante não, já que estava em português.

— Aquele filho da puta do Jeremy Hunttington, o que tem de bonito o homem tem de crápula, sem-vergonha. — Franzi as sobrancelhas ao detectar o nome do idiota em seus lábios.

Carl não falou absolutamente nada, o que já era ótimo. Apenas movimentou os botões do elevador e foi prestativo o suficiente para abrir a porta do quarto para mim, despedindo-se com um breve aceno de cabeça.

Fiquei sem coragem de colocar Marina debaixo do chuveiro, apagada como estava, então apenas peguei uma toalhinha limpa, umedeci e passei pelo seu corpo, quando retirei suas roupas impregnadas de suor.

Coloquei seu pijama favorito e ajeitei seus cabelos que estavam um pouco emaranhados, mas não me arrisquei a penteá-los. Deitei-a na cama e depois de me ajeitar no banheiro, troquei minha roupa e me acomodei ao seu lado.

Na expectativa de vê-la desperta, acabei perdendo o sono, então agarrei um livro qualquer e comecei a ler.

Era madrugada quando ela gemeu e virou-se na cama. Pelos olhos injetados, percebi que ainda estava meio grogue, mas a onda havia passado. A dor era evidente agora.

— *Argh*, que gosto horrível na boca! — resmungou quando tentou sentar-se desajeitadamente na cama. Percebi que ainda falava em português.

— Tome. Beba isto aqui, vai aliviar a dor de cabeça e o enjoo — contemporizei com um sorriso ao entregar um copo de suco e dois comprimidos de Ibuprofeno. — Ah, você já poderia voltar a se comunicar em inglês, por favor?

— Hã? Ah, desculpe... O que aconteceu? Digo, depois que eu... sei lá... não me lembro de muita coisa, acho que perdi alguns episódios da noite. — Pude perceber seu constrangimento.

Ah, perdeu mesmo! Desde o *striptease* até a dança frenética em cima do capô do carro...— Resolvi perturbá-la um pouco.

— O quê?! — gritou e imediatamente colocou as mãos na cabeça.

— Calma, é brincadeira! — tentei acalmá-la. — O *striptease* foi só para mim. — Eu ri e a abracei fortemente. — Agora fique aqui quietinha. Posso perceber que nunca tomou um porre na sua vida. Você é fraca mesmo pra álcool, hein?!

— Eu sou, nunca bebi nem cerveja... O que foi que bebi mesmo? Ah, aquele copo com uma fumacinha bem legal.

— Isso! Com o teor alcoólico altíssimo somado a um comprimidinho dentro— resolvi revelar minhas suspeitas.

— O quê? — perguntou aflita.

— Não se preocupe, já descobrimos o cara que deu a bebida batizada para você e ele vai se ver comigo depois.

— Como assim? Quer dizer que tinha droga na bebida? — Ela estava realmente chocada.

— Ecstasy. Deixou você doidona! — respondi, rindo, me lembrando da cena.

— James! Isso não tem graça nenhuma! Nunca usei nada disso na minha vida inteira!

— Eu sei, meu amor, por isso vou arrebentar o cara amanhã.

— James — Percebi que sua voz estava embargada. — Estou tão sem graça — disse e parecia estar prestes a chorar.

— Ah, não, Nina, nem pense em chorar... Guardadas as devidas pro-

por TRÁS *da* FAMA

porções, foi bem interessante e engraçado. E muito excitante também! Não sabia que você dançava tão bem, até mesmo nas músicas lentas.

Mesmo em minha tentativa débil de fazer com que ela se sentisse melhor, ainda assim Marina deitou a cabeça no meu ombro e deixou escapar algumas fungadas sutis. Eu sabia que o choro não seria benéfico, associada à dor de cabeça por conta do efeito tardio, mas eu não poderia impedi-la de sentir-se mal.

— Já reparou que só faço você passar vergonha? — perguntou fungando.

— Que nada, eu me diverti muito! Já te disse mais de um milhão de vezes.

— Então, o que eu perdi? — Suas lágrimas já eram inexistentes agora, mas a voz continuava rouca.

— Bem, você dançou e cantou muito, requebrou bastante, nem sabia que você tinha esse gingado todo! — brinquei e levei um beliscão. — Depois que arrastei você para o carro, os efeitos foram mais rápidos: você arrancou a roupa e desmaiou. Dormiu... na verdade, apagou, e não pude nem fazer o que eu estava com vontade.

— E? — Ela estava preocupada com o restante do relato.

— Aí te trouxe para o quarto tentando tapar sua boca, já que você bêbada fala mais do que uma matraca, tirei suas roupas, coloquei seu lindo pijaminha — fingi estar arrasado — e, de novo, não pude nem fazer nada do que eu gostaria.

— E do que eu falei mais que uma matraca?

— Ah, várias coisas, mas, como você não tem nenhum botãozinho de tecla SAP, não pude entender nada. Só a parte do "eu amo você, Jimmy", isso eu entendi. Droga, Nina, por que você tinha que tagarelar em português? Eu não pude reter informação nenhuma! — resmunguei.

— Hum, sei lá, se o que falei tiver sido embaraçoso, melhor que fique em segredo linguístico mesmo.

— Não gostei. Você falou muito do Jerry, queria saber o que era.

— Provavelmente que eu queria descer a mão na cara dele, e que não gosto do jeito que ele me olha e que não quero você brigando com ele. Não que você não possa acabar com aquele imbecil, mas iria gerar um clima ruim no estúdio, e por minha causa. Além do mais, não quero fofocas envolvendo nossos nomes. Já pensou sobre o que sairia? Nossa, James! — Ela se sobressaltou. — E o que será que vai sair amanhã sobre o evento de hoje?

— Nada, provavelmente. Só que você dança muito bem. Pena que não deu pra você conhecer a Alicia! Ela ficaria chocada com sua *performance* — zombei.

— Sem graça! — Ela me deu um murro no braço.

— Você gosta mesmo de dançar, né?!

— Gosto. Sou meio eclética quando se trata de música. Eu gosto de dançar, mas não de sambar, por exemplo, o que choca os estrangeiros, já que eles acham que todo brasileiro deve ter samba no pé. Não sou fã de carnaval, então não faço muita questão da prática. Na verdade, já tive várias fases musicais na minha vida. Desde música *country*, forró, axé *music*, até *new age*. Mas temos o gosto bem diferente, não é? Eu nunca fui muito fã de *rock* e você é um aficionado. Isso te incomoda?

— De jeito nenhum. Cada um tem seu gosto pra música. Além do mais, os opostos se atraem, não é verdade?! Eu já te disse que gosto de tudo em você? — Eu a abracei tentando deixá-la tranquila.

— Jimmy, já reparou que não sabemos muito um do outro?

— O que importa? Vamos ter o resto das nossas vidas para nos conhecer, saber sobre cores, filmes, músicas, flores preferidas etc. — Senti que seu corpo ficou maleável junto ao meu. Era tão fácil simplesmente conversar com ela.

— Hum, e coisas do passado de cada um?

— Eu não me importo com o seu, você se importará com o meu? — perguntei um tanto quanto preocupado. Eu sabia que eu tinha bagagem.

— Não, mas sei lá, se vamos formar uma família, não deveríamos saber essas coisas? — Ela virou-se para mim e olhou no fundo dos meus olhos.

— Tipo?

— Sei lá, herança genética...?

Achei engraçada a preocupação tardia. Mas assim era Nina. Sempre me surpreendendo.

— Minha família não tem nenhuma doença genética, a sua tem?

— Não.

— Então pronto. O que mais? Ah, o que eu já consumi de drogas ilícitas não poderia afetar minha *performance* genética — falei mais para mim mesmo do que para ela.

— Hum...

— Também sempre me preveni sexualmente, e minha lista não é tão grande quanto parece.

— Hum, e o que eu devo entender por "não é tão grande quanto parece"? — Senti o tom preocupado na questão.

por TRÁS *da* FAMA

— Sei lá, dezenas de namoradas, quero dizer, ex-namoradas — corrigi rapidamente. — Nunca pensei em casar antes, nem perto disso, até conhecer você. O relacionamento mais longo que tive foi com uma antiga namorada de colégio, também do teatro inglês, chamada Chelsea Flemming, mas ela saiu do meu pé faz tempo. Diferente desse seu Alexandre.

— Não é meu mais, e ele não está no meu pé. Está vendo ele aqui? — falou e ergueu o pé delicado para fora da coberta.

Trocamos mais informações sobre coisas bobas e essenciais. Depois de rirmos um pouco, senti que Marina já começava a se aconchegar ao sono. Como ela havia tido uma noite altamente atípica, deixei que dormisse tranquilamente, sem que eu avançasse e quisesse sanar meus desejos sexuais. Com Marina, eles nunca ficavam satisfeitos. Eu sempre queria mais, mais e mais. Bastava que meu corpo se encostasse ao dela e o maldito criava vida própria. Era ao mesmo tempo constrangedor e edificante. Saber que ela tinha esse poder responsivo sobre minhas necessidades fisiológicas.

Marina continuava dormindo quando me levantei e fui ver o que minha agenda comandava. Eu vi que tinha que assinar contrato com a Paramount dali a uma hora e resolvi deixá-la descansar, já que, provavelmente, ela acordaria com uma espécie de ressaca.

Escrevi um bilhete de meu próprio punho e coloquei em sua mesa de cabeceira, para que quando ela acordasse se deparasse imediatamente.

Vou assinar um contrato rapidamente nos escritórios da Paramount e volto em torno de uma hora. Por favor, não saia do hotel. Especialmente sozinha, senhorita Marina. Eu sei o quanto você gosta de explorar os ambientes, mas peço que aguarde meu retorno.

Sempre seu, com um amor mais do que infinito,
James Bradley.

Cena 35

A reunião estava prestes a acabar quando meu celular tocou e vi que era Jenny Duke na linha.

— James.

— *Jimmy! Estou quase chegando ao hotel para entregar alguns vestidos para a Nina. Deixei separados dois trajes masculinos para que você escolha, embora eu prefira o azul-escuro, mas você é teimoso como uma mula.*

Jenny falava como uma metralhadora ambulante.

— Sim, senhora — respondi com um sorriso. Eu sabia que ela reclamaria.

— *Senhora é a tua mãe!*

— Deixe minha Nina mais linda do que ela já é, Jenny — pedi.

— *Sempre, James.*

Nós teríamos uma festa badalada naquela noite. Madson fez questão de me ligar passando um sabão, dizendo que eu deveria comparecer sem falta, já que alguns contatos importantes estariam ali. Ao menos era de alguém que eu gostava bastante e admirava o trabalho. O jogador de basquete Michael Brunsky era um cara legal, porém as festas podiam ficar um pouco selvagens. O que sempre chocava Marina.

Além daquele fato, Madson acabou jogando areia no meu ventilador, quando me passou toda a agenda a ser cumprida para dali a alguns dias.

Tudo o que gostaria de fazer era ficar aconchegado com minha garota, apenas curtindo um doce momento. Marina fez com que o simples fato de estar em casa, em uma noite tranquila e sem nada para fazer, fosse um acontecimento a ser apreciado ao máximo. Bastava apenas que eu tivesse minha companheira e pronto. Meu dia estava ganho.

Quando voltei para o hotel, Marina ainda estava completamente atolada em meio às roupas que Jenny ia descartando e jogando no sofá. Por mais que aquele dia tivesse sido pacífico em meio ao tumulto dos meus compromissos, eu estava cansado. Resmunguei alguma coisa e me dirigi ao banheiro.

Quando saí, dei um beijo em Marina e avisei que me deitaria um pouco, já que tinha tomado uma aspirina para uma dor de cabeça persistente.

Deitei-me na enorme cama do hotel e coloquei o braço sobre os olhos, pensando em como eu faria para cumprir tudo sem pirar. Um tempo se passou antes que sentisse que Marina estava sentada na cama, espiando por baixo do meu braço, checando se eu dormia ou não. Sorri sozinho e a olhei intensamente.

— Oi.

— Oi — respondi passando minha mão pelo seu rosto.

— Aconteceu alguma coisa que te chateou? — perguntou. Aquela era uma das características que mais amava em Marina. Ela sempre estava atenta aos sentimentos dos outros ao seu redor.

— Mais ou menos — respondi com sinceridade.

— O que houve?

Respirei fundo e resolvi falar logo sobre a questão.

— Vamos ter que nos apressar no casamento civil no Brasil. — Vi seu rosto ficar um pouco pálido. — Eu tinha me programado pra ficar uns três dias lá, mas vou ter que voltar antes. Vai haver uma série de premiações agora em fevereiro e tenho que comparecer. Ainda tentei me safar, mas quando uma produção que fazemos parte recebe indicação, temos que estar presentes. Salvo raríssimas exceções. Aparentemente, o fato de eu estar me casando não faz parte do rol de exceções — disse e esperei para ver qual seria a sua reação.

— Hum...

Foi apenas o que ela disse.

— E então?

— E então o quê?

Às vezes, Marina podia ser frustrante.

— O que você achou?

Ouvi quando ela deu um longo suspiro.

— James, é seu trabalho, não é mesmo? Então você tem que comparecer...

— Mas eu quero você comigo. — Fiz questão de deixar claro que não abria mão da presença dela ao meu lado.

— E quem disse que não vou estar?

— Então você não vai ficar chateada por não poder ficar lá mais tempo? Eu prometo que assim que der, nós vamos pra lá e ficamos com sua família — falei e me sentei na cama, emocionado ao ver que ela conseguia compreender sem surtar.

— Você não quer mesmo que eu fique lá sem você, hein? Você sabe que uma hora isso vai ter que acontecer, não sabe? Em algum momento, irei visitar minha família e você vai estar ocupado e não vai poder... Será que você não vai confiar em mim o suficiente para isso?

— Não é isso, Nina. — Passei as mãos pelos meus cabelos emaranhados. Agora que me lembrava que nem sequer havia passado um pente mais cedo. — É que, pelo fato de eu ser uma pessoa pública, cada movimento meu e seu agora será monitorado. Pelo menos enquanto estou no ápice da carreira. Eu imagino que, em algum momento, essa loucura toda vá passar. Aparecerão novos rostos e aí, sim, poderemos ter um pouco de privacidade. Pelo menos conto com isso.

Ela olhou longamente para mim, avaliando minha informação.

— Hum, entendi. Tudo bem. O preço que tenho que pagar para ficar com você é esse, não é?! Posso tentar. — Ela passou a mão delicadamente pelo meu rosto. — Você me ajuda de um lado e eu tento te ajudar de outro. É que às vezes essa coisa toda parece muito para eu suportar, mas prometo que vou tentar me ajustar.

— Sério? Posso ficar sossegado? — Meu alívio provavelmente poderia ser sentido a milhas de distância. Senti até mesmo que a dor de cabeça ingrata havia desaparecido totalmente.

— Pode. Só tenho medo de acabar te decepcionando em algum momento. Embora pareça que estamos juntos há séculos, não se esqueça de que faz pouco mais de três meses que estou frequentando seu universo particular — respondeu e parecia realmente preocupada.

— Certo, sem pressão. Eu te ajudo no que você precisar. Mas só quero que você seja você mesma. Sempre.

Aquela era a mais pura verdade. Minha Marina não precisava de nenhum artifício para mostrar à sociedade algo que não era. Ela era autêntica. E foda-se a sociedade se não soubesse lidar com isso.

— Tudo bem. E quando iremos? — por fim perguntou.

— Daqui a quatro dias, ficamos *em off* na sua casa e, se sua irmã realmente tiver ajeitado tudo, a gente se casa e volta no dia seguinte. Como será uma viagem extraoficial, viajaremos de jato particular para evitar vazamento de informações. Daí fica mais fácil resolver tudo. De toda forma, antes de irmos, você já deverá deixar assinados os papéis do nosso casamento aqui, assim não precisaremos de novo visto pra você, que estará

por TRÁS *da* FAMA

oficialmente casada comigo. Já sairemos de território americano com tudo devidamente registrado, certo?

— Certo. Você é quem sabe resolver esses detalhes.

— E duas semanas depois, seus parentes vêm pra cá em um voo fretado e ficam por aqui o tempo que puderem. Como as cerimônias de premiações vão acontecer ao longo do mês, teremos tempo para ajustar tudo. A viagem para a França será no fim de fevereiro.

— Tá bem. Mas agora me fale a respeito dessa festa de hoje à noite. — Ela mudou de assunto e pareceu um pouco mais empolgada que eu mesmo.

— *Argh*. Pois é! Vai ter um pessoal lá para fazer *lobby* de um filme, e, quando estamos nesse mercado, temos que ficar expostos. Às vezes, posso até me dar ao luxo de recusar certas coisas, mas outras não dá. Mas vai ser rápido, espero. É o tempo de fazer uma aparição, dar um alô e pronto. Voltamos para o hotel e amanhã voamos para Los Angeles.

— Então vou tirar um cochilo com você, já que está fora de cogitação um passeio pela cidade. Você não consegue dar um passo sem chamar atenção — brincou e deitou-se na cama, me puxando para aconchegarmos nossos corpos juntos.

— Hum, posso pensar em outra coisa antes do cochilo... — disse maliciosamente e comecei a mostrar meu plano.

Com Marina era infalível. Bastava que eu a beijasse atrás do lóbulo de sua orelha delicada e podia sentir seu corpo derreter contra o meu. Dali para eliminar algumas peças de roupas e mostrar realmente a mágica que acontecia quando estávamos juntos era um pulo.

Somente muito mais tarde fomos capazes de sair do limbo aconchegante em que estávamos imersos.

Cena 36

Com a chegada da equipe experiente de Jenny Duke ao nosso quarto, dispostos a praticamente nos ajeitar para o evento, não tive nenhuma alternativa a não ser esperar que Marina ficasse pronta, depois que eu já estava há séculos.

Infelizmente, meu momento de ociosidade não foi longo, já que meu celular despertou para a vida.

Quando finalizava algumas ligações, Marina surgiu exuberante e linda bem à minha frente. Ainda bem que tinha encerrado a ligação, pois meu cérebro perdeu o rumo de seus pensamentos coerentes.

Ela dirigiu-se à janela e abracei-a por trás, sussurrando em seu ouvido:

— Você está linda, meu amor. Vai causar inveja em todas as mulheres da festa e cobiça em todos os homens. Acho que não vou poder me desgrudar de você.

— Então faça isso. Fique junto para garantir que não vou beber nada além de um copo de Coca-Cola — pediu, rindo.

Carl nos levou para a mansão suntuosa do astro do basquete. Como a festa era em Hamptons, um pouco mais distante de onde estávamos hospedados, acabei convencendo Marina a recostar-se em mim a fim de descansar. A quem eu estava enganando? Eu apenas queria que ela ficasse ali e me passasse aquele calor que eu tanto amava. Fora o fato de que minha garota era cheirosa pra caralho...

Respirei fundo quando vi a quantidade de carros que estavam na propriedade e logo deduzi que a festa iria madrugada adentro e com uma boa probabilidade de orgias insanas. Aquilo não era nada que eu gostaria que Marina conhecesse, mas as obrigações profissionais da carreira de artista vinham com essa merda acoplada.

Quando por fim Carl parou às margens da grande escadaria que nos levaria ao saguão, Marina segurou minha mão e pude sentir que estava tensa.

Afaguei sua mão com carinho e impus um ritmo à nossa caminhada pela maré de personalidades, tentando nos livrar de algumas figuras que eu mesmo achava insuportáveis.

Encontrei um local reservado e abraçava Marina, enquanto cumprimentava apenas com um aceno singelo de cabeça, algumas pessoas que passavam por ali.

Um grupo de conhecidos do set de filmagem se aproximou puxando conversa, e percebi que Marina estava se divertindo com alguns relatos, além de observar tudo à sua volta.

Nem bem se passaram trinta minutos e Carlton, um dos produtores do filme, me solicitou em um canto. Avisei Marina que estaria ali por perto. Quando ela concordou com um aceno e vi que seus olhos brilhavam de excitação, pude me certificar de que ela por fim realmente se divertia.

— Precisamos que você vá fazer aquele *lobby* que só você é capaz de fazer — ele disse apontando para o grupo de poderosos empresários que estariam dispostos a patrocinar uma nova produção, ou até mesmo injetar mais finanças para a pós-produção do filme.

— Claro.

Ele me acompanhou até o determinado grupo e fez as honras em nos apresentar.

— Este é nosso prodígio. Todas as produções das quais faz parte nos garantem um retorno bem avantajado de milhões de dólares — Carlton disse e o grupo riu.

Era estranho porque era como se eu fosse um pedaço de filé mignon suculento sendo apresentado para apreciação. Na indústria do cinema, todos queriam uma fatia, uma lasquinha que fosse de algo que garantisse milhões de dólares em retorno aos investimentos que eram feitos pelas grandes produtoras.

Fiz de tudo para manter meu charme calculado e sem prepotência, e mantive uma conversa interessante com dois executivos da Paramount, ambos extremamente interessados em uma produção distópica.

Eu estava atento ao relato do cara, quando percebi um burburinho ao longe. Ergui a cabeça, tentando ver o que se passava e quando meus olhos alcançaram a razão da agitação, eu meio que congelei.

Marina vinha caminhando pela multidão que se abria como o Mar Vermelho e pude ver que seu estado era frenético. Seu cabelo estava uma bagunça, bem como seu rosto afogueado, e somente quando ela chegou mais perto pude notar as lágrimas ainda não derramadas em seus olhos.

Ela sinalizou com a cabeça, sem nem ao menos parar para me falar o que a afligia, e passou voando rumo à saída.

Larguei o copo de qualquer coisa que eu estava na mão e nem sequer me despedi dos executivos. Fodam-se! Eu precisava saber o que havia atormentado Marina naquele nível tão caótico.

— Nina! Nina! — gritei e corri em seu encalce. — Espera aí, o que aconteceu? — Quando a virei em minha direção, pude ver que ela chorava copiosamente.

Ela passou as mãos pelos cabelos que estavam uma bagunça e esfregou as palmas das mãos no rosto.

— Por favor, o que aconteceu? — insisti.

— James, desculpa. Eu só trago aborrecimentos pra você e acho que não seria bom pra sua carreira ficar com alguém como eu. Não consigo controlar meu gênio em muitos momentos — falava atropeladamente e o sotaque acentuou-se mais ainda.

— Nina, o que você está dizendo? — questionei assustado. — Espera aí, isso tem alguma coisa a ver com aquele cretino do Jeremy Hunttington? Ele estava te importunando de novo? Nina, me diga. — Eu podia sentir a vibração do ódio ferver em meu sangue. Eu o tinha visto na festa mais cedo. Só não esperava que ele fosse abordar Marina novamente. Eu acreditava piamente que o cara havia entendido o recado.

— Desculpa, James... acho que me excedi e bati nele — disse e reconheci apenas o fato de que ela havia "batido" nele.

Meu cérebro raciocinava que se ela havia chegado ao nível de bater no infeliz, era porque ele estava muito próximo ou fizera algo muito desagradável.

— Nina, o que ele fez? — perguntei tentando conter minha fúria.

— Ele me agarrou no corredor quando fui ao banheiro e me beijou à força, aí eu bati nele. Sei que deveria me controlar por causa de toda essa coisa de escândalos, fofocas, revistas etc., mas cheguei no meu limite — ela disse, mas eu sequer pude ser cavalheiro o suficiente para ouvir todo o resto ou dar-lhe um abraço. Eu simplesmente voei festa adentro em busca do filho da puta que ousara encostar a mão na minha mulher.

Quando o vi tentando sair de fininho pelas portas do jardim, eu corri em sua direção, ignorando qualquer pessoa que estivesse assustada observando a cena, ou até mesmo os executivos pelos quais eu estava ali.

Eu vi vermelho. Agarrei a lapela de sua jaqueta e joguei-o de cara no

por **TRÁS** *da* **FAMA**

chão. Eu percebi que muita gente se aglomerava ao redor, ou tentando fugir da situação, ou apenas tentando averiguar o que acontecia.

Dei um soco no nariz empostado daquele imbecil e gostei quando ouvi o som do osso quebrando. Eu esperava que realmente tivesse conseguido remodelar seu rosto.

Jeremy nem sequer teve tempo de se levantar e se defender. Eu simplesmente perdi toda a *finesse* e rolei com ele pelo chão, desferindo golpes e o xingando de toda a espécie de palavrões do mundo.

— Seu filho da puta do caralho! — Um soco bem dado e mais sangue espirrando. — Eu falei pra você não chegar perto dela, não foi? — Mais um soco e um choramingo por parte dele.

Mais alguns golpes e desvios das tentativas débeis de Jeremy de se defender e revidar.

— Eu vou matar você, seu puto!

Acho que as pessoas realmente levaram a sério minha ameaça porque, em seguida, dois seguranças conseguiram me tirar de cima da massa ensanguentada no chão.

Foda-se!

Consegui que quem apartou a briga me soltasse e simplesmente arrumei o nó da minha gravata e meu paletó, passando as mãos pelos meus cabelos que deveriam estar um inferno de bagunçados.

Vi Marina na porta, com a mão sobre a boca, completamente atordoada e com os olhos arregalados.

— Eu te avisei. E vou dizer mais uma vez na frente de todo mundo aqui: se você se aproximar dela novamente, acabo contigo. Acabo com toda a possibilidade remota de um próximo trabalho pra você. Eu queimo tanto seu filme com as produtoras e diretores que você vai amargar em um esquecimento como nunca imaginou, entendeu, Jeremy? — gritei.

Vi quando ele sacudiu a cabeça concordando e olhou diretamente para onde Marina estava.

O filho da puta ainda tinha a cara de pau de olhar para ela. Ao menos parecendo arrependido.

— E se isso não basta pra você, solicito uma ordem de restrição judicial te impedindo de se aproximar dela. Isso já seria o suficiente pra acabar com a sua carreira. Vou perguntar de novo: você me entendeu? Vocês estão ouvindo, não é? Este maníaco vem assediando minha noiva de maneira ostensiva há dias e hoje ele teve a ousadia de atacá-la no corredor. Daí o merecido castigo. Quero que sejam testemunhas de que estou dando outra oportunidade para ele, antes de fazer algo pior do que dar-lhe uma simples surra — alardeei para os curiosos e para a turma-do-deixa-disso que estava por ali.

Fui ao encontro dela e apenas passei meus braços em volta de seu corpo, guiando-a para fora da festa e dos olhares dos espectadores.

Quando estava quase na porta, Michael Brunsky, o dono da festa, veio ao meu encontro.

— Peço perdão pelo inconveniente, Mike.

— Se você fez o que fez, deve haver uma razão, Jimmy — disse e batemos os punhos naquele cumprimento típico de machos.

Carl já nos esperava com as portas do carro abertas e apenas acomodei Marina ali dentro, entrando em seguida. Ele nem mesmo esperou. Zumbiu com o carro em direção à saída imediatamente.

Olhei para o lado e Marina estava com os olhos cheios de lágrimas e prestes a tentar se desculpar, se eu bem a conhecia.

— Nem ouse se desculpar, Nina, você não tem culpa de nada! Absolutamente nada, entendeu? — disse e acredito que até mesmo fui um pouco brusco, até que por fim a abracei fortemente e dei-lhe o consolo que era esperado. — Você está bem?

— Estou. Horrivelmente descabelada, mas estou bem... — Mesmo naquele estado frágil, ainda assim ela tentou brincar sobre a situação.

— Estou falando sério, aquele cretino não te machucou, não é? — Eu estava puto mais uma vez e provavelmente ficaria puto todas as vezes que me lembrasse da remota possibilidade das mãos dele em cima dela.

— Não, James. Eu o machuquei mais do que ele a mim.

Olhei ressabiado para ela, que agora mantinha um sorriso singelo no rosto.

— Você deu mesmo uma surra nele? Ouvi alguém comentando.

— Ah, sim, estava te contando, mas você saiu e me deixou falando sozinha... — A tão famosa ironia da minha garota estava de volta.

— Desculpa, fiquei muito puto quando você disse que ele tinha te agarrado.

— Mas eu dei um jeito nele, você não precisava ter se envolvido. Vocês são colegas de trabalho, estão no mesmo filme, não queria esse clima. — Ainda assim, ela tentava ralhar comigo naquele momento.

— Nina, brigas envolvendo romances é o que mais rola por aqui — tentei explicar casualmente. — A ex de fulano ficou com o cicrano e a ex do cicrano ficou com fulano e beltrano... acredite em mim, é um mundinho

por TRÁS *da* FAMA

bem promíscuo. E mesmo assim, se dois desafetos tiverem que trabalhar no mesmo set de filmagem, eles vão trabalhar. Podem nem se falar fora, mas dentro do set estarão atuando como se nada tivesse acontecido, entende? Existe muito dinheiro envolvido com quebra de contratos.

Ela acenou a cabeça e eu podia ver que estava nervosa.

— Entendo. Nossa, James, estamos há tão pouco tempo juntos e já te meti em cada confusão! Estou envergonhada, envergonhada mesmo!

Quando ela tentou abaixar a cabeça, escondendo-se naquela massa de cabelos sedosos, puxei-a para o meu colo e ergui seu queixo com a ponta do meu dedo.

— Acostume-se, Nina, sua vida comigo vai ser uma aventura sempre! — disse e podia jurar que estava mais tenso do que antes. — E acredite, tenho mais medo de você enjoar de passar por tudo isso do que o contrário.

— Hum, dificilmente. E se amanhã sair como uma notícia bombástica? Isso não afeta sua imagem, digo, você não se preocupa? — perguntou temerosa e recostou o rosto em meu peito.

— Não. Já te disse para não acreditar em tudo o que ler ou assistir. E se eu tiver que confirmar ou negar alguma coisa, tenho assessoria de imprensa pra isso, certo? — respondi e beijei sua cabeça, tentando manobrar as mechas para uma melhor arrumação.

— Nossa, não faço nem ideia de como estou, só sei que meu penteado já era! O maluco foi agarrar logo o meu cabelo, parecia briga de mulherzinha! — disse e simplesmente riu.

— Mulherzinha, nada. Pra mim, um cara que agarra o cabelo de uma garota só pode ser troglodita. Um bruto. — Continuei acariciando-a. — Só eu posso dar uma pegada mais forte — falei e agarrei um punhado de seus cabelos, com a maior delicadeza possível e inclinei sua cabeça o suficiente para plantar um beijo lento, selvagem e faminto em sua boca.

Para mim, aquilo ali era o suficiente para me fazer respirar aliviado novamente.

Cena 37

Como era mais do que esperado, o dia seguinte amanheceu recheado de notícias, fotos da festa e o acontecido. O que deixou as revistas sensacionalistas muito satisfeitas. Claro que em casos assim, nem sempre as informações eram realmente procedentes. O que me fez tomar a decisão de deixar toda espécie de esclarecimento por conta da minha equipe de assessoria de imprensa.

Joguei realmente o pepino na mão de Madson e resolvi esquecer o assunto. E obviamente, proibi Marina de pesquisar qualquer coisa na internet. Afastei seu celular de suas mãos, isolando-a na bolha da ignorância. Ela já estava extremamente nervosa por conta da repercussão que poderia gerar, então nada melhor que simplesmente fazê-la esquecer por completo e se concentrar apenas no que faríamos nas próximas horas.

Com as informações que passei para Madson, eu acreditava que teríamos um pouco de sossego e Jeremy é que se veria enrolado para dar suas explicações. Afinal, como ele poderia explicar que eu afirmei alto e claramente que o motivo da briga havia sido ciúmes e que ele havia sido extremamente grosseiro com minha noiva?

Era interessante como a conotação das informações poderiam levar as pessoas a pensarem o que quisessem. Eu sairia de herói, muito provavelmente. Papel que eu nem sequer queria. A heroína da história havia sido Marina que de fraca não se mostrou nem um pouco e soube se defender. Embora meu lado machista e neandertal quisesse realmente que eu tivesse resolvido o problema.

Um dos produtores chegou a enviar-me um e-mail para que confirmasse o ocorrido e dissesse se haveria um problema nas próximas etapas das gravações. Talvez tenha sido isso que motivou Jeremy a enviar um e-mail explicando que havia se excedido por ter bebido demais, pedindo desculpas e afirmando que não haveria um novo episódio como aquele. Ou seja, ele não se aproximaria mais de Marina em hipótese alguma.

Fiquei satisfeito? Claro que não. Eu queria mais era que ele realmente se explodisse ou se ferrasse a tal ponto de ver-se no limbo dos atores. Aquele lugar isolado onde apenas produtores de filme B ou C buscariam seu elenco.

Marina estava terminando de guardar algumas coisas em sua bagagem quando entrei em nosso quarto.

— Está pronta, meu amor? — perguntei e abracei-a por trás, depositando um beijo suave em sua nuca. Eu sempre me sentia mais do que satisfeito quando percebia que ela se arrepiava ao mais singelo dos meus toques.

— Sim.

— Então vamos enfrentar as feras novamente.

Ela já havia conferido pela janela do hotel que os *paparazzi* estavam em polvorosa na calçada logo abaixo. Além deles, ainda estavam os fãs disputando as vagas restritas pelo cordão de isolamento que o hotel fez questão de colocar à frente.

Embora tenha sido meio tumultuado, como sempre, consegui que entrássemos no carro sem muito atraso. Pedi que Carl acelerasse para o La Guardia. De lá apanharíamos um jatinho para Los Angeles.

Eu estava cansado e tinha que admitir que meu corpo estava esgotado. Na noite anterior, o máximo que consegui fazer foi abraçar Marina entre meus braços e cair desmaiado na cama. Então só o fato de evitar um tumulto no aeroporto já foi de grande valia para mim.

Depois de nos acomodarmos em nossos assentos, percebi que Marina estava mais calada que o normal. Percebi que estava concentrada em sua janela, mexendo as mãos nervosamente.

Agarrei uma de suas mãos e percebi o quanto estava gelada.

— Vou embarcar você para o Brasil amanhã de manhã — disse e esperei sua reação.

Era isso. Dar uma saída de cena para que as coisas esfriassem e que eu pudesse acelerar o processo de legalizar meu relacionamento com Marina.

— Tudo bem. — Ela concordou simplesmente, mas percebi que sequer havia me olhado.

Quando segurei suas duas mãos, puxei-a em minha direção para que conseguisse sua atenção.

— Embora eu não consiga ler o que está se passando na sua cabeça neste exato momento, consigo ver no seu rosto o que você está tentando disfarçar.

— Não estou tentando disfarçar nada, James — Marina negou e seus olhos ainda não haviam encontrado os meus.

— Nina, o que você está pensando? — perguntei preocupado.

— Nada, James, não estou pensando em absolutamente nada.

Notei que seus olhos estavam marejados. Será que ela havia entendido errado?

— Estou te enviando antes do previsto pra que você fique longe da mídia por aqui e da perseguição implacável dos jornalistas sensacionalistas. Só isso.

— Ah, tudo bem. — Ela tentou dar um sorriso, porém o mesmo não chegava aos olhos que eu tanto amava.

— Eu vou junto.

Ao dizer aquilo, consegui atrair sua atenção. Disfarcei um sorriso. Então era aquilo que a estava preocupando.

— Hã? — perguntou e seu olhar era assustado. — Como assim? Você disse que ia me embarcar, e não que iríamos juntos.

— Foi só para ver sua reação — admiti sorrindo descaradamente agora.

— O quê? James! Isso não teve a menor graça! — resmungou brava. Eu adorava ver minha Nina brava. Era altamente erótico.

— Pra mim teve. Pelo menos vi que você não ficou aliviada por se afastar de mim. Sabe que você ainda me deixa inseguro? Pareço um colegial — confessei e dei-lhe um beijo suave.

— Seu bobo. Vou ficar sem conversar com você agora, porque estou muito zangada! — disse e virou o rosto para o lado oposto.

Comecei a rir e puxei-a mais para mim.

— Ah, você não consegue, meu anjo...

Eu adorava torturar minha garota dando-lhe beijos intercalados em várias partes do seu rosto. Ou as partes descobertas que estivessem ao meu alcance. Poder observar a tonalidade de sua pele ir adquirindo um tom avermelhado por pura vergonha.

— Eu te amo, sua bobinha! O que você achou?

Ela olhou seriamente para mim ao dizer:

— Sei lá, ontem à noite você ficou tão estranho e calado. Acordou mais calado ainda e solta uma bomba dessas, o que você acha que eu pensaria?

— Não faço a mínima ideia, eu não conheço cabeça de mulher, parece que funciona em uma sintonia diferente — zombei de seu desconforto.

— Hum.

por TRÁS *da* FAMA

— Então, me diga, o que você pensou? Que eu estava dispensando você? — perguntei chocado.

Ainda me deixava atordoado perceber que Marina tinha inseguranças em relação ao que eu sentia por ela. Mas o que poderia dizer? Eu também sentia as mesmas inseguranças arderem em meu peito de vez em quando.

Como neste caso em particular, eu realmente não me sentia nem um pouco à vontade com a ideia de ela ir para casa sozinha. Acredito que na minha cabeça, circulava a ideia de que ela resolveria ficar por lá ao perceber que era tudo muito assustador e pular fora. Isso me deixava louco.

— Mais ou menos, sei lá, pensei que você tivesse recobrado o juízo e resolvido me mandar passear — disse e sorriu.

— Ah, Nina... — Eu suspirei enquanto beijava suas mãos aprisionadas entre as minhas. — Depois de tudo o que já providenciei para o nosso casamento? Você acha que sou louco?

— Ué, é por isso?

— Não! Você acha que eu perderia a única mulher que me fez estar apaixonado loucamente em menos de 24 horas? Que me fez pedi-la em casamento em menos de três meses? Que me fez arrebentar a cara de Jeremy Hunttington só pela ousadia de tê-la beijado? — questionei e esperei por sua resposta.

— Hum, poxa, tudo isso? — tentou brincar, mas percebi que estava constrangida.

— Tudo isso. E tenho mais uma pequena surpresa. Como vamos um pouco antes para fugir da confusão, podemos ir para uma praia paradisíaca que você mencionou. — Eu contava com essa escapadela.

— Sério, James? Ai, isso é ótimo! Você vai amar as praias, o clima é maravilhoso! Você vai adorar! — Sorri ao perceber o seu entusiasmo.

Sua reação não poderia ter sido melhor. Dessa vez, ela resolveu devolver sua felicidade em forma de beijos bem dados em lugares estratégicos e longe da minha boca. Muito provavelmente porque sabia que se chegasse ali, eu a agarraria e nem me importaria com a comissária que aparecia de vez em quando para perguntar se queríamos alguma coisa.

— Adoro fazer você feliz depois de tudo o que vem passando, meu amor — disse e agarrei seu rosto entre minhas mãos, dando-lhe o beijo longo e demorado pelo qual eu também ansiava.

Quando pousamos em Los Angeles, seguimos diretamente para o hotel, que em breve deixaria de ser "nosso lar". Graças a Deus por isso. Eu acreditava que, no nosso retorno, nossa casa já estivesse devidamente pronta para simplesmente nos jogarmos ali dentro.

Marina correu para arrumar a sua mala, mesmo que o voo fosse somente no dia seguinte. Eu podia sentir sua vibração e ansiedade. Era quase palpável.

Observei quando ela se conectou à internet e me disse que apenas enviaria um e-mail para a irmã avisando de nossa ida e que desejaria fazer uma surpresa para sua família. Quando percebi que seus dedos coçavam para entrar no Google, arranquei o celular de sua mão e puxei-a para meus braços.

Ela acabou me surpreendendo quando mais tarde saiu do quarto e se jogou ao meu lado no sofá, afirmando categoricamente que queria assistir a algum dos meus filmes. Eu nem sequer sabia o que pensar. Nunca havia assistido a um filme meu por inteiro. Pensei que poderia ser estranho pra caralho estar ao lado dela e ver meu trabalho sendo avaliado tão de perto e por uma pessoa com quem eu me importava imensamente. A opinião que ela poderia ter seria muito mais importante do que qualquer crítico fodão da indústria cinematográfica.

Depois de muita insistência, acabei cedendo.

— Quero ver "Segredos de *Maverly Island*". Já vi no cinema, mas quero ver de novo com você. Daí, você pode me contar todos os babados dos bastidores — disse alegremente.

Tentei me concentrar e me lembrar de algo do enredo e cocei minha cabeça fazendo uma careta simultaneamente.

— Ai, que coisa, sinto que haverá um grande constrangimento aqui neste recinto — falei simplesmente.

— Por quê? Droga! Não consigo me lembrar de muitos detalhes sórdidos do filme... — Marina brincou.

— Depois não diga que não avisei — murmurei e saí para um banho rápido enquanto Carl providenciava o filme.

No banho, eu apenas tentava recordar se as cenas românticas eram tão explícitas quanto alguns de meus outros filmes. Comecei a rir porque conhecendo Marina como a conhecia, eu sabia que ela ficaria brava em algum momento.

Quando saí do banho, encontrei Carl postado diante da porta com a sua cara emburrada de sempre. Comecei a rir. Nem sei por qual razão, mas eu estava extremamente animado.

— Carl, você poderia providenciar um jantar para ser entregue aqui no quarto? — falei e apanhei a caixa do DVD que ele havia arranjado. Uau! Seria uma aventura.

Carl saiu e fechou a porta, deixando-nos a sós novamente. Olhei para Marina e disse simplesmente:

— Como o jantar vai demorar um pouco a chegar, creio que tenho uma ideia excelente para passarmos o tempo, antes da tortura que você imporá a mim e a si mesma. — Eu a agarrei ali mesmo e a arrastei para nosso quarto.

Aproveitei que algumas cenas que ela veria mais tarde poderiam mexer com sua imaginação e quis deixar já o meu rastro em seu corpo. Provavelmente eu poderia chamar aquilo como uma espécie de "marca" para que ela sequer duvidasse do que era capaz de fazer comigo.

— Precisamos praticar bastante.

— Por quê? Você é um tarado, isso sim — disse brincando.

— Pense que estaremos na casa de seus pais e muito provavelmente você não vai querer permitir que eu tome certas liberdades com esse seu corpo. — Arrastei o meu corpo acima do seu. Eu amava ouvir os gemidos suaves que ela emitia. Seus ofegos eram música para os meus ouvidos.

— Oh... jura que é por essa razão?

Eu a beijei longamente enquanto minhas mãos passeavam pelo seu corpo.

— Hum hum... Porque depois que nos casarmos, nada nem ninguém me fará dormir separado de você, que fique bem clara essa imposição. — Eu mordi o lóbulo de sua orelha delicada. — Não haverá reclamações depois.

Ela riu e realmente fiquei sério no assunto de dar prazer à minha mulher. Tanto quanto receber.

Somente muito mais tarde foi que conseguimos finalmente colocar em prática a ideia fantástica de assistir ao filme.

O sofá era bom o suficiente para nos acomodar com conforto e espaço, mas fiz questão que Marina estivesse bem apegada a mim. Comecei a mexer em seus cabelos enquanto o filme começava. Eu o conhecia de cor. Espera... claro que não. À medida que ia vendo as cenas, me lembrava das gravações. Era absurdamente estranho. Mas eu podia perceber que Marina estava curtindo o filme até determinada parte. Senti seu corpo ficar tenso e segurei meu riso porque eu poderia imaginar que ela reagiria daquela forma.

Quando o filme acabou, depois de quase duas horas, eu pensei que Marina pudesse ter se congelado naquela posição. Olhei-a de soslaio e esperei sua reação.

— O que houve? Não gostou da história? — perguntei.

— Hã? Ah... a história é ótima, muito boa mesmo — respondeu de forma mecânica e poderia imaginar o que passava em sua mente.

As cenas românticas daquele filme eram realmente mais gráficas, sendo um dos grandes atrativos da película. Digamos que bastante pele aparecendo atraía multidões.

— Eu avisei, não diga que não avisei — falei e não consegui segurar o riso por conta da cara estoica que ela estava fazendo.

— É verdade e não dei ouvidos — Marina bufou e resmungou: — Eu faço parte do seu time agora.

— Que time? — perguntei sem entender.

— O time dos que não assistem a filmes próprios ou do respectivo cônjuge... — admitiu amuada. Marina recostou-se ao sofá e cruzou os braços, fazendo cara de poucos amigos.

Eu a abracei fortemente, tentando quebrar um pouco a seriedade dela.

— Ah, meu amor, tudo isso é ciúme?

— Pelo amor de Deus! O que tem de técnico naquilo lá? — O tom de sua pergunta era revoltado.

Segurei o mais que pude para não rir e me sentir envaidecido ao mesmo tempo.

— Ora, fiz questão de te mostrar a diferença antes de nossa sessão pipoca, que, por falar em pipoca, nem rolou por aqui. — Eu pisquei maliciosamente para ela. E claro que tentando mudar um pouco o foco da conversa. Eu queria que ela apagasse de sua mente as cenas que tinha visualizado.

— James, você agiu propositadamente antes? Você me seduziu na maior cara de pau pra ver se eu não ia ficar mais brava? — Ela olhou para mim com aquela cara desconfiada.

— Mais ou menos. Só quis mostrar que aqui estávamos só nós dois e no filme era uma simulação com mais de duzentas pessoas envolvidas e presentes: é puramente técnico.

— Técnico ou não, agora nunca mais vou querer assistir um filme romântico seu, só filmes em que você for mau, padre, monge, robô...

por TRÁS *da* FAMA

Eu não consegui mais conter a risada. Minha crise de risos foi tão intensa que acabamos caindo do sofá, já que eu ainda a mantinha agarrada a mim. Eu podia perceber que mesmo em meio aos risos, ela ainda se mantinha tensa.

Quando a onda acalmou, estávamos deitados no carpete. Apoiei a cabeça em meu braço enquanto a contemplava. Marina olhava para o teto como se ali tivesse um grande quebra-cabeça. Eu podia perceber que ela estava evitando meu olhar escrutinador.

— Sem graça — disse finalmente depois de um tempo.

— Quem? — perguntei ainda meio ofegante de tanto rir.

— Você e seu parzinho romântico... Que ridículo, escolher logo um lago para algo mais profundo — disse em um tom de deboche e escárnio.

— Nina, você vai me matar de rir desse jeito! — Eu não conseguia mais conter a vontade de rir.

Por mais que tentasse, era extremamente divertido ver a reação de Marina a uma cena específica que, na verdade, havia sido um saco de gravar. Não houve na prática sequer a mais remota sensação de sensualidade que a cena transparece na tela.

— Que bom que estou te divertindo — Marina falou sarcasticamente e percebi que estava amuada.

— Tudo bem, vamos ali dentro que vou explicar todos os detalhes técnicos e não técnicos da cena. — Eu beijei seu pescoço, exatamente no ponto em que sabia que ela ficava louca.

Praticamente saltei do chão e a arrastei comigo. Em passos trôpegos, eu sussurrava em seu ouvido o que faria com ela, diferentemente de qualquer tentativa que a cena quisesse deixar claro. Eu podia perceber que minha garota estava altamente excitada. Só não esperava que ela simplesmente abdicasse de todo o senso comedido e me agarrasse tão fortemente que chegou a me surpreender.

Quando caímos na cama, Marina ficou por cima do meu corpo, com seus cabelos caindo como uma suave cortina de seda, não podendo esconder, portanto, sua obstinação. Seus olhos estavam elétricos e selvagens. Luxúria escancarada se mostrava naquele brilho único que somente os olhos dela podiam deixar transparecer.

Quando ela abaixou para me beijar, senti meu corpo ficar completamente desperto para o ataque que ela prometia com suas palavras e mãos. Minha garota estava ficando muito prática na arte de arrancar minhas roupas e as dela ao mesmo tempo. E eu não me queixava nem um pouco deste arroubo de paixão que ela demonstrava.

Era nítido que ela estava dominada por um forte sentimento de posse. Eu seria louco de achar ruim ao me submeter a ela? Nunca. Deixei que fizesse o que bem quisesse comigo.

— Você é só meu, James Bradley — disse enquanto beijava meu pescoço.

Suas mãos faziam magia enquanto isso. Fui percebendo que em pouco tempo, eu já não teria controle sobre mim mesmo. Ela me faria perder as forças e provavelmente eu acabaria rendido como um adolescente inexperiente. Quando essa realidade alcançou e atravessou a nuvem de luxúria em minha mente, resolvi tomar as rédeas.

Deitei-a abaixo do meu corpo e mostrei que para mim, ela era o paraíso. Ela era meu lar. Minha casa, meu lugar seguro. Deixei que nossos corpos se guiassem loucamente pela onda que nos varria naquele momento.

Nem sei quanto tempo depois posso afirmar que recobrei a consciência. Marina havia esgotado minhas forças de maneira altamente prazerosa e bem-vinda.

— Uau! Desse jeito vou querer assistir mais vezes a filmes românticos meus com você! Desperta essa gata selvagem que estava aí — disse sem forças e ainda afogado na languidez de nossos corpos.

— Hum, isso é pra você nunca se esquecer de quem te espera em casa — falou em um murmúrio rouco e sexy.

— Depois dessa, não dá para esquecer mesmo! Estou chocado... — Coloquei sua mão sobre meu peito, deixando que ela percebesse meus batimentos ainda acelerados.

— Hum, eu não brinco em serviço, meu amor. Também sei marcar meu território. — Sua voz era possessiva e sonolenta.

— Porra, não tenho dúvidas disso. Este território te pertence pra sempre, meu amor — disse enquanto meus olhos se travavam com os seus.

— Que bom! Mas mantenha isto em segredo para não despertar a curiosidade dos outros, tá bem? Vai que me confundem de novo... — brincou e acabei me recordando do desgraçado Jeremy.

— De jeito nenhum! Se houver uma próxima vez, juro que manchetes de jornais do mundo inteiro irão reportar o assassinato de tal infeliz. Irei preso, com certeza, não terei direito a foro privilegiado por ter cometido um crime passional, não vai adiantar eu ser uma celebridade — divaguei comigo mesmo.

por TRÁS *da* FAMA   249

Abracei minha garota fortemente acomodando-a em meus braços e preparando seu ninho para um sono tranquilo e seguro. Aquela noite ambos dormiríamos completamente exaustos de paixão, porém com as forças renovadas para a viagem do dia seguinte.

Cena 38

Despertei Marina da maneira que mais amava. Com um chamego em seu pescoço e apenas esperando que ela ronronasse. Era isso. Minha garota parecia ronronar como um gatinho saciado logo pela manhã. Quando percebi que ela estava desperta, dei-lhe uma palmada no traseiro e saltei da cama. Se não nos arranjássemos imediatamente, acabaríamos nos atrasando para o embarque logo mais.

Carl nos esperava já no saguão do hotel e saímos sem tantos disfarces. Como era cedo ainda, a multidão de fãs que fazia campana às portas do hotel ainda não havia despertado. Graças a Deus!

Dirigimo-nos diretamente aos hangares de voos fretados. Solicitei com Madson que não queria um voo comercial, para que não chamássemos tanta atenção. Ainda mais por conta da fofoca que ainda ardia como uma febre perniciosa nos jornais e revistas sensacionalistas.

Quando nos acomodamos no jatinho, Marina suspirou audivelmente enquanto afivelava seu cinto.

— O que foi? — perguntei curioso.

— Nada. Estou emocionada de estar com você, finalmente indo pra casa.

— Nossa, quem escutar você falando assim vai pensar que te mantive prisioneira por aqui! Além do mais, você terá que considerar a ideia de que sua casa será por estas bandas agora — disse mais para reafirmar meu ponto do que qualquer outra coisa.

— Eu sei, meu amor. Vou me corrigir — olhou seriamente para mim: — Para a casa de meus pais, melhorou? — Sorriu docilmente.

— Hum, ficou mais bem colocado. Assim não deixa margem para confusões semânticas.

— Seu bobo. Você ainda tem dúvidas de que realmente escolhi ficar contigo? Depois dessa mega-aliança e daquela megamansão que você fez questão que ostentássemos? — falou enquanto sacudia a mão com a aliança.

por TRÁS *da* FAMA

— De jeito nenhum. Além do mais, se tivesse dúvidas não deixaria você embarcar de forma alguma. Mas já vou deixando claro que não nos estenderemos muito pela sua casa, para evitar visitas indesejáveis.

— Por acaso você estaria se referindo a um certo alguém? —perguntou, rindo, sem acreditar.

— Exatamente. Melhor que nem mencionemos o nome para evitar um ataque de náuseas neste voo — caçoei, mas não gostava de pensar na hipótese do cretino do ex-namorado dela aparecer do nada.

— Ah, James, hoje você acordou inspirado, hein?

Depois de umas cinco horas de voo, podia sentir que Marina estava tensa. Mesmo que tenha cochilado em alguns momentos durante a viagem enquanto eu respondia um milhão de e-mails, podia ver suas mãos se retorcendo em seu colo. Ou a maneira como ela mexia nos cabelos a todo o momento.

Quando o jatinho aterrissou no aeroporto de São Paulo, Marina se remexia inquieta em seu assento.

— Está nervosa?

Ela nem sequer respondeu. Apenas sacudiu a cabeça afirmativamente e mordeu os lábios. Minha vontade era arrastá-la para o meu colo, tentando fazer com que sentisse a segurança que eu queria transmitir.

Enquanto o jato taxiava, vesti meu indefectível agasalho com capuz, disposto a cobrir minha identidade para evitar qualquer espécie de tumulto durante o trajeto do aeroporto até a residência da família Fernandes. Coloquei meus óculos e ajeitei meus cabelos antes de puxar o capuz para cima. Vi que Marina me observava com um sorriso no rosto.

— O que foi? — perguntei incerto.

— Você está exatamente da mesma maneira como te conheci — disse com um suspiro e segurei seu rosto entre minhas mãos dando-lhe um beijo.

Do hangar, fomos encaminhados à sala específica onde a alfândega registraria meus documentos. Ainda bem que muitas vezes podíamos solicitar certos privilégios, como uma sala VIP, isolados da multidão que muito provavelmente deveria passar pelo mesmo procedimento.

Quando saímos da sala, Marina soltou minha mão e correu em direção à mulher que eu só poderia supor ser sua mãe, embora fosse completamente diferente dela. Enquanto Marina era morena, a mãe dela era loira e lindíssima para a idade que deveria ter.

Depois de um abraço apertado e algumas lágrimas derrubadas, Marina virou-se na minha direção e estendeu sua mão, que prontamente segurei.

— Mãe, queria te apresentar meu noivo, James Bradley — disse e pude notar o tom rosado que seu rosto adquiriu. Percebi que ela havia ficado sem saber como se referir.

— Marido. Ainda não oficialmente, perante a família, é claro. — Não me fiz de rogado e corrigi educadamente a colocação de nosso estado civil. Porra, se eu não era possessivo. Abaixei o capuz e passei as mãos em meus cabelos, retirando os óculos.

A mãe de Marina arregalou os olhos enquanto me observava e depois de um sorriso singelo, cochichou algo no ouvido de Marina.

— Mamãe! — Marina disse entre risos. Como não entendi o intercâmbio entre o diálogo, apenas seguia analisando a família de Marina.

Repentinamente, a mãe de Marina apontou para a direção que seu marido vinha seguindo. Embora ele tenha agarrado sua filha em um abraço apertado, eu podia sentir o seu olhar e escrutínio em cima de mim. Claro que fazendo uma análise minuciosa do homem que ousara "roubar" sua filha.

— É um prazer conhecê-lo — o pai de Marina disse em inglês, fazendo com que Marina arregalasse os olhos em espanto. — Ângelo.

— James — respondi apertando sua mão. — E o prazer é todo meu, senhor.

Abracei Marina enquanto nos encaminhávamos ao carro da família. Quando chegamos, pude ver que a irmã dela, Mariana, havia alugado uma van. Eu deveria tirar o chapéu para a genialidade da minha futura cunhada. Ela parecia pensar como um agente secreto do governo. Cobrindo os passos e camuflando informações.

Os pais de Marina seguiam em outro carro. Marina olhava para trás a todo o momento, conferindo se seus pais realmente estavam ali.

Apenas segurei sua mão enquanto via a cidade de São Paulo passando pela janela obscurecida da van. O trânsito caótico pode ter ajudado a amainar mais o estado nervoso de Marina.

— Ainda está preocupada?

Ela me olhou assustada percebendo que eu falava com ela.

— Ah, não. Acho que não.

— Eu vejo em seus olhos e na maneira como você está agitada — disse e apontei o óbvio. Ela estava retorcendo a alça de sua bolsa.

— Acho que estou ainda.

Beijei-lhe os lábios e a abracei, puxando-a para meus braços. Acomodei sua cabeça abaixo do meu queixo e apenas fiquei ali com ela. Simples assim.

por TRÁS *da* FAMA

Achei que seríamos acomodados em um hotel e me espantei quando percebi que, na verdade, ficaríamos aqueles poucos dias, no apartamento da família, em um bairro bacana de São Paulo.

Logisticamente, era interessante aquela intervenção, mas o que eu temia não aconteceu. Foi até surpreendente. A família de Marina nos acomodou em seu quarto de solteira. Eu ainda deveria ver como faria com Carl, já que ele não saía da minha cola em hipótese alguma. Nem se eu quisesse que ele fizesse isso.

Marina informou depois que a irmã havia alojado Carl em um hotel próximo. Era óbvio que ele não havia gostado do arranjo, mas tudo bem. Seriam poucos dias. Nada muito custoso a se cumprir. E eu tentava agradar a família aceitando de bom grado os arranjos que Mariana havia feito com tanto empenho.

Momentos mais tarde, por fim, chegou o tão temido momento de desconforto. A família sentada na sala, olhando uns para os outros, diálogos correndo loucamente em português e as tentativas de me inserir em suas conversas, mesmo que fosse nítido que eles deveriam estar querendo matar as saudades de Marina e saber dos fatos que ela reportasse. Eu me contentei em observar atentamente.

A interação da família Fernandes era extremamente interessante. Embora minha família fosse bastante afável, o carisma e contato físico era algo um tanto mais comedido. A família dela, ao contrário, se comunicava com toques e abraços afetivos. Brincadeiras e risos imperando sempre que algum assunto despertava um relato mais empolgante.

A outra irmã de Marina disse algo alto o suficiente para fazer com que ela ficasse vermelha como um pimentão. Poderia ter algo a ver com o fato de que ela me encarava ostensivamente.

— Meu Deus, o que aconteceu com estas mulheres da minha família? Será que vocês enlouqueceram? Vocês são casadas! — Marina exclamou algo completamente chocada.

O diálogo entre elas prosseguiu por mais alguns instantes e resolvi que estava agindo deselegantemente ao acompanhar com tanta atenção a troca de palavras entre as irmãs de Marina.

A mãe dela sempre trazia algum aperitivo para que eu degustasse. E eu realmente me apaixonei pelo café brasileiro. Era completamente distinto do café americano ou inglês, que mais parecia a um chá do que qualquer coisa. Eu percebia que sempre que ela passava por perto de mim, suas bochechas ganhavam a mesma tonalidade das de Marina. Era encantador.

Depois de alguns momentos, perguntei suavemente nos ouvidos de Marina:

— Você acha que se desaparecêssemos por algumas horas, seria descortês? — sussurrei em seu ouvido. Percebi o momento exato em que o corpo quente de Marina se sacudiu em arrepios.

— James...

— É sério... você pode alegar o jet lag, o que acha? — continuei cochichando, alisando sua nuca suavemente.

— Para com isso — respondeu baixinho, tentando conter o riso.

— Você já perguntou para sua irmã sobre o dia exato dos trâmites legais aqui no seu país?

— Você fala do casamento civil? — perguntou também em um sussurro.

— É.

— Ainda não. Por quê?

— Daí eu não teria que pensar em alguma desculpa esfarrapada para nos escondermos no quarto para um cochilo... — cochichei mais baixo ainda. Minha mão fez contato com a parte baixa de suas costas e senti quando ela quase deu um pulo.

— Ah... — Marina suspirou e corou lindamente. Percebi depois que ela olhava diretamente para suas irmãs e sua mãe, que riam descaradamente. Será que haviam entendido o que eu falei?

— Mari, que dia iremos ao cartório? — perguntou repentinamente.

— Hum, com pressa? — Mariana respondeu, rindo. — Amanhã, sua boba. Já que vocês não vão ficar muito tempo por aqui, precisamos nos apressar: vamos amanhã mesmo para um lugar paradisíaco...— respondeu em inglês para que eu me inteirasse do assunto.

— "Vamos"? — Marina perguntou espantada.

— Sim. A família toda, alegremente!

Franzi meu cenho quando vi que Marina havia ficado chocada.

Como o assunto prosseguiu em português acabei tendo que me concentrar nas reações de Marina para tentar acompanhar o que supostamente elas conversavam.

O diálogo ficou intenso, mas sempre carregado com o tom jocoso que caracterizava sua família.

De repente, a irmã mais velha dela, Melissa, virou-se para mim e questionou em inglês:

— Então, qual será a programação de hoje? Você vai querer conhecer

por TRÁS *da* FAMA

nossa adorada cidade?

Olhei para Marina na tentativa de que ela captasse minha mensagem. Eu não gostaria de ser deselegante com a família dela, mas realmente uma saída pela cidade estava um pouco fora de cogitação.

Todos ainda esperavam atentamente uma resposta da minha parte, mas eu buscava uma ajuda em Marina.

— Ah, Mel, uma pena, mas este tipo de programa tipicamente paulistano não poderá ser apreciado. Você sabe que a visita dele por estas terras está em off, não sabe? — falou em inglês para que eu entendesse e me mantivesse no assunto abordado.

— Mas por quê?

Marina respondeu agora em português para que toda a família entendesse. Muito provavelmente, ela deveria estar narrando o tumulto que uma visita minha sempre ocasionava quando eu era reconhecido nas ruas. Embora nossa viagem não tenha sido anunciada e estivesse ainda completamente fora dos radares da mídia, o assunto do momento ainda era sobre o evento ocorrido na festa de dois dias atrás, o que nos colocava ainda no palco central do foco da atenção.

— Bem, digamos que você não tem noção da situação que James enfrenta sempre que dá as caras em público e alguém o reconhece. Acredite em mim, é um lance fora do comum, assustador. Por isso pedi que a praia para onde vamos fosse realmente reservada.

— Ah... bem, desculpe aí, mas podemos então pedir uma pizza, o que vocês acham? — a irmã perguntou solícita.

— Está ótimo, não é mesmo, Jim? — Marina questionou e concordei.

— Ótimo. É uma pena que eu não consiga usufruir de prazeres normais com pessoas tão gentis como vocês — respondi educadamente a todos na sala.

Seu pai adiantou-se a Marina e traduziu para o restante dos familiares o que eu havia falado. As mulheres apenas suspiraram, enquanto Marina batia a mão em sua testa, chocada com a atitude de suas irmãs.

Já que as coisas fluíam bem enquanto a pizza não chegava, chamei Marina para um canto isolado, solicitando uma conversa. Ela informou aos seus pais que estaríamos no quarto para conversar. Vi quando seu pai apenas ergueu a sobrancelha interrogativamente. Desviei os olhos. Eu não queria que ele percebesse que eu pretendia dar uns amassos em sua filha mais nova.

Assim que ela fechou a porta, abracei seu corpo suave e recostei meu queixo em seu ombro, por trás.

— Sua família é ótima, meu amor... Grande, barulhenta e agradável. Do jeito que eu gosto. — Apliquei um beijo estalado em seu pescoço. — Apesar de não estar acostumado.

— Mas... — Ela tentou virar-se para me olhar atentamente.

— Mas estou ansioso para ficar só com você. Acho que não vou aguentar muito tempo — admiti baixinho em seu ouvido.

— James Bradley, você aguentou muito mais de um mês, o que será um dia apenas? — perguntou e virou-se de frente para mim, enlaçando meu pescoço. — Olha só, a Mari disse que será amanhã, certo? No hotel em que ficaremos, teremos mais privacidade... Ah, acho que você sabe que será um passeio coletivo, não é?! — questionou preocupada.

— Ouvi rumores... Seu pai estava todo empolgado, disse que não tirava uns dias de descanso há um certo tempo, que eu iria adorar o lugar, mas que ele também não conhecia, então seria tudo novo etc.

— Estranho... Meu pai disse que não conhece o lugar? Então não será nenhuma praia que já conhecemos? O que será que Mariana está aprontando? — perguntou erguendo suas sobrancelhas bem delineadas.

— Nina?

— Hum?

— Quero ver suas coisas.

— James! Estamos na casa do meu pai, com toda a minha família na sala! — Ela fingiu um choque de maneira dramática.

— Não é para fazer nada, sua boba. — Eu ri.

— Depois você diz que não sei atuar! É claro que sei que não era para fazer nada, seu engraçadinho! Mas meu choque ficou bem verídico, não ficou? — perguntou, rindo mais de si mesma do que tudo.

Passamos um bom tempo em seu quarto onde a obriguei a compartilhar comigo várias de suas memórias ou pequenas coisas que para ela eram importantes e tinham alguma importância. Eu queria conhecer tudo dela. Nem sei quanto tempo ficamos ali, mas ela fez questão de manter a porta aberta para que seus pais não pensassem que estávamos fazendo alguma brincadeira de adultos ali dentro. Eu ainda achava graça daquele lado tão inocente dela.

Chamaram-nos para a pizza e, mais uma vez, foi um momento agradável entre os familiares de Marina. Eles tentavam manter o clima de cama-

por TRÁS *da* FAMA

257

radagem, mas eu percebia que, em vários momentos, o fato de eu ser uma pessoa famosa acabava tornando o ambiente mais formal.

Meu celular tocou naquele instante e pedi licença a Marina para atender a chamada. Madson precisava da minha aprovação para fechar algumas campanhas e, infelizmente, não tinha como me isolar completamente do trabalho. Caminhei até uma sacada que dava para a vista de São Paulo e seus inúmeros edifícios e me concentrei no telefonema.

— Sim, Madson? — perguntei.

— James, precisamos fechar a campanha que a Dolce & Gabanna quer fazer contigo — informou e pude ouvir o som de papéis sendo freneticamente manuseados. — Ainda tem a festa beneficente que você concordou em comparecer em Washington D.C., no próximo mês. Bem como a sessão de fotografias para a Harper's, novamente, com a presença de Marina, não se esqueça.

Suspirei audivelmente.

— Será que alguns destes assuntos realmente não podem esperar minha volta?

— Não. Porque temos um prazo para o envio dos contratos e os acertos das datas, já que em breve você volta às filmagens. E ainda temos neste meio tempo que ajustar sua agenda ao seu casamento e alguns dias que você queira tirar.

Passei as mãos pelos meus cabelos. Percebi que a porta atrás de mim era fechada. Talvez a família quisesse que eu tivesse privacidade.

— Certo. Dê o aval na campanha da D&G, mas desde já avisando que não vou fazer fotos de roupas íntimas. — Eu odiava essa parte da carreira onde tínhamos que expor nossos corpos para ostentar e atrair potenciais olhos de clientes.

Percebi quando Marina e Mariana entraram na sacada também e ficaram ali em um canto, conversando. Na verdade, elas fingiam conversar. Quando olhei para Marina, percebi que ela escutava atentamente alguma coisa na sala. Mariana passava as mãos em suas costas. Não entendi o interlúdio e prossegui em meus acertos com Madson.

A irmã de Marina, Melissa, chamou do outro canto da sacada, que era interligada a outro quarto.

Mesmo que eu estivesse ao telefone, podia perceber que as irmãs falavam apressadamente e Marina estava nervosa.

— James?

— O quê? — Voltei minha atenção para Madson. — Desculpe, o que você disse mesmo?

Embora eu tentasse me concentrar na conversa com Madson, que eu imaginava que devia ser algo importante para que ele me importunasse, ainda assim eu não sabia explicar, mas tinha um pressentimento de que algo estava acontecendo.

Sem conseguir mais me conter, me despedi de Madson.

— Mad, eu ligo mais tarde, *okay*? Confirme o que der e observe os aspectos que falei sobre a campanha — relembrei olhando para a porta da sacada. — Veja se a data da festa não coincide com premiações ou outro evento. Você faz isso melhor do que ninguém. Eu ligo depois.

Desliguei o celular e fui tentar a porta da sacada, logo percebendo que estava fechada à chave. Forcei a fechadura e não obtive resposta. Caminhei para o lado onde havia visto Melissa chamando Marina e vi que a porta estava aberta. Entrei no quarto dos pais dela e saí pelo corredor.

Quando cheguei à sala, era nítido que algo realmente havia acontecido. A mãe de Marina chorava em um canto sendo consolada por Mariana, o pai estava agitado e os cunhados de Marina postavam-se com os braços cruzados em frente à porta que mais cedo descobri ser a da cozinha. Senti um arrepio percorrer minha espinha dorsal.

— O que está acontecendo? — perguntei e o pai de Marina engoliu rudemente antes de levantar-se do sofá estendendo as mãos em minha direção.

— Está tudo *okay*, filho — respondeu, porém, meu cérebro já não processava informações, já que na sequência ouvi gritos vindos exatamente da cozinha.

Corri para a porta ao mesmo tempo que Carl entrava intempestivamente pela porta da frente, seguido de outro homem mais velho.

Quando irrompi na cozinha, o cara que eu só poderia supor ser o tal Alexandre, o ex-namorado, mantinha Marina erguida contra seu corpo em um abraço que, no mínimo, poderia ser considerado agressivo. Marina estava com o rosto vermelho, porém seus olhos estavam começando a revirar nas órbitas, o que só poderia significar que ele estava cortando o oxigênio com tal aperto.

Carl passou por mim e seguiu por outro lado.

— Larga ela agora, seu filho da puta! — gritei a plenos pulmões na tentativa de atrair sua atenção para que ele também não percebesse que Carl se aproximava mais e mais.

por TRÁS *da* FAMA

— Solta ela, filho. Agora. A família de Marina está sendo muito gentil em permitir que você saia daqui diplomaticamente. Vamos resolver este assunto em outro lugar — disse o outro homem ao meu lado.

— Não! Eu só saio daqui com ela! Só se ela for comigo! — o cara gritou loucamente. Eu fazia uma ideia de que o cara poderia ser um covarde, mas não tinha realmente dimensão do nível de loucura do rapaz. Poderia não estar entendendo uma palavra sequer que estavam trocando, mas sabia o teor.

Carl pulou em suas costas desequilibrando-o enquanto eu chegava e pegava Marina em meus braços. Enquanto Carl o mantinha em uma gravata apertada, o pai do rapaz tentava a todo custo apaziguar a situação ou evitar que meu segurança acabasse sufocando o cara.

Eu pouco me importava. Por mim, Carl poderia até mesmo quebrar o pescoço do cara. *Okay*. Um instinto assassino me sobreveio. Ainda mais porque Marina estava meio apagada em meus braços.

Bati suavemente em seu rosto tentando fazer com que acordasse. Quando percebi que estava atenta, tentei que conversasse comigo. Ela parecia em choque. Não respondia a nada. Apenas olhava assustada para onde o imbecil estivera e que agora estava sendo encaminhado pela porta da cozinha. Flanqueado pelo pai de Marina, o próprio pai e Carl em sua cola. Os cunhados apenas completavam o quadro, mas não fizeram nada para que a situação não chegasse até onde chegou.

Se o imbecil se aproximou dela foi porque lhe foi permitido e aquilo estava me corroendo por dentro. Eu não poderia me indispor com a família de Marina, mas estava puto porque eles haviam deixado que o cara se aproximasse dela.

O pai do rapaz disse alguma coisa para Marina, mas nem assim ela respondeu.

— Nina? Fale comigo, amor. — Eu tentava que ela me respondesse sem sucesso.

Sua mãe correu e apanhou um copo de água com açúcar para sua filha, ajudando-a a beber o líquido. Ela estava sentada agora na cadeira, enquanto mantinha minhas mãos de maneira protetora sobre seus ombros. Apenas observei a interação da família que a abraçava e chorava simultaneamente. Eu tentava controlar minha fúria quando fui percebendo que o risco havia sido realmente muito maior, já que o cara entrou armado no apartamento.

Com a maior calma que eu poderia aparentar, graças aos anos de prática na arte de interpretar sentimentos que não sentia realmente, falei para o pai de Marina:

— Senhor Ângelo, gostaria da sua permissão para nos hospedar em um hotel em algum local. E quando digo nos hospedar, estou me referindo à sua filha e a mim. Não sei se conseguirei ficar um minuto a mais em São Paulo. Eu estava receoso com a volta de Marina, imaginando que algo assim pudesse acontecer. Mas realmente não imaginei que chegaria a tal ponto.

— Eu entendo, James. Mas Marina é minha filha e prezo por sua segurança tanto quanto você. Insisto que vocês continuem aqui e amanhã tudo se resolverá mais calmamente. Assim espero. Adiantaremos os planos outra vez e seguiremos viagem, e de lá vocês podem voltar aos Estados Unidos, sem nem ao menos pousarem por aqui. Na medida do possível, estou até mesmo satisfeito que Marina vá morar em um país distante, longe o suficiente desse louco — confessou cabisbaixo. — Sinto muito, minha filha, não deveria ter permitido que ele falasse com você a sós.

— Tudo bem, pai — por fim Marina respondeu. — Posso me deitar?

Eu não estava satisfeito. Eu queria tirá-la dali imediatamente. Levá-la a um hotel com Carl guardando a porta, sei lá.

Nem sequer precisei proferir pensamentos a respeito do assunto de Carl marcando presença. Ele mesmo fez questão de me falar que não sairia dali. Dormiria na sala, sentado, da maneira que fosse.

Guiei Marina para o quarto que nos fora destinado mais cedo. A família se despediu, ainda num clima constrangido, e apenas esperei que Marina se acalmasse um pouco mais, antes de irromper com minha própria demonstração de nervosismo.

Quando entrei no quarto, depois de usar o banheiro do corredor, Marina estava deitada de lado e com os olhos fechados. Seu corpo tremia, porém, sentei-me na cama e coloquei minha mão em seu quadril, chamando dessa forma sua atenção e ainda mostrando que eu estava ali protegendo-a.

— Por que tive quase que ameaçar pular da sacada para conseguir sair para a sala, Marina? Seus familiares tinham noção do perigo em que colocaram você? — Senti a indignação mal disfarçada em minha própria voz.

— James, foi repentino, ninguém esperava nada daquilo. Ninguém esperava que ele soubesse do meu retorno, ninguém esperava que ele aparecesse e muito menos, esperava que estivesse armado e ameaçando todos na sala — disse e parecia cansada. — Eu não queria que ele visse você, fiquei com medo, sei lá o que poderia passar na cabeça dele...

por TRÁS *da* FAMA

— Sei lá o que poderia passar na cabeça dele a sós com você, Nina! A demonstração do que poderia ter sido não foi suficientemente clara? — Eu estava muito puto.

— Jim, ninguém imaginava que com todos na sala, ele tentasse alguma loucura. — Ela suspirou e segurou minha mão. — Confesso que o subestimamos, mas não julgue minha família tão duramente, por favor... — pediu e simplesmente se entregou ao choro que guardava tão bravamente.

— Eu sei, meu amor, mas você não tem noção de como quase fiquei louco quando desliguei o celular e finalmente percebi que algo estava errado. — Eu me deitei ao seu lado, agora a abraçando apertado, naquela cama minúscula. Mas ao menos eu teria uma razão para mantê-la completamente grudada ao meu lado.

— Eu sei, mas eu temia por você... — falava entre soluços.

— Olha, ainda bem que não deixei você voltar naquela época, sozinha. — Respirei profundamente e beijei o topo de sua cabeça. — E ainda bem que Carl chegou a tempo de conseguirmos impedir o animal de te machucar mais ainda... Você está bem mesmo? — Mesmo querendo abraça-la apertado para me assegurar de que estava bem, me contive, já que ela havia estado em um abraço de morte momentos antes.

— Sim, acho que só chocada — respondeu e esfregou o nariz em meu pescoço acomodando-se ali. — Nunca imaginei que Alexandre pudesse chegar a esse ponto. Será que ele estava bêbado?

— Não é justificativa para um ato insano desses! Que medo eu tive quando soube que você estava sozinha com ele na cozinha! — Tive que respirar várias vezes para conter a onda de violência que ainda vibrava em mim. — E se ele estivesse com outra arma escondida?

— Não tinha pensado nisso... Mas ainda bem que nada aconteceu. Será que o pai dele vai abafar tudo? Inclusive sua presença aqui? — perguntou preocupada.

Mesmo tendo passado por todo o drama, ainda assim a grande preocupação de Marina era comigo.

— Não acho que faça parte do circuito de filmes que seu ex-sogro assista, meu amor. — Tentei acalmá-la.

— Eu sei, mas se Alexandre fizer alguma associação...

— Não se preocupe com isso. Amanhã resolveremos tudo da melhor forma possível. Vamos descansar agora. Além de a viagem ter sido cansativa e não termos descansado o suficiente, ainda tivemos momentos intensos esta noite. — Beijei o topo de sua cabeça e a cobri com seu edredom, levantando rapidamente para voltar em seguida.

— Jim, você vai ficar aqui, não é? — perguntou incerta.

Não haveria quem me fizesse ficar separado dela naquele instante.

— Vou, sim... Só vou apanhar minhas roupas e volto para me deitar junto de você.

Quando retornei ao quarto depois de utilizar o banheiro, Marina estava quase adormecida. Deitei-me atrás dela na cama estreita e a acomodei entre meus braços. Foda-se se eu ficaria completamente dolorido na manhã seguinte pela posição ingrata em um espaço tão restrito. Eu queria mantê-la ali e não permitir que ela saísse de jeito nenhum.

Em vários momentos da noite, Marina se agitava e ficava nervosa durante seu sono e eu apenas a abraçava e mostrava que ainda estava ali.

— Estou aqui, amor. Durma e eu guardarei seu sono.

A noite foi permeada de momentos onde ela parecia estar tendo pesadelos e choramingava e somente se acalmava quando eu sussurrava algo em seu ouvido:

— Eu te amo, Nina. Não vou deixar nada e nem ninguém te machucar.

Aquela era uma promessa que eu cumpriria até o fim dos meus dias.

por TRÁS *da* FAMA

Cena 39

Quando o dia seguinte chegou, a casa de Marina estava em polvorosa. Nem tanto por conta do ocorrido na noite anterior, mas por conta da viagem que todos empreenderiam. Uma visita a uma praia idílica, só eu e Marina, era um sonho distante. A família toda dela queria aproveitar o momento de seu breve retorno e curtir ao máximo sua presença. Eu não poderia culpá-los. E depois da noite maldita onde o infeliz de seu ex-namorado apareceu a ameaçando, eu acreditava piamente que sua volta seria um pouco mais restrita.

Por mim, eu a amarraria na cama e não a deixaria voltar mais. Porém, não poderia impor esta minha vontade insana de tentar que ela ficasse a salvo sem que imaginasse que eu a estava tolhendo totalmente ou a proibindo de algo.

Depois que arrumei meus pertences em minha mala, dei um beijo em Marina e a deixei guardando alguns itens que ela gostaria de levar em nossa viagem.

Eu estava desfrutando um adorável café da manhã com a família Fernandes, onde seu irmão Marcos, que aparentemente fora o responsável por passar a informação ao imbecil, estava tentando se redimir e mostrar que horas e horas jogando seus lances no PSP lhe deram uma habilidade plausível de traduzir os diálogos entre todos à mesa.

Marina chegou um pouco depois e colocou suas mãos suaves em meus ombros. Ela me abraçou rapidamente e sentou-se ao meu lado. A tradução continuou e Marcos falava rapidamente que a mãe deles estava implicando com a filha por conta da roupa que ela havia escolhido usar.

Eu olhei para minha garota e não vi absolutamente nada de errado com suas roupas. Ela ficava extremamente sexy naqueles jeans apertados e suas blusas regatas usuais. Naquele dia, ela estava com uma que deixava apenas um ombro desnudo. Senti a imensa vontade de beijar aquele ponto, mas me contive. Afinal, não estávamos sozinhos.

Eu estava um pouco alienado do assunto quando percebi que Marina falava comigo.

— Não é mesmo, Jim? — Olhei para ela sem entender e ela ergueu as sobrancelhas me desafiando.

A mãe ficou mais revoltada e Marina riu. Marcos disse ao meu lado:

— A mãe está revoltada porque a Marina disse que você está cuidando do vestido de noiva. — Ele riu enquanto passava manteiga em sua torrada.

— Não se preocupe, dona Marisa, eu não vi o vestido ainda... — disse galanteador.

Sua mãe corou enquanto todos à mesa riam abertamente. A discussão continuou e olhei para ela com minha sobrancelha erguida tentando compreender qual era a razão do assunto agora.

— Cara, deixe para lá. Nem vou perder o tempo traduzindo porque é zoeira geral — Marcos disse com a boca cheia.

Quando por fim o café da manhã encerrou, Marina saiu para buscar suas coisas no quarto, sendo seguida por Carl, que carregaria as malas. Vi quando ela conferiu em sua bolsa e averiguou seus itens e alguns documentos. Ela olhou para mim naquele exato momento e deu um sorriso que sempre amolecia minhas pernas.

Resolvi conferir meus próprios documentos para que nada desse errado naquele dia.

O assunto todo no fórum se resolveu em pouco mais de uma hora. Eu apenas observava a interação da família de Marina naquele momento que para eles era importante. Embora eu compreendesse perfeitamente que sua mãe queria realmente uma cerimônia religiosa assim como a minha, mas isso seria arranjado mais à frente.

A irmã de Marina, Mariana, continuou mantendo o suspense sobre nosso destino até que estivéssemos devidamente instalados no avião. Eu apenas ri da situação toda.

— Por que você está rindo? Por acaso você está sabendo aonde vamos? — Marina me perguntou desconfiada.

— Eu não, nem conheço seu país... — respondi disfarçando.

Mariana havia me contado um pouco antes de entrarmos na sala do juiz que estaríamos indo para Fernando de Noronha. Uma ilha paradisíaca na costa nordestina.

— *Humpf*... seus engraçadinhos. Agora, como sou uma mulher casada, posso muito bem exigir meus direitos! Você não disse que me diria a ver-

266   M. S. FAYES

dade sempre?

— Ah, não venha com golpe baixo, Marina... não vamos te contar — Mariana interviu na conversa.

Quando chegamos ao hangar indicado onde o jatinho já nos aguardava, a família de Marina já estava toda reunida. Já estávamos todos no jato quando sua irmã mais velha lhe deu um buquê de rosas e, naquele instante, eu aproveitei a deixa para solicitar a atenção de todos no local. Claro que tive que contar com meu recém-adquirido cunhado, Marcos, para ser meu intérprete.

— Eu estou muito feliz que todos vocês estão participando deste momento importante para Marina — disse e ela apertou minha mão. — Eu não poderia deixar de prestigiar este momento e, mesmo que tenhamos planos de realizar uma cerimônia religiosa oficialmente, gostaria que vocês presenciassem esta etapa.

Retirei o par de alianças de ouro que eu levava no bolso. Eu não sei explicar porque não quis fazer esse rito na sala do juiz de paz, mas calhou que aquele momento estava sendo perfeito.

Peguei a mão de minha garota e coloquei a aliança de ouro à frente da aliança de brilhantes que ela ostentava. Beijei seus dedos que agora estavam adornados com meu símbolo de compromisso e entreguei uma para que ela colocasse em meu dedo.

Suas mãos estavam trêmulas e uma lágrima sorrateira escorreu suavemente pelo seu rosto.

— Achei que faríamos isso em Los Angeles — sussurrou e sorriu.

Beijei-lhe novamente os dedos antes de depositar um beijo casto em sua boca. Minha vontade era varrer aqueles lábios com os meus, mas a presença de sua família coibiu minhas ações.

— Faço questão de que não fique dúvidas na cabeça de sua família ou de qualquer pessoa que nos vir que estamos mais do que juntos. — Eu a beijei novamente.

Acionei a comissária para que liberasse o champanhe a todos em comemoração.

Mariana bateu palmas, empolgada, e gritou:

— Agora sim, podemos dizer que estamos indo para Fernando de Noronha!!!

Olhei minha garota que estava com os olhos abertos em espanto, mas com um sorriso lindo plantado em seus lábios.

Embora eu quisesse minha mulher somente para mim naquele instan-

por TRÁS *da* FAMA

te, fiquei extremamente feliz e satisfeito por poder proporcionar aquele momento com sua família. Afinal, seria uma memória eternizada em seu coração e no deles. Para mim era o que importava.

Cena 40

Eu tinha que admitir que a escolha de Mariana fez com que eu pudesse passar incólume pelas pessoas, e isso apenas atestava que minha cunhada seria excelente como agente secreto. A opção por Fernando de Noronha era exatamente porque o arquipélago era isolado e o turismo controlado. Então não seria a loucura que outros *Resorts* poderiam oferecer na tentativa de nos manter disfarçados. A pousada era linda e tranquila.

Marina começou a rir antes de chegarmos ao balcão. Como ela fez questão de conversar com sua irmã em inglês, por fim inteirei-me do assunto em tempo real.

— Thiago, Mari? — perguntou, rindo. — Bradnandes?

— Exatamente. Se houvesse tradução para nomes, Thiago seria a tradução para James, e Bradnandes é a junção de Bradley com Fernandes, não é óbvio? — Foi a resposta de Mariana que virou e piscou para mim com um sorriso satisfeito no rosto.

— E como você descobriu essa "tradução" nominal? — Marina continuava a rir enquanto eu tentava falar a palavra Thiago. Eu achava que saía de alguma forma esquisita da minha boca.

— Na Bíblia, oras. O livro de Tiago na Bíblia em inglês é James, logo...

— Hum, entendi... E eu sou definitivamente Nina Cristina...

— Exatamente. Fiz um excelente trabalho, não é mesmo? Acho que vocês deveriam me contratar! Agora vão para seu quarto que tem uma surpresa lá.

Porra... ela não precisava falar mais nada. Simplesmente agarrei a mão de Marina e saí puxando minha esposa, mesmo que nem fizesse questão de para qual lado era nosso quarto. Quando ela me reorientou para o lugar certo, já estávamos caminhando tropegamente, enquanto eu ainda tentava arrastar uma das malas de Marina. Carl levaria as outras depois.

Entramos no quarto e uma cama repleta de pétalas de rosas ornamentava o lugar, além de uma adorável mesa com aperitivos e frutas naturais dispostas ali. Eu coloquei as malas no chão bruscamente e simplesmente agarrei Marina entre meus braços, proporcionando-lhe uma das cenas românticas que ela tanto amava.

— Não precisa disso, Jim — disse constrangida.

— Estamos em lua de mel, devemos passar por todas as etapas possíveis... — respondi simplesmente.

— Nossa! Você já pensou em quantas luas de mel teremos? Se vamos nos casar de novo em Los Angeles... — disse e começou a rir.

— Ah, pare de falar, mulher, e fique bem quietinha! — Praticamente a joguei na cama tal qual um troglodita. — Vamos usufruir os momentos a sós. — Eu tentava falar enquanto arrastava suas roupas para fora daquele corpo que eu tanto amava. — Estava com saudades.

Perdemos a noção do tempo e, somente muito mais tarde, preparei alguma coisa para que Marina comesse. Coloquei várias opções comestíveis das que estavam dispostas na mesa do quarto.

— Adorei este lugar. Sempre soube que o Brasil era lindo, com praias maravilhosas — confessei enquanto esperava que ela se ajeitasse na cama, sentando-se e puxando o lençol para cobrir seu corpo. — E isto aqui não deixa nada a desejar ao Caribe. Nem que fosse um mega *Resort* como aquele a que pretendo te levar lá no México. Dá uma sensação de lar... Engraçado, não?

— É, eu também não conhecia pessoalmente Fernando de Noronha, mas acho que devíamos ir para a praia, o que você acha? Você sempre quis me acompanhar, lembra? Por causa da aglomeração de tubarões fêmeas prontas a tentar tirar uma lasquinha sua, nunca pode realmente em Los Angeles.

— Além do mais, a água lá devia ser gelada... — Fingi um arrepio. — Vamos ver se essas águas são quentes como você disse.

Aqueles momentos vividos ali naquela ilha paradisíaca sempre seriam guardados em um espaço especial em nossos corações. Foram dias espetaculares. Mesmo que tenham sido apenas três. O convívio com a família de

Marina, os passeios, as memórias. Por mais que me propusesse a mostrar à Marina tudo o que houvesse de melhor no mundo, eu sabia que a simplicidade do que vivemos ali faria toda a diferença.

A família dela continuaria na ilha por mais alguns dias, mas nós teríamos que partir. Dali a dois dias a premiação do *Golden Globe* aconteceria e eu teria que comparecer. Nem que eu quisesse conseguiria escapar daquele compromisso.

Como uma forma de agradecimento pelos momentos vividos e também pela boa graça de terem me "dado" a mulher que eu amava, acertei todas as contas da família para que pudessem usufruir de tudo o que necessitassem ali.

Marina chorou bastante ao despedir-se dos pais na manhã em que partiríamos. Eu sabia que, para ela, seria um momento duro, que ela estava dando um passo arriscado em direção a algo desconhecido, diferente de toda a segurança que sempre conheceu.

Mas era um compromisso meu fazer com que ela se sentisse amada a cada minuto de seus dias. E tentar suprir a ausência que eu sabia que ela sentiria de seus familiares.

Segurei sua mão durante todo o trajeto da viagem do pequeno aeroporto de Fernando de Noronha para o Aeroporto Internacional de São Paulo. Ainda lhe dei a liberdade de manter-se mais quieta porque sabia que ela estava sentindo-se nostálgica.

Quando nos ajeitamos no jatinho que nos levaria de volta a Los Angeles, observei Marina sorrindo para Carl. Este estava completamente descansado. A feição plácida como eu nunca havia visto.

— Eu poderia ter ficado mais tempo ali, James — disse. — Eu te digo isso, sempre que você quiser escapar, ali está um destino adequado.

Comecei a rir porque Marina cochichou ao meu ouvido:

— Ele parece ter ficado fascinado por alguma nativa da ilha.

Quando o jatinho começou a decolar, peguei a mão de minha esposa, agora mais do que oficialmente, e beijei seus dedos, especialmente o dedo que acomodava meus símbolos de amor eterno.

— Então, senhora Bradley — beijei seus dedos novamente —, você volta para os Estados Unidos oficialmente minha — disse e nem sequer poderia disfarçar o orgulho em minha voz.

— Esqueceu que saí de lá oficialmente sua? — respondeu de maneira sedutora.

— Ah, é mesmo! Mas estamos nos casando em cada país diferente...

por TRÁS *da* FAMA

Acho que devemos nos casar no castelo da minha família na Inglaterra —
brinquei, mas a ideia realmente passou pela minha cabeça.

— RáRáRá, tão engraçadinho.

— Minha mãe está enciumada — simplesmente admiti o que ela havia
me confidenciado por mensagem dias antes.

— Mas ela vai acompanhar a cerimônia oficial em Los Angeles, não vai?

— Vai sim, meu amor. Ah, e tenho novidades pra você — falei enigmático. — Sabe aquele dia na casa de seus pais, quando recebi uma ligação
longa e inoportuna?

— Sim, o que tem? — perguntou curiosa.

— Era um amigo meu. Ele tem uma banda que está fazendo muito sucesso.
Ela continuava sem entender.

— Daí, ele me ligou para te fazer um convite. Muito bem remunerado,
diga-se de passagem.

Esperei que ela ficasse brava para que eu contasse logo o restante da história.

— Ah, por favor, não me diga que ele quer entrar na fila para quando
você me dispensar de meus serviços? — perguntou e cruzou os braços.

— Isso não tem graça nenhuma... — resmunguei porque aquele assunto me aborrecia profundamente.

— Eu achei engraçado — a descarada disse, rindo. — Mas me conte
logo, por favor, não me deixe assim nesse suspense...

— Ele quer que você participe de um clipe de uma de suas músicas...
— revelei a contragosto.

— É mesmo? É sério? Como assim? — perguntou eufórica.

— Bem, aparentemente, você vai estar caminhando lindamente por
uma praia, e depois chegará a uma discoteca e deslumbrará a todos no recinto e por aí afora... Claro que cheguei todos os detalhes e não haverá, em
hipótese alguma, qualquer tipo de intimidade, beijos etc. Será meramente a
sua presença que enlouquecerá os espectadores.

— Hum, e o que você achou disso?
Eu sorri porque realmente Marina me conhecia a fundo.

— Eu não gostei, mas não posso interferir naquilo que quem deve
decidir é você. Não posso tirar sua oportunidade de conquistar suas fron-
teiras, embora não goste de dividir você com ninguém. Mas você fotografa
bem, o que posso fazer se eles se apaixonam por você loucamente? — Eu
tinha que admitir um fato óbvio.

— Ah, James, que bonitinho... Gosto de novos desafios, mas entrei nessa simplesmente porque estou ao seu lado — disse seriamente. — Não quero fazer nada que te desagrade, de forma alguma... E não estou contigo por fama, isso pouco me importa. O que quero é estar com você. Quem sabe não faço uma faculdade por lá e ingresso em um trabalho comum?

Respirei fundo porque infelizmente sabia que alguns planos que Marina eventualmente pudesse ter, não necessariamente seriam viáveis, devido à vida que eu levava e toda a perseguição à qual estaria impondo por conta do nosso relacionamento.

— Você sabe que isso é praticamente impossível, não sabe? Você nunca terá uma vida normal ao meu lado, meu amor. — Passei as mãos pelo meu cabelo nervosamente. — Vão querer saber da sua vida tanto quanto querem saber da minha, especialmente porque estamos conectados agora.

— Tudo bem. Vou pensar, tá?! — respondeu me dando um beijo tranquilizador.

— Certo. Deixa eu aproveitar que o Carl está roncando ali para te dar uns amassos bem dados. Vem aqui, senhora Bradley — disse e a arrastei de seu assento diretamente para o meu colo.

O voo foi exaustivo, mas agradável, ainda mais pelo fato de Carl reclamar todas as vezes em que eu agarrava Marina aleatoriamente. Na verdade, fiz daquele meu objetivo durante a viagem. Sempre que percebia que Marina estava quieta e Carl desperto, eu a arrastava para o meu colo e dava início a uma maravilhosa sessão caliente, que poderia acabar embaraçando a nós dois, mas era altamente divertido. O jatinho luxuoso tinha um quarto à nossa disposição, mas Marina se recusou terminantemente a utilizá-lo e entrar definitivamente para o clube aéreo, alegando que Carl saberia exatamente o que estávamos fazendo ali dentro.

Claro que eu não me importava nem um pouco com isso. Infelizmente, Carl acabou ficando mais do que acostumado a certas excentricidades e exageros que já pratiquei em minha vida pregressa, mas esse fato eu não gostaria de expor à Marina.

Eu me arrependia de algumas coisas que fiz no meu passado. Talvez pela pureza com que Marina encarava a vida e com a qual tive o prazer de desfrutar. Mas o que estava feito assim deveria ficar. Não havia como rebobinar minhas merdas durante minha vida antes de Marina.

Quando aterrissamos em Los Angeles, Madson já nos aguardava no Range estacionado estrategicamente na saída do hangar. Acabei me lembrando que Marina não o conhecia pessoalmente. A oportunidade era interessante, porque Marina era parte da minha vida, então seria bom que Madson soubesse exatamente a importância daquele fato consumado.

— Mad, esta é minha esposa, Marina — apresentei e vi quando ele a cumprimentou educadamente.

— É um prazer, Sra. Bradley.

Marina corou lindamente. Talvez por conta do uso do seu novo sobrenome. Até mesmo eu fiquei surpreso com a emoção que aquilo me causou.

Durante nosso trajeto até nossa casa nova, Madson me entregou um envelope recheado com roteiros para que eu avaliasse. Uma poderosa franquia de filmes estava disputando o direito de exclusividade com meu contrato, o que acabaria atrasando alguns trabalhos ou limitando a aceitação de outros. Eu deveria avaliar aquilo com cuidado, porque muitas vezes, uma franquia longa acabava sendo exaustiva para a carreira de um ator. O retorno financeiro era absurdamente um atrativo, mas várias vertentes deviam ser analisadas.

Como minha cabeça ainda estava aérea por conta da viagem, o que provavelmente me deixaria com um jet lag mais à frente, acabei deixando o envelope para analisar depois. Ainda mais porque teria que explicar para Marina que nossos planos de um descanso um pouco maior muito provavelmente estariam fadados ao fracasso.

Marina observava as alamedas arborizadas que permeavam as ruas com as poderosas mansões de Beverly Hills. Logo mais à frente, o portão que indicava nossa casa acabou trazendo um suspiro aos seus lábios.

— James, já vamos ficar aqui? — perguntou animada.

— Vamos, agora temos residência fixa. Chega de saguões de hotéis, por enquanto. Vamos nos dar um pouco de normalidade, na medida do possível, claro. Além do mais, na premiação de amanhã, os tabloides vão ferver com as novidades, então será bom termos um refúgio seguro e isolado dos *paparazzi*.

— Que bom! Estou tão empolgada! Mas quero saber quais serão nossos próximos passos, para eu poder me preparar. — Marina tentava parecer paciente, mas era nítida sua curiosidade.

— Está curiosa, é? — perguntei brincando.

— Droga, você percebeu? Estou, sim, pronto. Assumo minha total curiosidade a respeito de tudo.

— Posso contar quando estivermos em casa?

— Pode... Vai demorar muito? — a engraçadinha perguntou e ergui minha sobrancelha arrancando risos. Estávamos na porta de casa.

Quando abri a porta de nosso novo lar, Marina correu diretamente pela escadaria que levava ao nosso quarto. Uau! Aquele era o destino que eu definitivamente queria chegar rapidamente, mas quando entrei, percebi que provavelmente as razões dela eram diferentes das minhas. Sorri admirando minha esposa se certificando de que suas roupas estavam devidamente guardadas no closet enorme.

Deitei em nossa imensa cama e bati a mão suavemente ao meu lado, chamando sua atenção para o lugar onde a queria naquele exato instante.

Marina arrancou o tênis antes de escalar a cama e deitar-se ao meu lado. Ela se aconchegou ao meu ombro e ambos ficamos ali, apenas contemplando o teto que estava acima de nossas cabeças.

— Não tinha reparado que o teto é tão lindinho — disse suavemente.

Eu me virei em sua direção e deixei meu corpo pairar acima do seu.

— Quem quer olhar para o teto com uma constelação aqui? —falei de maneira sedutora.

— Hum, que metido! Como você é modesto, hein? — Eu achava engraçado como Marina em sua plena timidez, não percebia que meus elogios eram voltados diretamente para ela.

— Não estou falando de mim, sua boba, estou falando de você... E então, você vai aceitar o convite da Psycho Band? — perguntei curioso. Eu nem mesmo sabia por que o assunto ainda pairava na minha cabeça.

— Poxa, que nome estranho para uma banda, hein? — Marina riu.

— Ué, eles são uma banda de *rock*, então são meio psicóticos mesmo.

— São mesmo, querendo me colocar no clipe...

Passei meus dedos suavemente pelo seu rosto e pela pele de seu pescoço.

— Ah, mas isso tem um quê de *merchandising* — informei enquanto seguia a doce tortura. — Você é minha esposinha querida, aclamada pelas garotas, perseguida pela mídia e por outros idiotas do sexo masculino, então, existe muita curiosidade a seu respeito. Você é vendável, meu amor. Você acha que eles são bobos? Todo mundo vai querer ver o clipe, e para eles,

por TRÁS *da* FAMA   275

como sou amigo pessoal, ficou quase como um esquema de exclusividade, entende? Ninguém teria essa cara de pau antes, mas eles tiveram.

— Hum, acho que vou aceitar, mas só se estiver tudo bem para você — disse e passou as mãos pelo meu cabelo. — Penso que será divertido e diferente, como as fotos da revista. Foi emocionante ver o resultado do trabalho.

— É, eu sei, tudo bem. De qualquer forma vou pedir para o Madson ver tudo isso, com contratos e datas direitinho, por causa da nossa ida iminente para a França, tudo bem?

— Tudo. Mas e agora, o que vamos fazer? — ela perguntou inocentemente.

Senti o sorriso desafiante crescer em meus lábios. Eu sabia perfeitamente o que estaria fazendo dali a poucos segundos. E não tive pudores em mostrar efetivamente àquela mulher na minha cama, a minha mulher, que nossa vida estava apenas começando. Da melhor maneira possível, é claro.

F I M

Epílogo

O casamento havia saído do jeito planejado. Tudo dera certo, desde a vinda dos familiares de Marina, do Brasil, aos meus, da Inglaterra, onde pudemos celebrar, da forma como manda o figurino e a sociedade, a união que estávamos estabelecendo naquele momento.

Marina entrou na minha vida para ficar, assim como eu faria questão de me manter ao seu lado, mesmo que os índices da minha profissão indicassem uma taxa absurda de divórcios e casamentos fracassados. Eu queria fazer parte do grupo seleto de celebridades que vinham para descumprir o protocolo e fazer aquilo que não era esperado deles. Não era esperado que minha promessa de fidelidade fosse eterna, mas eu faria questão de manter.

Não era esperado que eu a honrasse com meu corpo e fortuna, mas era exatamente aquilo que Marina podia esperar de mim. Eu era dela. Minha vida estava interligada à dela irremediavelmente, desde o momento em que nossos pés se esbarraram, os olhares se cruzaram e as primeiras palavras foram trocadas em uma comunicação singela entre dois idiomas distintos.

O restante do mundo teria a figura James Bradley, o ator. Marina tinha em mãos a alma e o coração, não somente o corpo, de James William Bradley. O homem. Entregue e apaixonado.

— E agora, Jim? — perguntou ao erguer a cabeça do meu ombro, enquanto observávamos o hangar ao longe. Carl já voltava com Rudd, com nossas malas em mãos.

— Agora, meu anjo, nós começamos a verdadeira aventura, vencendo os desafios e pulando todos os obstáculos que surgirem à nossa frente — eu disse com reverência, enlaçando seu corpo junto ao meu.

— E vivemos felizes para sempre? — caçoou. Dei um beliscão na ponta do seu nariz.

— Faremos nossa própria história. Criaremos o depois do "felizes para sempre" e reescreveremos um epílogo a cada novo dia...

— Uau! Um epílogo a cada dia?

— Para mostrar que novos desafios virão, mas desde que estejamos juntos, cada página virada seja um acréscimo na nossa história.

Marina enlaçou meu pescoço e eu a beijei com toda a força do meu ser. Pouco me importava se tinha uma plateia cativa ali.

— Eu te amo, James — falou em português.

— E eu amo você — respondi em seu idioma.

Um coro de pigarros me fez revirar os olhos e olhei para os guarda-costas que assumiram muito mais a função de família do que tudo.

— Vocês conseguem ser estraga-prazeres, não é?

— Está tudo pronto para o voo, senhor. Deixem para essas melosidades durante a altitude de cruzeiro, que Rudd e eu sabemos que teremos que enfrentar — Carl disse sério. Em seguida, deu uma piscada para Marina e se afastou.

Ela escondeu o rosto no meu peito, risonha e envergonhada ao mesmo tempo.

— Vamos, amor. Vamos embora para Paris — eu disse e coloquei meu braço sobre seus ombros delicados, guiando-a para o novo destino.

Eu tinha em meus braços a mulher que me fez voltar a me enxergar como o cara que eu deveria realmente ser, por trás de toda e qualquer fama.

Agradecimentos

Agradeço a Deus por tudo o que tem acontecido de bom na minha vida, desde que resolvi me aventurar neste mundo maravilhoso da escrita. Cada percalço vencido é um aprendizado para nunca desistir e sempre perseverar.

Ao meu marido e meus filhos, Annelise e Christian, porque sempre souberam me dividir em cada projeto louco no qual me enfio. Já se passaram anos desde que escrevi o Tapete Vermelho e eles sempre souberam quando a mamãe está "louca" escrevendo alguma coisa. O orgulho que sentem de mim já vale mais do que palavras.

À minha família que apoia e suporta em cada empreitada e simplesmente aceitam essa faceta criativa que sai de dentro de mim. Em especial preciso agradecer à minha sobrinha Ana Flávia, porque sempre acompanha a história desde o início, dá palpites e ainda me ajuda, quando estou impossibilitada. O James é seu e sempre será, minha linda!

A cada amiga maravilhosa que ganhei nestes anos de aventura e que se envolveram de alguma forma no processo de "gestação" deste projeto. Lud, pelos toques supercoerentes quanto à personalidade do mocinho, e por ter sido a primeira beta de James. Andrea Beatriz, minha gêmea, aquela que sabe até onde meus sonhos vão... e que sabe que sonho junto com ela... por um futuro no estilo Buzz Lightyear *"To Infinity and Beyond"*. Lisa de Weerd, por estar sempre aí. Dri K.K, pela capa "James", na expressão da palavra... Nana, Dea, Jojo, Gabriela Canano, Gi, Sam, Paolete, Joy, Alê, Mimi, Mércia (que tiveram que lidar com meu afastamento temporário...) são muitas... embora eu não cite o nome de todas que mereceriam ser citadas, vocês sabem quem são.

Ao meu esquadrão de betas, Anastacia (Nana), Dea e Jojo bitch. Obrigada por serem quem são. Um time de apoiadoras sobrenatural. Amo vocês forever. A cada amiga blogger maravilhêsca que a vida me deu: Marina, Ninoka; Bebelis, Sheiloka, Fabi, Gladys. Viciadas, Alfas, Encantadas... amo cada um dos grupos que me acolhem a todo instante. A cada leitora absolutamente maravilhosa que me acompanha desde o início. A cada uma que ama de paixão meu James e minha Marina, meu primeiro casal superfofo. Meus primogênitos literários. Este livro eu escrevi para mim e para vocês. Com todo o amor e carinho que vocês puderem imaginar.

Aos meus grupos de Fayettes, do face e do Whats, que dão o suporte genial a todo o momento. Amo vocês.

À The Gift Box, pela acolhida maravilhosa ao meu primeiro livro, Tapete Vermelho, o que deu origem a quem M.S. Fayes se tornou hoje. Roberta, muito obrigada pela amizade e confiança. Obrigada pelo carinho em todos os momentos.

Love Ya'll!

A The Gift Box é uma editora brasileira, com publicações de autores nacionais e estrangeiros, que surgiu no mercado em janeiro de 2018. Nossos livros estão sempre entre os mais vendidos da Amazon e já receberam diversos destaques em blogs literários e na própria Amazon.

Somos uma empresa jovem, cheia de energia e paixão pela literatura de romance e queremos incentivar cada vez mais a leitura e o crescimento de nossos autores e parceiros.

Acompanhe a The Gift Box nas redes sociais para ficar por dentro de todas as novidades.

 www.thegiftboxbr.com

 /thegiftboxbr.com

 @thegiftboxbr

 @thegiftboxbr

 bit.ly/TheGiftBoxEditora_Skoob

Impressão e acabamento

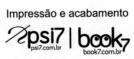